W0364873

Comment j'ai liquidé le siècle

FLORE
VASSEUR

Comment j'ai liquidé le siècle

ROMAN

J'AI LU

© Éditions des Équateurs, 2010.

Pour Maxime et Rose qui m'ont laissée faire.
Pour Sam qui m'a laissée finir.

« Nous sommes les outils de nos outils. »

Henry David THOREAU.

1

Les relents d'égout se mêlent au gasoil et à la graisse alimentaire. Le soleil de mai terrasse le bitume de Madison Avenue. McDo et Texaco : l'odeur mondiale. J'ai une heure à tuer, un abîme dans mon agenda calé au chronomètre. J'essaie de m'intéresser aux vitrines des boutiques de luxe. Je ne vois que ma silhouette anguleuse de bon petit de la méritocratie mondiale. Les lunettes fines ont remplacé les carreaux Afflelou premier prix, les soins Clinique effacé l'acné. J'ai gagné des millions, pris de l'assurance ; rien à faire, j'ai toujours une tête de matheux posée sur un corps affûté au Slow Burn, la méthode de musculation qui sculpte le Tout-Manhattan.

Sur le trottoir, des femmes en tailleur gris marchent au pas de course. Rigides, convaincues, masculines. *Lunch box* sous un bras, sac de sport sous l'autre, elles sont les guerrières du capitalisme. Gisele Bündchen aussi. Une affiche du top brésilien nu, de dos, envahit la devanture du dernier mégastore de Victoria's Secret. Un minuscule maillot pend à son ongle *french* manucuré. C'est le dernier bikini du numéro un de la lingerie bon marché. En 1999, quelques jours avant son introduction en Bourse, la marque avait acheté des pages entières dans le *Wall Street Journal*. Gisele Bündchen était couchée sur le ventre, deux ailes d'ange flottant par-delà ses fines épaules dorées. Le jour de l'IPO[1], elle était venue en personne à Wall Street. De sa longue main, elle avait actionné la cloche d'ouverture de la séance de cotation. Sur le *floor,* les traders hurlaient comme des loups. Battant tous les records, l'action est devenue une valeur chérie de la Bourse. À peine allongées sur Photoshop, les jambes de l'une des filles les mieux payées de la planète sont les alliées du Dow Jones. Le sexe gouverne le monde, il rend les marchés fous. L'opulence occidentale tient à un string.

J'ai rendez-vous avec Mme Krudson. À 80 ans bien tapés, elle pourrait être une de ces coquettes qui boit le thé de 17 heures dans une tasse de porcelaine anglaise en montrant les photos de ses petits-enfants. Je me prépare à un combat contre Mike Tyson.

Chez Starbuck à l'angle de la 84e, je reconnais quelques traders enfoncés dans les fauteuils clubs en faux cuir. Ils se planquent derrière le *Wall Street Journal*. Licenciés, ils hantent la ville. En ce printemps 2009, Manhattan est dévastée par la crise des *subprimes*. Une New-Yorkaise en veste de lapin montée sur des talons aiguilles de dix centimètres crie dans son oreillette : « Achète, achète ! Achète ! » Très énervée, elle vide cinq sachets d'aspartame dans son Cinnamon Dolce Latte with Sugar Free Syrup à 9 dollars. Une femme en haillons attend devant moi. Elle dégage des effluves de goudron et de sueur qui terrassent l'arôme du café moulu. Emmitouflée sous des pelures de vêtements sombres, elle porte de lourds sacs troués de chez Macy's. Parvenue au comptoir, les yeux baissés elle commande un peu d'eau. Les clients se tai-

1. Introduction en Bourse.

sent pour observer la scène. En lui tendant un verre cartonné, le serveur du Bronx lui lance à travers son appareil dentaire un *have a nice day* mécanique. La SDF s'assied à une table placée dans un recoin, à côté des toilettes. Elle range les sacs sous ses jupons difformes. Derrière elle, le slogan du géant du café est peint sur le mur ocre et rouille : « Avec votre aide, nous n'avons pas seulement fait un café extraordinaire. Nous contribuons à créer une plus belle planète. » Elle sort un journal gratuit froissé et parcourt les petites annonces : robes de mariée et bijoux de famille se revendent à la pelle. Les clients l'oublient, le brouhaha reprend. La pauvreté trouve sa place en société, la crise va durer. Le serveur replace le filet résille qui enserre ses cheveux gras. Sous la caisse, il lance le lecteur CD du magasin, la dernière compilation Starbuck : *All you need is Love*. La bande-son de l'Amérique faux sucre.

Je remonte plein ouest, sur la 84e Rue, en direction de Central Park. J'aperçois les marronniers malades, les écureuils obèses et les magnolias en fleur. Au-delà, à l'intérieur du parc, sur sa mini-banquise artificielle, l'ours polaire gémit d'ennui pour des enfants qui lui balancent des M. & M's. Que me veut Mme Krudson, à moi, trader sans faute ? Tay, elle, me ramènerait sur terre, vers la vraie vie. La vraie vie ? De l'avion, j'avais tenté de lui envoyer un SMS : « Dans le ciel, le soleil brille autant que dans mon cœur. » Écrire un message à l'eau de rose pour une prostituée analphabète : est-ce tout ce qu'il reste de l'amour au temps du pic pétrole ?

Le 1030 5e Avenue est un large immeuble victorien. Un groom en queue-de-pie ouvre la porte en verre doublée de ferronnerie française. De la tête, il m'indique le portique du détecteur de métaux que je franchis sans ciller. Une vigile callipyge aux cheveux longs et noirs me fouille d'un peu trop près. Sous son tailleur-pantalon fauve, je devine des muscles ronds et puissants. Elle pourrait faire partie de la garde rapprochée de Kadhafi. Elle parle à sa montre, attend les instructions dans l'oreillette puis me conduit à l'ascenseur privatif.

Cinq respirations plus tard, les portes s'ouvrent sur une pièce de trois cents mètres carrés plongée dans l'obscurité. Mes yeux s'adaptent. L'air est frais, presque froid. Des vitraux bleutés remplacent les fenêtres : je perçois des formes byzantines et une pyramide bizarre, décapitée, surmontée d'un œil. Entourée de ses treize chats siamois blancs tous identiques – comme autant d'ex-maris –, Mme Krudson est assise à une longue table en verre, au fond de la pièce.

— Avancez, maugrée-t-elle de son fauteuil.

Je m'approche de quelques pas. Derrière elle, une série de clichés est accrochée au mur : les Présidents américains successifs lui font le baisemain. Je remarque son regard jouisseur, un peu répétitif, mandat après mandat, de Eisenhower à Obama. Baisemain en forme de remerciement : chaque futur Président est venu à la réunion annuelle du Bilderberg, quelques mois avant les élections. Tous les quatre ans, l'histoire se rejoue à l'identique : sans intronisation, pas de sacre par les urnes[1].

Elle a créé le Bilderberg, ce rassemblement transatlantique secret, en pleine guerre froide, dans un hôtel cinq étoiles d'Osterbeck aux Pays-Bas. Par mesure de protection, elle est toujours restée dans

1. Bill Clinton n'était qu'un gouverneur inconnu de l'Arkansas jusqu'à son intronisation par les Bilderbergers en 1991 à Baden-Baden, dix-huit mois avant l'élection présidentielle.

l'ombre. David Rockefeller[1] assume publiquement la paternité de l'organisation. Elle a fixé les règles (secret absolu), sélectionné les participants (l'élite des affaires, des armées et des médias). Elle a défini l'objectif : régler les affaires de la planète, bien trop complexes pour demeurer aux mains exclusives des diplomates.

Mme Krudson lève les yeux de son livre annoté au stylo-plume : *Histoire de la décadence et de la chute de l'Empire romain* par Gibbon.

— Connaissez-vous les leçons de l'Histoire ? me lance-t-elle.

— Les Empires s'effondrent de leur arrogance et de la disparition de l'énergie qui leur avait permis de croître.

— Je ne me suis peut-être pas trompée. Asseyez-vous ! m'ordonne-t-elle.

Du menton, elle me désigne en face d'elle un fauteuil Napoléon III. Le silence s'installe. Mon cœur bat contre mes tempes et j'ai l'impression de n'entendre que lui. Nous nous fixons, ajustant nos souffles l'un sur l'autre. Son torse décharné se soulève péniblement à chaque inspiration comme si son collier de perles pesait une tonne. Mme Krudson a été championne de natation, d'escrime et d'équitation. Une force de la nature. À 35 ans, elle a découvert son diabète. Depuis, elle se nourrit exclusivement de jus de racines de bouleau. La maladie a grignoté son beau corps, aujourd'hui ratatiné sur un fauteuil roulant. Un orteil, un pied... elle procède à une amputation quand la maladie progresse. Mme Krudson, aussi protégée que le roi de Brunei, n'est plus qu'une

1. Président honoraire du Council on Foreign Relations, de la Commission trilatérale, du Council of Americas, de l'Americas Society et ancien PDG de la Chase Manhattan.

pauvre chose surannée recouverte de poudre Caron. Une petite sonnerie tinte derrière moi. Début du premier round ? Un homme entre en livrée avec deux parapheurs rouges. De chaque il sort une feuille A4. 17 heures : il lit à voix haute le cours de clôture du Dow Jones, le *reporting* consolidé du jour de Merrill Lynch puis de Citigroup. Elle les a renflouées après la crise des *subprimes*, en a pris possession *via* des fonds de pension. Depuis vingt ans, à chaque éclatement de bulle spéculative, les banquiers occidentaux lui quémandent des rallonges. Ils se déplacent en personne au 1030 5ᵉ Avenue. Mme Krudson écrase dans sa paume un scone aux myrtilles de chez Dean and Deluca. Elle regarde son interlocuteur picorer et lécher entre ses doigts décharnés et bagousés. Manger, littéralement, dans sa main.

— Quels bons à rien ! soupire-t-elle. On sort Merrill Lynch de la faillite. Ils perdent 17 milliards et tout ce qu'ils trouvent à faire c'est de se verser 1 milliard de bonus !

D'un signe de main, elle renvoie le porteur de papier.

— Qu'avez-vous retenu de notre dernière réunion en Grèce, il y a quelques semaines ? Je ne vous ai pas beaucoup entendu.

J'avais été convié à la conférence annuelle des Bilderbergers, trois jours de débats à huis clos sur l'avenir du monde entre chefs de gouvernement, d'état-major, services secrets et capitaines d'industrie. Durant l'une des pauses, un inconnu m'avait tendu une enveloppe scellée, la convocation à cet entretien individuel.

— Le transatlantisme est mort, le dollar est mort, les économies des pays capitalistes développés vont s'effondrer. L'Occident est condamné à la déflation, l'appauvrissement. Aucun politique n'a le courage de le dire.

Elle se tait, me toise. J'ose alors :

— La fête est finie.

— Tout cela, je le sais déjà, me raille-t-elle. Qu'est-ce que vous croyez ! La main invisible des néolibéraux, c'est moi !

Afin de régner sur le monde, Mme Krudson et le Bilderberg ont inventé l'*american way of life*. Ils ont créé – puis rendus universels – le crédit, la publicité, les médias de masse, trois piliers d'un système de domination totalitaire. Il promet la liberté individuelle. Il organise la confusion entre bonheur et consommation pour mieux abrutir les foules.

— Que pensez-vous vraiment ?

Comme je ne dis rien, elle crie :

— J'attends !

Mme Krudson a passé sa vie à dicter sa loi. Cela ne marche plus. L'impérialisme américain se cogne à l'énergie des dragons asiatiques et au réveil plein de colère des peuples. Bourrés d'objets inutiles et d'antidépresseurs, ils ne se laisseront pas berner plus longtemps.

— 1929 a accouché du nazisme et s'est soldée par 65 millions de morts. Il n'y a aucune raison que l'on y échappe. Je pense que vous ne contrôlez plus rien et que vous avez peur. Votre croyance en une croissance source de paix est devenue une raison de guerre.

— Pas si mal, dit-elle en plongeant son regard bleu acier dans le mien. Le capitalisme est allé trop loin, reprend-elle, comme pour elle-même. Faut-il pour autant le remettre en cause ?

— C'est que…

— Les Chinois nous tiennent à la gorge, les Russes ont la main sur le robinet de l'énergie. Même Chavez, ce pantin, n'a plus besoin de nous. Il achète ses armes à Moscou, déjeune avec le

Chinois Lin Tao. Al-Qaida infiltre nos réseaux de surveillance et… – elle tape du poing sur la table – les États-Unis d'Amérique sombrent dans le socialisme afro ! Vous parlez d'un leadership !

Ses chats ne sursautent plus.

— Les fonds souverains n'ont pas encore compris ce qu'ils pouvaient faire de leur argent : nous mettre à terre, nous renverser. Je veux dire, notre civilisation, notre vision du bonheur.

Elle marque une pause, bascule sur le dossier de son fauteuil roulant, me jauge à nouveau :

— Savez-vous à quoi servent les 1 180 milliards de dollars du plan de relance chinois ?

— Des grands travaux, dis-je en repensant aux journaux lus dans l'avion.

— Des grands travaux ? Quel imbécile ! De la poudre aux yeux ! s'énerve-t-elle à nouveau. Cela va dans l'armement. Les Chinois veulent devenir capables de se « projeter », d'envahir un autre pays. Cela ne peut arriver ! Nous ne nous laisserons pas faire.

Sur son bureau de verre, elle allonge à plat ses deux mains rachitiques. Elle incline la tête en avant, prend une inspiration par le nez :

— Nous l'Amérique, ferons toujours le bien de l'humanité.

— L'Amérique a échoué, dis-je en la coupant.

À force de croire à son immortalité, en sa toute-puissance, l'Empire tombe en lambeaux.

— Taisez-vous !

Elle se retourne, et jette un œil nostalgique en direction des photos de ses embrassades présidentielles.

— Nous sommes et resterons l'Empire, vous entendez ! m'assène-t-elle rageuse.

— Mais…

— Tout sauf céder au second rang. Tout sauf la soumission à la Chine et la tuerie qui s'ensuivra.

L'Amérique est une grande nation, la plus belle. Il faut tout arrêter. L'interventionnisme des gouvernements ne fait que retarder l'éclatement final. Pour libérer les peuples, il faut désintégrer le système avant qu'il ne change de mains. « Mort aux cons », comme on dit chez vous. De Gaulle avait raison : vaste programme, n'est-ce pas ? Dans votre tout petit pays, c'est le seul que j'aurai bien aimé finalement. Avec Aznavour. Ah... les deux Charles...

C'était donc cela : la peur du péril rouge ? J'essaie de comprendre où elle veut en venir et tente une diversion pour gagner du temps.

— Qu'ai-je à faire là-dedans ?

— Je pose les questions, hurle-t-elle.

Je m'étais juré de ne poser aucune question. Réminiscence d'une vieille instruction paternelle : « Si ton silence est plus beau que ce que tu as à dire, alors tais-toi. »

— Je m'injecte de l'insuline deux fois par jour. Je change de plasma tous les mois. Cette maladie ne m'a jamais laissé de répit.

Mme Krudson a rendu la planète obèse. Elle va mourir empoisonnée par son propre sucre. Un chat s'approche et se love contre sa maîtresse. Un diamant pend à son collier de cuir.

— Les Arabes pensaient m'impressionner avec leur ville ornementale et leur clinique privée en Suisse. Ils m'ont proposé une greffe du pancréas. Les cellules-souches embryonnaires totipotentes arriveront trop tard. Mon corps, ce qu'il en reste, est trop délabré pour résister à une cryogénie. Je vais bientôt mourir.

Toujours lové sur ses genoux, le chat se lèche l'entrejambe avec délectation.

— Madame, je... dis-je en me raclant la gorge.

— Je vous dis de vous taire ! crie-t-elle en tapant à plat sur la table.

Elle respire péniblement, reprend, deux tons en dessous :

— J'ai besoin de quelqu'un que l'on ne regarde même plus dans ce monde où chacun s'épie. Je vous ai choisi pour cette opération finale. Personne ne se méfiera de vous, trader brillant. Vos états de service au Crédit Général sont impeccables : aucun délit d'initié ni entorse au règlement, une performance éblouissante… Pour beaucoup, vous êtes un génie.

Elle sort de sa poche un petit objet qu'elle pousse de ses doigts maigres sur le bureau. J'avance mon bras, Mme Krudson plaque l'objet d'un coup sec. Les flatteries sont terminées :

— Je vous préviens : d'autres avant vous n'ont pas été à la hauteur. Je les ai supprimés.

Elle retire sa main. Je découvre une clé USB grise sur laquelle figure un dessin de chat blanc assez grossier. C'est Hello Kitty, le personnage japonais pour enfants.

— Voici votre toute dernière équation, monsieur le roi du *quant*. Dites à votre employeur, le Crédit Général, que cela vient de vos équipes. Dites à vos équipes que vous l'avez volée à Goldman Sachs ou que cette idée vous est venue dans la nuit. Racontez n'importe quoi. Vous savez si bien faire. Reprenez votre costume de Merlin l'Enchanteur. Lancez ce programme sur les marchés et impressionnez-moi au jackpot. Laisser fuiter dans les *hedge funds*. Ils sont au bord du gouffre, bourrés d'actifs toxiques par l'administration américaine. Depuis le plan Geithner, ils sont censés transformer ce tas de fumier en or. Cela va être la bulle du siècle. La dernière. Les fonds vont se jeter sur votre produit. Laissez-leur penser qu'ils sont les seuls à en avoir.

— C'est le secret d'un bon vendeur de ketchup ! dis-je, tentant un trait d'humour.

— Ils vont se croire sauvés, plus forts qu'avant. Leur prétention à se prendre pour les rois du monde va leur être fatale. Diffusez ce programme partout, infiltrez-moi ces mécréants. Pour moi, vous allez déclencher une crise systémique, une vraie.

Je repense à Lehmann Brothers, AIG, la panique sur les marchés il y a quelques mois, les queues de malheureux devant les banques en faillite, les émeutes en Argentine en 2001... Mme Krudson enchaîne :

— *Too big to fail*[1] *!* disent-ils. On va bien voir ! Les gouvernements n'ont plus les moyens de leur venir en aide. Ils sont asséchés par leur plan de relance. Ils ne pourront plus leur servir de garantie.

— Madame, je ne...

— Ça suffit ! Tout cela vous dépasse à un point que vous n'imaginez pas.

— Mais enfin, pourquoi ferais-je cela ? dis-je pour reprendre la main.

— Je vous observe depuis longtemps. Ce système vous dégoûte, la vie vous dégoûte. Vous êtes presque mûr pour comprendre : vous ne valez rien, vous n'êtes rien. Un grain de sable, un rouage tout au plus. Au fond, vous savez que l'argent ne vous apportera pas davantage. Vous étiez sans histoire. C'est votre chance de la faire, d'avoir un destin à la hauteur de votre talent. Vous avez vécu. Grâce à moi, vous allez maintenant exister.

— Que se passera-t-il ? dis-je intrigué malgré moi.

— Placez ce programme sur les marchés, et vite. Vous n'avez rien d'autre à faire. Juste sauter avec eux. Maintenant, dégagez avant que je ne change

1. « Trop importantes pour défaillir. » Idée que l'importance de ces institutions dans l'économie mondiale est telle que celle-ci ne pourrait supporter leur disparition.

d'avis. Si vous sortez vivant de l'ascenseur, ce sera déjà bon signe.

Je traverse le loft bleuté à reculons. Disparition d'opposants, déstabilisation économique, jugulation de l'opinion... Depuis cinquante ans, Mme Krudson fait disparaître quiconque la contrarie. Devant la porte de l'ascenseur, je regarde une dernière fois ce bout de femme chiffonnée. Elle crie si fort que son corps tremble comme une feuille :

— J'ai dit : dégagez !

Elle enfile un masque à oxygène, me foudroie de ses yeux clairs une dernière fois.

*

* *

Gueule ouverte, l'ascenseur privatif m'attend. D'autres préposés au djihad capitaliste sont donc déjà passés ici avant moi. Mme Krudson les a taillés en pièces. Pourquoi ? Comment ? J'hésite, monte, appuie sur le bouton L du *Lobby*.

L'ascenseur se met en branle. Tout est normal. Une fine ligne traverse le sol de part en part. Une trappe ? J'imagine des corps empalés sur les pitons de la machine, après une folle chute, quatorze étages plus bas. La cabine s'immobilise et la porte s'ouvre sur le rez-de-chaussée. L'amazone me fixe, l'œil noir, les cuisses prêtes à bondir.

Le long du trottoir, une Rolls Royce blindée rose bonbon m'attend. J'entrevois l'un des chauffeurs de Mme Krudson qui doit me ramener à l'aéroport J.F.K. Un camion de pompiers déboule sur la 5e, suivi d'un autre à quelques blocs, sirènes hurlantes de rage. Au coin de la rue, une équipe de joggeurs de Pricewaterhousecoopers sautille au feu rouge. Ils s'entraînent pour le marathon en recalculant leur bonus. Rien ne se perd, tout se transforme :

la déroute des banques fait la fortune des cabinets spécialisés en restructurations. Tendus vers l'objectif, ils sont persuadés que tout cela a un sens. Comme moi, il y a quelques minutes encore.

Avant de monter dans la Rolls Royce, je marche jusqu'à l'estafette d'un vendeur de rue. J'ai besoin de carburant. Il me tend un hot-dog brûlant dans un pain viennois qui dégouline d'huile et de moutarde sucrée.

— À ta place, j'ferais pas ça, *brother*, dit-il en me rendant la monnaie.

Je ne suis pas persuadé d'avoir bien entendu. Le type ne ressemble à rien. Il m'indique du regard le billet d'un dollar qu'il tient à la main. Son pouce est posé au milieu du billet, son ongle me désignant la pyramide tronquée surmontée d'un œil qui figure sur toutes les coupures d'un dollar. C'est celle des vitraux de Mme Krudson. Je recule de trois pas.

— Ouais, je ne mangerais pas de ce pain-là, continue-t-il.

Au loin, des couples s'enlacent sur les marches du Metropolitan Museum. Tout près d'eux, une bouche de métro. J'évalue la distance pour m'enfuir quand la tigresse bodybuildée de Mme Krudson sort de l'immeuble. Elle me fixe, le bras glissé sous sa veste, comme si elle allait dégainer son P22. Je suis sorti vivant de chez Mme Krudson. Elle ne me lâchera plus. J'embarque dans la voiture rose bonbon. L'ours polaire de Central Park grogne toujours.

2

La Rolls Royce de Mme Krudson file vers J.F.K. À l'intérieur, sur la banquette de cuir blanc, coupé de Manhattan, de ses bruits, son soleil et sa folie, je tente de retrouver ma « zone de confort ». Je passe mon temps dans des voitures, des avions, de parking en aéroport. À l'abri de la vie, derrière un mur de carlingues, d'ordinateurs, d'équations hyper-complexes. J'ai 37 ans, 40 millions d'euros placés aux îles Caïmans. Je suis un camé des mathématiques browniennes. Un type payé pour titiller les fractales et planquer le risque.

J'ai misé sur la déroute asiatique, surfé sur la bulle Internet, regardé ces abrutis de Merrill Lynch devenir fonctionnaires en 2008. Je suis le patron du département *quantitave trading* chez Crédit Général. J'écris des programmes de calcul systémique, des modèles à cinquante variables. Trente types alignent des kilomètres de code pour moi, à la recherche d'Alpha, l'équation parfaite. J'appuie sur un bouton, lance un logiciel sur les marchés financiers. Une sorte de lampe d'Aladin qui crache du ratio à deux chiffres sans que je passe un coup de fil. Les algorithmes calculent en temps réel la position optimale, l'ordinateur passe les ordres à la nanoseconde près. De nos jours, 70 % des volumes de transactions journalières sont placés par des systèmes comme les miens. L'avenir du monde se négocie chaque jour entre automates hyper-intelligents, ces drones de la finance.

Dans la salle des marchés, sur le *floor* de la banque, pendant que les traders imberbes triment au téléphone, je bois du thé vert en lisant les *Mémoires* de Casanova. Je jette un œil sur la courbe de performance qui se crée toute seule. Parfois je vais au cinéma, à l'UGC Ciné Cité de la Défense, en attendant la clôture de la Bourse. Dès qu'un programme s'essouffle, j'en lance un autre, sorti tout droit des ordinateurs de mon équipe de physiciens spécialistes en mécanique des fluides. La banque habille cela de marketing bancaire, appelle le tout « produits d'investissement ». Le service communication publie des livres blancs, organise des conférences luxueuses sur les trésors de l'innovation financière. Personne ne comprend ce que je fabrique.

Les mathématiques et les codes nous ont donné le pouvoir. La complexité est l'arme absolue, le signe « + », l'unique règle. La planète est un Monopoly, les entreprises des sigles à la pelle, les cadres, les fantassins du grand capital. Le monde bosse pour nous. Nous n'apparaissons jamais. Nous, les banquiers, vivons *leveragés*, hyper-endettés. Nous misons un, empruntons cent, gagnons mille. PIB, *cash-flow*, monnaies, nous parions sur tout mais ne savons pas lire un bilan. Nous n'avons jamais mis le pied dans une entreprise, ce repaire de besogneux. Nous nous foutons de ce qu'elles produisent, du nombre de personnes qu'elles emploient. La finance a été inventée pour rendre possibles les grands projets, l'émancipation économique des peuples. En ce moment, nous parions contre l'humanité, valeur extrêmement volatile. La finance engendre des catastrophes. Elle prospère en les résorbant. Nos profits sont vos pertes.

Largués, les politiciens publient de longues diatribes contre les excès du capitalisme. Elles sont écrites par des conseillers nés juste avant la chute du mur de Berlin. Ils nous traitent de terroristes. Ils nous ont fourni armes, cibles et plans d'attaque. Comme à Ben Laden. La colère des politiques n'existe que pour les caméras. Vingt ans de goinfrage et de collusion ont accouché d'un système mafieux. Avec la crise des *subprimes*, nous venons de ruiner les populations. Au pire, je perdrai mon job et une autre banque me recrutera en doublant mon *package*. Ou alors, je me mettrai au vert. J'achèterai un club de foot de deuxième division, comme un oligarque russe. Je regarderai des hommes courir derrière un ballon débile après avoir négocié les buts dans les vestiaires. En attendant, les gouvernements du monde entier volent à notre secours. Pour nous, il n'y aura jamais de punition. Barack Obama prône la rupture. Il a nommé les meilleurs artisans du désastre pour réformer le système. Tim Geithner et Henry Paulson siphonnent les portefeuilles des ménages sur plusieurs générations. Du cœur même de son administration, les deux comparses ne cessent de travailler pour Goldman Sachs. Grâce à eux, la firme est en train de réussir son OPA sur le monde. Les milliards sortent de nulle part, les banques sont renflouées, les populations prises en otage. C'est le casse du siècle, le plus gros délit d'initiés de l'Histoire. Les médias s'acharnent sur les bonus. Il faut éviter la révélation du mensonge : depuis soixante ans, la vie à crédit est une tuerie. La finance a révélé sa mesquinerie. Elle dévaste la société. C'est qu'elle tient, bien ferme, le monde par les Bourses.

Les pires truands de la planète sont comme moi. Ils financent la lutte contre le paludisme, créent des écoles en Afrique, investissent dans l'éolien. Ils invitent Nelson Mandela à leur anniversaire. Ils écoutent Bono comme le Messie, veulent serrer la main d'Angelina Jolie. Ils passent leur week-end dans leur Bionic, un sous-marin individuel de luxe. Ils fuient le monde, le survolent en jets privés. Dans les journaux, sur les recommandations de leur directeur de la communication, ils s'affichent en Prius. Ils cherchent une rédemption dans l'art, investissent dans n'importe quoi. Je suis un enfant du fascisme occidental. Je veux appuyer sur la touche « échappe ». J'ai tout. Je sors la clé USB de Mme Krudson. Je vais me racheter.

3

Ma relation avec le Bilderberg a démarré en janvier dernier. J'ai reçu à mon domicile un bristol laconique, en lettres anglaises :

> J'ai l'honneur de vous inviter à la prochaine conférence du Groupe de Bilderberg qui se tiendra du 14 au 16 mai 2009 dans un lieu que nous vous indiquerons ultérieurement. L'objet de la conférence est d'étudier les points communs et les divergences des différentes politiques du monde occidental sur le thème :
>
> « Crise du capitalisme : menace ou opportunité pour un nouvel ordre mondial ? »
>
> Sincèrement.
>
> RSVP : Robert J. Legall.

J'ai été prévenu du lieu exact de la réunion cinq jours auparavant. C'est l'une des précautions prises pour éviter la presse et les altermondialistes. Je me suis engagé, comme tout participant, à ne jamais parler de ce que j'allais voir ou entendre. Téléphone portable, Dictaphone bannis, rien ne devait filtrer. Avant mon départ, j'ai contacté les rares personnalités françaises qui y ont déjà participé, des grands patrons ou des Premiers ministres comme Jospin, Fabius ou Rocard. Leur nom a fuité sur Internet. Aucun n'a accepté de me parler.

À l'aéroport d'Athènes, un chauffeur m'attendait pour me conduire à l'Astir Palace de Vouliagmeni. La limousine aux vitres teintées portait un énorme B sur le pare-brise. Elle roulait vite, le passage ouvert par deux motards de l'Astinomia, la police nationale, qui klaxonnaient comme si j'étais Demis Roussos de retour au pays. Le Palace avait été vidé de ses occupants. Des agents de la CIA et du MI6 avaient passé au crible les affiliations politiques et les historiques judiciaires du personnel, du plongeur au directeur. À mon étage, les suites étaient pratiquement toutes inoccupées. Du balcon qui donnait sur la mer, avant l'ouverture des débats, j'avais repéré des snipers et les patrouilles de l'OTAN qui bouclaient le périmètre. Une noria d'hélicoptères déposait les invités venus en jet privé pendant que, bien plus haut, un F16 survolait la région. Sur l'eau, des Zodiac de l'armée grecque contrôlaient le trafic maritime. Elle venait d'arrêter un hors-bord chargé de journalistes qui tentaient d'approcher. Ils allaient passer quelques jours au poste.

Nous étions cent trente dans une salle de conférence avec vue sur la Méditerranée. Assise en rangée, par ordre alphabétique inversé, toute la suffisance occidentale patientait. Détenteurs du pouvoir économique (Tim Geithner, Lawrence Summers[1], les PDG de JP Morgan Chase, Goldman Sachs, Deutsche Bank, du fonds KKR, les pétroliers nord-américains, les dirigeants des banques centrales occidentales), militaires et agences de renseignements (chef de l'OTAN, de la Défense américaine, de la NSA, du MI6), magnats de la presse (Rupert Murdoch, Eric Schmidt[2], Peter

1. Respectivement secrétaire du Trésor américain et directeur du Conseil économique de la Maison-Blanche.
2. PDG de Google.

Thiel[1], Martin Wolf[2]), monarques européens (la reine Beatrix des Pays-Bas, le prince Philippe de Belgique et la reine Sofia d'Espagne) ainsi que les patrons des grandes organisations internationales (comme Robert Zoellick[3]) se serraient la main d'un air entendu, fiers d'être là. Peu de femmes, aucun Asiatique, Africain, Arabe ni Sud-Américain.

La réunion démarra quand un énorme écran de visioconférence s'alluma. Mme Krudson apparut sur un fond noir. De son penthouse de Manhattan, elle mena les débats : « Faut-il mieux une dépression longue, installant durablement les populations dans la pauvreté ou une crise brutale, rapide, accouchant d'un nouvel ordre mondial ? » Dans leur domaine, chacun des participants excelle à la manipulation des foules, l'usurpation de la vérité. Face à elle, ils furent comme des petits garçons. Richard Holbrooke[4] et Henry Kissinger[5] se disputèrent sur la question irakienne. Compte tenu de la gravité de la situation mondiale, les membres de l'équipe Obama furent autorisés à prendre des notes. Il s'était imposé comme l'homme du changement. Les Bilderbergers phagocytaient son administration. Restés chez eux pour ne pas éveiller les soupçons de la presse, les hommes d'État occidentaux apparurent tour à tour sur les écrans, en duplex ou triplex avec Mme Krudson. Gordon Brown, Angela Merkel, Dominique Strauss-Kahn furent tancés les uns après les autres pour leur incapacité à éviter le déraillement de l'économie occidentale. De son bureau présidentiel, Nicolas

1. Membre du conseil d'administration de Facebook.
2. Rédacteur en chef du *Financial Times*.
3. Directeur de la Banque mondiale.
4. Envoyé spécial pour l'Afghanistan et le Pakistan.
5. Envoyé spécial pour la Russie, ex-secrétaire d'État et conseiller national pour la Sécurité.

Sarkozy, l'épaule folle, replaça sa cravate une bonne douzaine de fois. Elle dicta à chacun une liste de décisions à faire passer dans leur pays ou institution, puis prophétisa : « Puisque vous ne savez rien faire, au moins, attachez-vous à calmer les foules. Ou alors préparez-vous à finir décapités. »

Madame Krudson était persuadée de vouloir le bien des populations. En fait, elle les méprisait. Les jugeant incapables de détermination et de courage, elle voulait les contrôler. Son but était d'établir un socialisme par le haut, planétaire, progressivement installé non par la force, mais par la propagande subtile, le grignotage de l'opinion. À l'occasion de crises réelles ou déclenchées, renforcer l'aliénation. Mme Krudson avait ressuscité une méthode : l'infiltration. La politique, la vraie, c'est l'influence. Il fallait noyauter les grandes organisations internationales et ainsi manipuler les dirigeants. Le bolchevisme, dont elle partageait le but, était sa bête noire, la lutte des classes, les révolutions, pures démences. Couplé à la puissance des médias, le capitalisme était son meilleur allié. Ensemble, ils standardiseraient rêves, villes et modes de vie, nivelleraient les individus. Conformisme et matérialisme aboutiraient à la décérébration. Ils enfanteraient d'un monde plat, sous emprise. Les gouvernements nationaux n'y pourraient rien. Leurs décisions, lois et politiques publiques sur l'économie et l'éducation, en lèveraient les derniers obstacles. Instrument de la lutte contre la poussée communiste de libération du peuple par le peuple, le Bilderberg était vite devenu le bras armé des ultralibéraux. Depuis 1954, il définissait la politique économique du bloc occidental. Si un gouvernement refusait ses préconisations, le conseil de surveillance – un groupuscule de dix personnes, dont David Rockefeller, Henry Kissinger, Zbigniew

Brzezinski, le patron de la CIA, du MI6, et de l'OTAN – fomentait un coup d'État. Il organisait une crise des liquidités, déstabilisait la balance commerciale, poussait les populations à l'agonie. Le FMI, la Banque mondiale étaient ses armes de prédilection, bien planquées sous le lustre des grands idéaux d'après-guerre. Depuis la création de ce gouvernement mondial secret, Mme Krudson assistait à toutes les réunions du G8 par vidéoconférence. Elle définissait l'agenda, dressait les conclusions, relisait les communiqués. Elle a établi la liste noire des paradis fiscaux lors du dernier G20. Le drapeau de la démocratie avait été planté partout. Il était le cache-sexe d'une idéologie obsédée par l'emprise.

Dans les couloirs de l'hôtel, l'ambiance était tendue, les visages fermés. À l'issue des trois jours de conférence, Mme Krudson, sentencieuse, conclut : « Ce qui nous a portés nous foudroie aujourd'hui. Nous sommes victimes de notre succès. Il faut supprimer la tentation du mal. Seul l'arrêt de la consommation mondiale assurera notre domination. Tenez-vous tous prêts. » L'écran s'était éteint d'un coup. Livrés à eux-mêmes après avoir été réprimandés comme des gamins, les participants ébahis juraient et se haranguaient. Je n'avais rien compris.

4

La Rolls s'immobilise le long de Rockaway Boulevard à dix kilomètres de l'aéroport J.F.K. Nous sommes coincés dans les embouteillages. Des immeubles décatis du Queens encadrent la voie rapide. Des enfants s'agitent dans des parcs rouillés. Leurs mères, des filles aux formes englouties par l'obésité, les surveillent de loin. Elles n'ont pas l'âge de boire de l'alcool. Des gamins désignent la voiture du doigt en riant. Les vitres teintées excitent leur imagination. Ils s'approchent en pariant.

— C'est Puff Daddy, dit l'un.

— Non, c'est Jay Z, dit l'autre.

— N'importe quoi, c'est Donald Trump, le milliardaire.

Ils s'agglutinent contre la voiture rose pour apercevoir leur idole. Ils repartent déçus en criant *loser*. Je suis un *nobody* millionnaire.

A priori, rien ne me prédisposait à fricoter avec Mme Krudson et son organisation. Les Bilderbergers – les quatre-vingts permanents – sortent du même sérail. Ils ont été élevés par des domestiques dans d'illustres familles américaines et des propriétés grandes comme le château de Versailles. À Yale, leur université de prédilection, ils ont rejoint, de père en fils, le club étudiant ultra-sélect Skulls and

Bones[1]. La journée, dans leurs tenues de gendre idéal, ils apprennent les sciences humaines et la poésie anglaise dans des salles de cours à la gloire d'illustres anciens. Le soir, cachés sous des tuniques noires, ils se livrent à des rites tout à leur fantasme d'immortalité : procession devant le crâne de Geronimo[2] volé par leurs ancêtres, masturbation dans des cercueils, viols de sépultures. Ils se confient des secrets qui les uniront jusque dans la mort. Parvenus au pouvoir financier ou militaire, ils s'opposent apparemment, comme John Kerry et George W. Bush lors de l'élection présidentielle en 2004. Ils sont obsédés par le pouvoir et l'autoreproduction d'une élite blanche, occidentale, intouchable. Yale, l'appartenance à Skulls and Bones et la croyance en leur proximité à Dieu ont scellé leur destin. Avec Mme Krudson et le groupe Bilderberg, ils quadrillent le monde.

Je n'ai jamais mis les pieds à Yale. J'ai appris « l'anglais des affaires » en formation accélérée au Crédit Général. Ma famille habite une maison Legrand que mon père avait fait construire à Clermont-Ferrand. C'est une bâtisse de béton recouvert d'une peinture saumâtre dans une rue en forme d'impasse. Mon père s'en montrait très fier. Il était plombier. Le samedi, nous déjeunions à l'Hippopotamus. À table, je regardais ses mains rugueuses. M'avaient-elles seulement une fois caressé ? À ses côtés, ma mère dévorait la mousse au chocolat à volonté. Elle faisait régime toute la semaine. La teinture capillaire rongeait sa peau. Le soir, elle crémait de Nivea son visage sillonné par le roulis de la vie. Je m'endormais avec une odeur de laque Elnett sur le front.

1. Littéralement « crâne et os ».
2. Le plus vieux chef indien.

À la télévision, la publicité pour Omo s'intercalait entre *Les Sept Mercenaires* et Guy Lux. Mes parents bossaient dur. Je fouillais les poches de mon père. Il n'y avait jamais rien. Je gagnais toujours au Monopoly. Aux billes aussi. À force de repartir les mains vides de la cour de récréation, les autres enfants n'ont plus voulu jouer avec moi.

Je me coupais du réel, devenais accroc aux mathématiques. Loin de ces objets que je ne pouvais obtenir ; de ces parents qui n'avaient jamais de temps ; de cette société qui m'ordonnait d'être heureux. Adolescent, j'ai tout mis en équation : le taux de remplissage du salon de coiffure de ma mère, la propension à la dépression des professeurs de l'Éducation nationale. Ma probabilité d'être aimé. Les chiffres étaient là, parlaient tout le temps. J'eus envie de vivre sous terre.

Je m'étais bricolé un bureau dans la cave. Elle devint mon premier refuge. J'aimais son froid humide, l'odeur de trou, le silence de prison. Sous terre, il ne se passait rien, ni le jour ni la nuit. Plus de rythme, de lumière, juste les chiffres. Je n'en sortais plus.

À la surface, je découvrais un monde étrange. Les gens riaient, pleuraient. Mes parents balançaient entre incompréhension et compassion. J'étais fils unique, une abstraction. Leur extraction.

Dans la poubelle familiale, je piquais en douce les emballages maculés de restes de raviolis en boîte Buitoni. Dans la cave, je découpais les logos, collectionnais les canettes de soda. Je les rangeais par marque sur une étagère, notais l'heure, la date sur un calepin. Des vers, shootés au sucre de synthèse, avaient fini par sortir des boîtes de Coca-Cola. Ils s'étaient nichés puis reproduits dans les murs. Ils avaient infesté les fonts baptismaux de ma première maison. Je rêvais d'un ailleurs, l'Amérique probablement.

En quatrième, en pleine année scolaire, le proviseur convoqua mes parents. Terrorisés, ils pénétrèrent dans son bureau qui sentait la colle Cléopâtre et la transpiration. Mes parents avaient-ils remarqué mon goût pour les mathématiques ? Qu'envisageaient-ils pour mon avenir ? Il fallait me pousser, j'avais du « potentiel », bondissait-il sur son fauteuil à roulette de professeur des écoles.

Inquiet, je les attendais à la maison. Ils allaient vouloir me rendre normal, me forcer à faire du tir à l'arc, m'inscrire aux scouts et puis fermer ma cave. Mon père se rua dans sa chambre. Il enfila son plus beau costume en lançant des « Ah, toi alors ! ». J'étais pétrifié sur le canapé But. Tout excité, il chanta : « Monte en voiture ! »

Je découvris la Fnac flambant neuve de Clermont-Ferrand. Mon père me poussa dans l'escalier, vers l'informatique. « Je veux un ordinateur pour mon fils, le plus cher », dit-il au vendeur. Dubitatif, le type en gilet rouille le toisa. Il ressemblait à Renaud, le chanteur. C'était l'époque de *Mistral Gagnant*. Mon père sortit une masse de billets : plusieurs mois de salaires, nos vacances à Cancale. L'énorme carton IBM finit dans le coffre de la Renault 18 Chamade rafistolée. De retour dans le pavillon, mon père tira une rallonge jusqu'à la cave. J'appuyai sur *ON*. Ma mère se tut. J'étais cuit.

Je me mis à inventer mes premières lignes de code informatique. Pendant des années, je n'ai pas vu les autres, le soleil, les filles. À force de vivre sous terre, je devins albinos et insomniaque. Au collège, pas besoin de mémoire, tout était un jeu. Les chiffres dansaient. J'aimais bien la musique, le solfège surtout. Les gammes ressemblaient à une fractale parfaite. Elles m'hypnotisaient. Ma vie s'écrirait sur du papier à musique. Mes émotions auraient limites et variables. Je poserais le temps en équation.

Le mouvement punk déferlait dans la cour de récréation. Des types frayaient la foule avec des crêtes orange et des tee-shirts déchirés barrés *no future*. La bourgeoisie locale rétorquait avec des logos Nike sur le plastron. Dans les rues délavées, les affiches United Colors of Benetton célébraient l'universalité marchande. À la télévision, les spots Hollywood Chewing-gum dictaient l'injonction au bonheur. Bernard Tapie posait pour Duracell. Les élèves fumaient des Marlboro en écoutant le groupe Wham. Le samedi, leurs mères les emmenaient chez Rallye. Pour percer le marché français, Levi's vendait ses toiles en hypers. Ma mère avait économisé. Elle m'acheta mon premier *jean,* trop grand, « pour que cela dure un peu ». Je ne le quittais plus. L'Amérique débarquait à Clermont-Ferrand. À peu près au même moment que le TGV, le Minitel et les vidéoclips. Petit, frétillant d'inquiétude, maladroit, j'avais 15 ans et je ressemblais à un têtard.

Le proviseur rappela, un soir. Son ton était solennel. Il vivait probablement l'un des pics de sa carrière. Il pensait déjà à la réputation de son bahut, sa mutation prochaine dans l'établissement de ses rêves. L'Éducation nationale m'avait repéré. Elle me proposait une bourse d'excellence. Envoyé au lycée Blaise-Pascal, j'intégrai les meilleures classes : terminale S, maths sup puis spé à Louis-le-Grand à Paris. Ma mère pleura, son fils était un ovni et la vie démarrait enfin. Dans ces classes préparatoires aux grandes écoles d'ingénieurs, les types me ressemblaient : ils étaient défigurés par l'acné, bidouilleurs de chiffres, incompris du reste du monde. Ils portaient une chaussette rouge au pied droit et une chaussette blanche au gauche et s'en fichaient. Je me frottais enfin à un peu de compétition. Je les explosai au concours. Sur le quai de la gare de Clermont-Ferrand, mon père avait remis son plus beau costume. La chair de sa chair venait de décrocher la timbale de la méritocratie, Polytechnique. Il me serra la main de sa grosse pogne du bâtiment puis me prit rapidement dans ses bras. Mission accomplie.

Je passai trois années sur le campus du plateau de Saclay à triturer des équations dans tous les sens. Des chercheurs de Stanford et du MIT assuraient des séminaires bondés sur « la surréplication d'options européennes dans un modèle à volatilité incertaine », « la factorisation de Wiener-Hopf pour les processus de Levy et l'évaluation d'options exotiques » et les « produits de poids aléatoires poissoniens ». J'adorais. Le jeudi soir, nous débarquions par cars de l'armée aux fêtes d'HEC, juste à côté. L'alcool était gratuit, les filles partout. Je passais la soirée adossé à un mur, une main dans une poche, l'autre enserrant un gobelet en plastique blanc rempli d'une vodka infecte. Vers 4 heures du matin, les types d'HEC imbibés de tequila discount se pleuraient dans les bras sur *Les Lacs du Connemara* de Sardou. Ils ont 40 ans maintenant, cette chanson les met toujours en transe.

À la remise des diplômes de l'X, mes parents rasèrent les murs. Ils étaient fiers de moi. Devant la grille, je leur ai dit au revoir. J'ai bien senti que c'était l'une des dernières fois. J'ai fait plusieurs tours du monde, habité Singapour, Tokyo, Londres et New York. J'ai intégré le Club Petroleum d'Air France. Je ne suis pratiquement jamais retourné à Clermont-Ferrand.

5

Le *New York Times* traîne à l'arrière de la Rolls Royce. Un attentat suicide à Lahore a fait vingt-quatre morts. « La chose la plus inquiétante chez les terroristes est qu'ils paraissent tout à fait normaux, qu'ils sont bien éduqués et qu'ils ne montrent aucune indication de maladie mentale dans leur interaction avec le monde », précise un agent de la CIA en première page. Le ressentiment tout comme le besoin d'exister ne connaissent ni diplôme ni nationalité, me dis-je en frissonnant. Assis sur mes millions, coincé dans l'immédiateté, je n'ai pas d'avenir. Mme Krudson compte sur moi. Me signifie-t-elle que je vaux quelque chose ?

La banque, le Crédit Général, me recruta pendant mon DEA de mathématiques financières à Paris-9. Dans mon cours, il n'y avait que des fous furieux d'algorithmique. Je parlais, bouffais, ne rêvais que d'équations. La vie active m'angoissait sec. Travailler dans la finance était mon unique chance de rester dans le monde parfait et maîtrisé des chiffres.

J'entrai donc dans une tour de la Défense. Je signai une série de papiers : code de déontologie, plan d'intéressement, attestation de secret bancaire, décharge en cas de suicide ou de pépin cardiaque, ouverture de compte à taux réduit. Je passai un test antidrogue. Je n'avais jamais touché une cigarette de ma vie, l'alcool m'écœurait. Au septième étage, on me désigna mon « poste de travail » : quatre écrans, deux téléphones dans un *open space* rempli à bloc. La sacro-sainte salle des marchés du Crédit Général, l'antre du capitalisme français. Il est devenu mon univers. Ici des types s'entassent dans les rangées pour bosser seize heures par jour sur des tables de Formica blanc. Elles sont jonchées de mémos écornés et de gris-gris : fanons d'équipe de rugby, boules antistress, crocodiles en plastique, corail australien, Polaroid de leur dernière voiture. Les murs suintent la testostérone, la sueur et les frites industrielles. Les fleurs et les cadres photo sont désormais interdits. Un type a assommé son voisin avec un vase. Un autre a agressé une assistante avec du verre brisé. Le *floor* est une bétaillère postmoderne.

Le bizutage dura dix mois et deux jours exactement. Les seniors traders me refilaient leur *deal* foireux en m'injuriant : « T'es qu'une merde, t'arriveras à rien. C'est pas pour toi ici. Retourne chez ta mère. » Les types du *back-office,* stagiaires ou juniors, ramaient pour contrôler des *bankers* d'autant plus sadiques qu'ils étaient passés par là. La banque misait tout sur la sophistication financière. Elle ne recrutait que des X. Les HEC étaient des vendeurs d'ananas, le reste du monde un accident statistique.

Au printemps de ma première année, la banque organisa un séminaire. Elle loua un Club Med en Algarve au Portugal, un quatre Tridents impeccable, blanc et bleu. Elle réserva dix avions, aligna les bouteilles de Taittinger, invita Amalia Rodrigues, la reine du fado à chanter lors du dîner de gala. À 75 ans, c'était l'une de ses dernières apparitions. Elle repartit au bout de quinze minutes. Les types tiraient sur leur cigare en se grattant l'entrejambe dans des fauteuils en teck. Ils rotaient au champagne, fêtaient l'année, vomissaient dans la piscine à débordement. Les moins saouls se jetaient sur les filles du *sales*. La banque était connue pour les recruter jolies et dures, tendance anorexique. Sèches comme un chiffre impair.

Le lendemain, au bord de la piscine, j'avais repéré Marie, une fille du *sales* justement, brune et légèrement grassouillette, plutôt quelconque. Elle n'était pas déguisée en poupée Barbie et se tenait à l'écart. Planquée sous son paréo qui la boudinait, elle lisait *Baise-moi*. J'y vis une invitation. Jusqu'à ce jour je n'avais touché de femme que sur papier glacé. À l'heure de la sieste, dans sa chambre du Club Med, j'avais arraché ses dessous Dim pour me vautrer dans son odeur. J'avais joué avec chacun de ses orteils. Marie avait pris cela pour de l'amour et moi aussi.

Le dernier jour, les GO nous attendaient sur le terrain de foot. La sono crachait *I Will Survive* et Marie me suivait comme un toutou. Vingt vachettes débarquèrent sur le terrain. C'est à celui qui resterait le plus longtemps. Mon voisin de chambre, Paulo, un Italien poilu qui collectionnait les caleçons Harrods, fut pris d'affection par l'une d'elles. Elle avait de belles cornes, il portait une casquette rouge avec le logo Ferrari sur le front. Il finit à l'hôpital de Faro avec un décollement de la plèvre. Je fus chargé de lui rapporter ses affaires à Paris.

Dès qu'il fut rétabli après son transfert à l'hôpital américain de Neuilly, Paulo, pour me remercier, m'invita à boire un verre au Winston Churchill, près de l'Étoile. C'était le rendez-vous des diplômés d'école de commerce. Autour d'un café allongé, la boisson la moins chère, ils comparaient salaires, manageurs et petites copines. Dans leur chemise Polo Ralph Lauren achetée en solde par maman, ils se prenaient pour l'avenir de la France. Ils s'imaginaient, avec leur petite mallette en toile, bientôt courir le monde à l'assaut des marchés. Ils venaient de passer la journée à faire du *data crunching*[1] dans des bureaux sans fenêtre. Le soir même, ils retourneraient dans leur studio du 9e arrondissement et dîneraient de saucisses cocktail bourrés de gélatine animale. En pleine convalescence, Paulo avait commandé un lait fraise. Il portait encore son corset. Il me fit cadeau d'un Pannettone géant Dolce del Papa et d'un litre d'huile grand cru de truffe noire. « Mes péchés mignons », dit-il en me tendant le paquet. Il avait trois ans de plus que moi. Cador de la salle des marchés, il alignait des performances hallucinantes. Nous voulions tous travailler avec lui, comprendre ses recettes. Les semaines suivantes, il se mit à me refiler des tuyaux. Il m'apprit toutes les ficelles du métier. Depuis, Paulo est mon seul ami.

Peu à peu, mon management me laissa jouer. Je misai 10, 30 puis 50 millions sur mes premiers programmes de calcul systémique. J'ai « performé » dès le départ sur la base de 40 %. Grâce aux informations de Paulo, je passai vite senior. On me confia une petite équipe de matheux. Les types du *floor* se mirent à m'inviter à leurs soirées poker. Ils voulaient tous mes programmes. Depuis, chaque lundi, nous nous racontons nos week-ends pour comparer ce que l'on a dépensé. Un type plutôt gras et moche avait pris deux fois le Concorde pour New York en deux jours. « Putain, j'ai rattrapé le temps, tout vécu en double », avait-il annoncé fièrement. Il était reparti à son poste avec une couronne de galette des rois. Nous nous la disputons chaque semaine. Qui a la plus belle petite amie, la plus grosse voiture, la vie la plus absurde ?

1. Mouliner des chiffres.

6

Avant le vol, j'évite le *lounge* Air France à J.F.K., redoutant d'y croiser des têtes connues et de devoir faire la conversation. Je monte au premier étage de ce terminal métallique et blanc, à l'endroit des restaurants self-service. Je commande un bol de nouilles coréennes et m'assieds près de la baie vitrée qui donne sur les avions garés devant les portes d'embarquement. Une famille indienne s'installe à la table d'à côté. Leur petite fille se retourne vers moi, alternant sourires et grimaces. Elle doit avoir 6 ou 8 ans. Elle porte fièrement la réplique en mousse verte de la couronne de la statue de la Liberté. Des Nike roses à paillettes dépassent de son sari turquoise. En repartant, elle agite sa main pour me dire au revoir. Elle tire une mini-valise à roulette à l'effigie de Hello Kitty.

Rencontrée au séminaire portugais, Marie était une gentille fille mal dégrossie. Elle ne jurait que par les tailleurs Zara et voulait tout le temps dîner au Buddha Bar. Elle regardait la série *Sex In the City*, aimait les sacs Le Chapelier, je l'épousai sans aucune conviction. Comme une tâche incompressible sur la *to do list* d'une vie type, une équation modèle. Dans ma vie affective, j'avais décidé de me tenir bien éloigné de toute limite ou prise de risque. Je cherchais la perfection dans les chiffres. Côté cœur, je visais la moyenne.

La mère de Marie, femme de dentiste dijonnais, prépara le mariage pendant plus d'un an. Elle s'arracha les cheveux sur la couleur des lys, la taille des nappes, le confort des sièges et la robe de sa fille. Trois mois avant la date, en consultant ma liste d'invités elle s'était exclamée : « Mais vous n'avez pas d'ami, mon cher. » Le lundi suivant, outre Paulo, j'invitai les vingt types assis dans ma rangée de la salle des marchés.

Je débarquai à la gare de Dijon-Centre le matin de la cérémonie. La mère de Marie avait décrété que sa fille et moi ne devions pas dormir ensemble la veille de notre mariage : « C'est plus romantique. » Je mis le costume choisi par ma belle-mère. Elle portait une robe rose bonbon et un chapeau immense sur lequel des oiseaux accrochés se bécotaient. C'était le jour de sa vie. J'obéis à ses ordres, souris au photographe pendant la séance de poses dans le jardin botanique.

Lors de la réception, au château du Troudesfeyçes ou quelque chose d'approchant, deux cents personnes m'entouraient et me souriaient. Je ne les avais jamais rencontrées. Mes parents se planquaient derrière les lys roses. Comme moi. Mes invités étaient venus seuls. À Paris, ils sortaient avec des mannequins ukrainiens. Pendant mon mariage, ils se battaient pour des filles à gros mollets mal épilés, assistantes de direction dans les PME du coin ou chargées de comptes au Crédit Populaire. Paulo s'ennuyait. Il reluquait la cousine de Marie. Elle avait 14 ans.

Le repas dura des plombes. Ma belle-mère avait choisi un menu gastronomique qui arriva froid dans les assiettes. Tout le monde roupillait. Entre les plats, Marie me tirait derrière elle en faisant le tour des tables. Il fallait remercier, feindre le merveilleux. Mon père s'était saoulé au pastis, s'endormant au septième discours de la famille de Marie.

J'eus de plus en plus mal à la tête. Sur chaque table, un poisson rouge nageait dans un aquarium. Pour tuer le temps, les types de la banque se mirent à leur faire avaler n'importe quoi : sel, poivre, mie de pain. Puis du lourd : foie gras, lotte à l'armoricaine, camembert. Au moment du dessert, le père de Marie demanda à tout le monde de sortir dans le jardin, pour « la surprise ». Des feux d'artifice verts, jaunes et mauves pétaradèrent dans le ciel de juin. Les invités s'extasiaient. Ma jeunesse partait en fumée et je n'avais rien vu.

Vint la première valse. Marie virevoltait au bras de son père. Le mien, réveillé par les pétards, me poussa vers ma belle-mère. Elle saisit ma main sèchement. Tout en conduisant la danse, elle se pencha à mon oreille et me glissa : « Vous avez beaucoup de chance, ma fille moins. » Elle releva la tête avec un sourire de bourgeoise sûre de son fait.

À minuit, je prétextai une migraine épouvantable. Mes invités, les types de la salle des marchés du Crédit Général, avaient viré le DJ. En transe, ils hurlaient sur les paroles de Capitaine Flam. Les poissons rouges gisaient sur le dos, empoisonnés par le champagne. La mère de Marie me regarda horrifiée. Je partis me coucher à l'abbaye de la Bussière, un Relais et Châteaux réservé par ses soins pour notre « nuit de noces ». Je fis un cauchemar : j'étais un poisson rouge gros comme une truite, dans un aquarium pour têtards. Je tentai de sortir mon corps lourd de cette prison de verre. Je me cognai contre les rebords en verre et m'asphyxiai. La vie est un bocal.

Le lendemain, nous partîmes en voyage de noces à Sainte-Lucie, dans les Caraïbes. À notre arrivée, la direction de l'hôtel nous servit un verre de bienvenue. Un planteur glacé, un peu amer qui s'appelait « cocktail de l'amour ». La plage était une succession de bungalows avec des *honeymooners* qui copulaient à l'intérieur. Sur le lit baldaquin, le personnel avait disposé les serviettes en forme de cœur. Le téléphone clignotait sur la table de nuit en rotin, indiquant un message. La mère de Marie nous souhaitait une « inoubliable lune de miel ». Nous la passâmes dans le bungalow, les intestins tordus par le philtre de l'amour mal dosé. Je découvris ma femme.

À Paris, nous nous sommes installés à Neuilly dans une résidence remplie de personnes âgées vivant seules avec des caniches à couettes. La semaine, je bossais comme un doberman, enchaînais les bonus. Le week-end, nous jouions au couple charmant, entre brunch au Coffee House de la rue Princesse avec les copines insipides de Marie et dîner du samedi interminable chez ses parents à Dijon. Son père voulut me mettre aux vins de Bourgogne et à la chasse. Il disait me considérer comme son fils. Je me perdis en forêt.

Pour mes 27 ans, je pris huit jours de repos avec Marie. Je gagnais déjà près de 2 millions par an. Cela représentait le chiffre d'affaires cumulé de la petite entreprise de plomberie de mon père, sur douze années. Pour la première fois de ma vie, je décidai seul de mes vacances. Je voulus marquer le coup : nous fîmes le tour du monde des hôtels Four Season's. À notre retour, j'envoyai à la direction de la chaîne hôtelière une analyse comparée de la propreté des baignoires et du confort des oreillers.

Dès sa grossesse, Marie mon épouse se transforma. Docile et transparente, elle devint tyrannique, sûre d'elle. Depuis l'enfance, j'avais eu l'impression d'être à côté de la vie. Avec l'arrivée de notre fille Kate, je devins accessoire. Sans le savoir vraiment, en remplissant mon devoir de géniteur, j'avais accédé au désir de Marie. Elle n'avait plus besoin de moi et me le fit payer : elle me força à porter des patins dans l'appartement.

Un soir de mars, je rentrai abattu après une paume de 5 millions de francs. Ma fille Kate geignait sans cesse. À deux doigts de la jeter contre le mur, je criai : « Ferme-la ou je t'éclate la gueule. » Kate avait dix mois, Marie hurla : « Tu n'es plus de ce monde. Tu es dangereux. » Un taxi les attendait. Comme à son habitude, la mère de Marie avait tout prévu : les valises, le script de la dispute finale, la procédure de séparation par consentement mutuel. S'ensuivit un divorce d'avocats parisiens, une formalité car je ne demandai rien. En me débarrassant d'elles, je pensais avoir déjà tout. Je n'ai pas revu mon ex-femme, ni ma fille pendant plusieurs années.

Mon père mourut début 2001. J'avais plusieurs milliards engagés sur le Nasdaq. Je ne pouvais quitter mon poste ni transmettre mes positions. À Paris dans la salle des marchés, les traders vendaient n'importe quoi à des investisseurs qui pleuraient pour en être. C'était pendant la bulle Internet, la plus grande escroquerie financière de tous les temps. Avant l'immobilier, les *subprimes*, le crédit et l'énorme bouffonnerie des plans de relance. À l'heure de l'enterrement, j'ai regardé mes gains grimper pendant que l'on descendait mon père sous terre.

7

À bord de l'A340, je suis comme une midinette de retour de sa première excursion à Manhattan. Je regarde le Groenland, joue au solitaire, enchaîne les films débiles en me goinfrant de fruits saturés en pesticides au bar de la première classe. J'avale un Xanax qui ne prend pas, puis un autre. Sur mon fauteuil inclinable à 180 degrés, je me retourne comme un steak haché sur le grill de Burger King. Ma réussite confine au non-sens. Dans mon milieu, je passe inaperçu. Pour Mme Krudson, j'ai le profil idéal pour infiltrer le système et le faire exploser. Elle veut que j'inonde le marché de ce programme. Je me suis imposé comme puissance de calcul alors que j'ai toujours rêvé d'être un héros. Je suis un kamikaze en Berluti.

Je sors la clé USB Hello Kitty de l'étui de requin dans lequel je l'avais placé : un chat blanc avec une barrette sur l'oreille et deux yeux coquins. C'est ma main sur le monde, l'équation ultime. L'espèce humaine est la seule à pouvoir s'autodétruire. La guerre interdite, il reste la technologie. Le conflit selon Clausewitz, entre deux nations, deux armées, pour des territoires physiques, est mort. Aujourd'hui, l'ennemi est invisible : une bombe sur les marchés peut être lancée d'un cybercafé allemand, à partir d'un ordinateur appartenant à un ressortissant américain mais piloté, à son insu, par un résident biélorusse. Donnée pour libératrice des peuples, la technologie est l'arme de prédilection des barbares. Cyber-utopia n'existe pas. L'univers, mon univers, peut donc avoir une fin sans que je me tue complètement ? Pourrais-je tout effacer pour tout recommencer ?

Sur le marché du travail, je suis une *commodity* : un produit de base qui s'achète et se vend. Un ordinateur, un téléphone, une connexion Internet : immédiatement adaptable, corvéable, je fais un boulot « liquide ». Je *suis* liquide. J'ai une plus-value, j'existe. Je perds, je disparais. Personne ne me demande comment je vais. Je franchis les étapes, sans chercher à savoir si cela me convient. « Tu es tellement secret », disait Marie. J'ai toujours caché mes doutes sous une apparente difficulté à me livrer. De peur de déborder, de connaître ma violence ou mon chagrin, je me suis verrouillé de l'intérieur. « La vie vous dégoûte, le système vous dégoûte. Vous n'y croyez plus », m'avait asséné Mme Krudson. C'était bien la première fois que quelqu'un voyait juste en moi. Elle a fait jaillir une sorte de déprime larvée jusqu'alors bien planquée derrière ma propension à l'autisme et à la gagne.

Elle avait affleuré en 2001. J'avais déjà près d'une décennie de *trading* dans les pattes, une carrière en flèche, un divorce. La banque me faisait tourner autour de la planète comme un hamster dans sa roue. Je formais des équipes, torpillais la concurrence, dégommais des entreprises. Je commençais à avoir tout fait. L'ennui pointait avec l'angoisse sur le porte-bagages. Dans mon secteur, Paris est une ville de province et j'avais envie de changer d'air. J'avais été « chassé » par Merrill Lynch : les traders se partageaient 12 milliards de bonus annuels. La sophistication des produits exotiques, les moyens de l'Amérique : leur offre me promettait de changer de dimension. La négociation n'avait pris que quelques semaines. Tout début septembre 2001, j'avais eu un dernier entretien avec le PDG de Merrill à Manhattan.

À cette époque, je ne connaissais pas encore l'existence de Mme Krudson. Elle siégeait au conseil d'administration de tous les grands fonds d'investissement et avait orchestré et financé la bulle Internet. Grâce aux nouvelles technologies, on allait converser, consommer, échanger jour et nuit, vingt-quatre heures sur vingt-quatre. C'était la fin des hiérarchies, des intermédiaires, des délais. Émancipation des personnes, humanité tout sourire en lien permanent... Le Web est l'un des derniers rêves capitalistes. Il n'a enrichi que nous, les banquiers. Les grandes entreprises, ringardisées par les médias, levaient des sommes folles auprès de nos « institutions ». Avec l'argent que nous leur prêtions moyennant de solides taux d'intérêt et des participations dans leurs opérations, elles investissaient dans des start-up survalorisées par nos soins. Arrivées à maturité, c'est-à-dire quand les médias en avaient suffisamment parlé, nous les introduisions en Bourse, gonflant les cours, empochant commissions sur l'opération et plus-values sur la revente de nos titres. Tout cela n'était qu'un vaste jeu d'écriture mais, à chaque ligne, nous remplissions le tiroir-caisse. Puis le cours s'effondrait. Les actions n'étaient plus que de la monnaie de singe mais nous étions déjà loin. Les grandes entreprises – les dindons de la farce – trimaient pour nous rembourser et les petits porteurs qui avaient acheté au plus haut en contractant des crédits auprès de nos services étaient ruinés. La manipulation devint trop évidente et la bulle explosa. Il fallut dégoter une nouvelle poule aux œufs d'or. Ce fut un robot. Sur les marchés, les outils technologiques permettent d'identifier des fractions d'écart de valeur, infinitésimales, presque inexistantes. Accumulées dans des quantités monstres, elles se transforment en milliards. Le concept sortait de la tête de polytechniciens puceaux. Grâce à lui, la France devint la Mecque de l'innovation financière. Nous les « X », nous arrachions à coups de bonus garantis sur plusieurs années et de *welcome parachutes* cousus de fil d'or. Depuis cette période, nous avons pris l'habitude de faire grimper les enchères pour obtenir ce que nous voulons. Davantage par goût du chiffre que du gain. Les énarques de l'Inspection générale ont été relégués dans les directions régionales. Les plus chanceux ont fini pondeurs de notes pour des types défigurés par l'acné. La crème de la crème n'a qu'un Eldorado : Goldman Sachs, ordre suprême du microcosme. Les places financières se ruèrent sur le créneau, hyper-rentable, presque mécanique. Ce fut la dernière trouvaille pour faire du cash à partir de rien. Seul moyen d'assouvir la voracité de tout le système. Avec les dérivés, la finance mondiale est tombée dans le pot de confiture. L'innovation ne sert pas à réparer des failles mais à enterrer la crise précédente.

Dès mon arrivée à New York pour cet entretien avec le PDG de Merrill Lynch, j'avais prévu de retrouver Paulo chez Peter Luger, un *steak house* de Brooklyn. Il était de passage pour une réunion d'équipe. Les panneaux publicitaires se succédaient sur l'autoroute qui reliait J.F.K. à Manhattan. Placardées tous les kilomètres, les ambassadrices de L'Oréal répétaient : « Parce que je le vaux bien. » La Fox avait frappé fort avec les affiches anxiogènes du film *Independance Day*, de plus en plus nombreuses à l'approche du pont de Brooklyn. Des extraterrestres allaient envahir l'Amérique. En

2001, on avait oublié que la plus grande menace de l'humanité était en nous.

Peter Luger était coincé entre deux entrepôts d'une rue sinistre, mal éclairée. Chaque soir, les traders en costume à bretelles dînaient sur de longues tables en bois entourées de murs de faïence blanche. Les serveurs jetaient couverts et assiettes puis balançaient le Porterhouse, la spécialité du chef : un steak de 1,25 kg à se partager à deux ; du bœuf gras et sucré du Midwest, gonflé aux hormones. Ils engueulaient les clients qui ne mangeaient pas assez vite. C'était la cantine de Wall Street, il y régnait une ambiance d'abattoir.

Assis au bout d'une table désertée par les clients mais jonchée de restes de viande froide déchiquetée, Paulo téléphonait à l'une de ses petites amies. Je l'observais égrener les mots doux en se curetant les ongles. Il était mince, signe de ses performances sur les marchés. Son corps est un baromètre. Plus Paulo gagne, plus il est athlétique. Ce soir-là, il était lumineux. Il portait une chemise blanche, entrouverte au col qui mettait en valeur sa stature, son torse, son teint de Rital. J'avais des jambes de coureur cycliste et enviais sa pilosité. « La moquetta, ça fait rêver les femmes », crânait-il souvent. Il avait été le bourreau des cœurs du campus de la Boconi, la grande université de Milan. Il avait enchaîné par un MBA en microéconomie à l'université Kellogg à Chicago. La compétition était rude, il n'avait pratiquement jamais quitté sa piaule d'étudiant, encore moins le campus. À la sortie, sollicité par les plus grandes banques américaines pour un poste à Manhattan, il avait choisi l'offre du Crédit Général, pourtant bien moins alléchante. Il avait envie de connaître Paris et surtout les Parisiennes, réputées moins agressives que les New-Yorkaises.

Je m'assis face à lui en attendant qu'il raccroche. Il mimait un air blasé. Quand il posa enfin son téléphone, je lui lançai sur le ton de la rigolade :

— Alors, toujours débordé par tes *girlfriends* ?

Ses comptes en banque avaient beau aligner sept chiffres, Paulo était rongé par l'angoisse de manquer. Il avait tout en triple : voitures, appartements, petites copines. Le week-end, il partait à Berlin, Londres ou Marrakech, rejoindre l'une d'elles. Pour les décisions importantes, il tirait à la courte paille : avec laquelle aller à Gstaad, se fiancer, adopter un chien. Il répondit :

— Je ne sais plus. Et toi, Pierre, toujours *alone*[1] ?

— Oui.

Paulo m'engueula presque :

— Mais comment te débrouilles-tu ? C'est quand même pas compliqué avec tout ton pognon !

— Hey, hey, dis-je comme une boutade, je ne compte pas les prostituées.

— Encore heureux ! me railla-t-il.

— Attends, mec, dis-je d'un ton sec, entre les filles que je paie et les filles qui sont avec toi pour ton fric, quelle est la différence à ton avis ?

— L'absence de transaction, *my friend* !

— C'est ce que tu crois. Ça te rassure, toi, d'avoir trois copines en même temps ?

Il réfléchit, répondit, sûr de lui :

— J'aime l'idée d'être aimé. Et toi ?

— Je n'y ai jamais pensé.

Sans écouter ma réponse, Paulo enchaîna :

— Et d'ailleurs, pour les remercier, je les gâte, tu sais.

— Ah... tu vois ! C'est bien ce que je dis ! Tes copines sont des putes hypocrites. Les pires.

Il se renfrogna. Je changeai de sujet :

— Et le business ça va ?

---

1. Seul.

— C'est l'éclate, dît Paulo. Je suis en train de monter un coup incroyable avec les dérivés. Ce truc est totalement insensé. Un vrai piège à cons. Pire que l'Internet. On ne va même pas avoir besoin des « journaleux » pour gonfler la sauce. Le truc est vérolé jusqu'à l'os. Tout le monde va se gaver. C'est l'avenir, mon pote !

Après dîner, nous étions allés à une fête au sommet d'un building de Central Park South. Bordé de baies vitrées, l'appartement occupait tout l'étage. Sur la face sud, les éclairages de l'Empire State Building se reflétaient sur le piano à queue. Au nord, Central Park sommeillait, énorme et inquiétant. Çà et là, de petites lumières virevoltaient dans les allées. À Manhattan, les vendeurs de crack ont remplacé les loups. Ils s'aventurent en ville pour alimenter les *yuppies* en mal de sensations fortes. La nuit, Central Park sert à tous les trafics. Dans l'imposant appartement, les stagiaires de Goldman Sachs fêtaient la fin de leur premier été à New York en dansant sur l'album de Moby, *Play*. Ils découvraient l'argent, ne savaient déjà plus quoi en faire. Dans les restaurants, ils commandaient les vins les plus chers. Cru 1971 au pire, même si c'est une mauvaise année. Nous vivions les dernières heures d'une décennie de casino. C'était l'air du temps.

J'avais repéré une Asiatique aux jambes arquées. Elle portait une robe tube sans manches d'Issey Miyake. Elle n'avait aucune forme, des pieds délicats dans des sandalettes Prada et une peau très fine. Pour la séduire, je lui avais fait le coup du petit frère mort trop jeune. C'était une histoire que j'inventais pour m'humaniser. Je suis fils unique. À la fin de la soirée, elle m'avait serré dans ses bras et consolé. Maternelle, elle m'avait embrassé délicatement dans le cou. Elle semblait bouleversée. Ce bobard fonctionnait à merveille. J'avais pris sa carte, promis de rappeler. Elle s'appelait Justine. J'avais fini la soirée seul au Flash Dancers, un bar à strip-tease de la 7e Avenue à quelques blocs au sud. Melita, ma danseuse préférée, travaillait le lundi soir. Elle m'avait reconnu, s'était approchée. J'avais aligné les billets de 50 dols. Elle dansait pour moi. En tripotant ses seins, elle m'avait raconté ses études en littérature du XVIIIe, les galères de son *boyfriend* danseur à Broadway. Les Libanais assis à côté de moi s'énervaient sur leur siège en moquette bleue. Vers 3 heures du matin, je m'étais effondré tout habillé dans ma suite du New York Palace. Elle puait la naphtaline, les murs. Ma solitude.

Le rendez-vous avec le PDG de Merril Lynch avait lieu à 8 h 30 le surlendemain au vingt-troisième étage de la South Battery Park Tower. La tour jouxte le Westside Highway, au bord de l'Hudson River. J'attendais dans le salon feutré qui servait d'antichambre devant son bureau. Assise à son poste de travail, son assistante personnelle en barrait l'entrée. Dans un tailleur bleu nuit de *working girl*, elle me surveillait du coin de l'œil tout en pianotant sur son ordinateur. Les baskets qui lui permettaient de se faufiler dans les couloirs du métro dépassaient de son sac, posé à ses pieds. Elle engloutit un petit déjeuner à son poste tout en découvrant ses premiers e-mails. Puis elle jeta gobelet et sac en carton dans sa poubelle de bureau à 1 200 dollars de chez John Norwood Antiques. Sur la table basse acajou devant moi, elle avait déposé une tasse – un mug – à l'effigie de Merril Lynch. Il contenait un café sucré à la noisette et une touillette en plastique rouge. Le regarder me faisait déjà mal au ventre. Le PDG devait arriver de Greenwich, ghetto pour super-riches du Connecticut. Son hélicoptère était en retard.

La dernière campagne de Merril Lynch, une succession d'affiches, pendait le long des murs de moquette beige : dans un ciel bleu profond, un aigle royal en plein vol au-dessus d'une forêt d'Alaska, avec le mot INTÉGRITÉ écrit en noir ; un tigre courant sur la neige dans laquelle je lisais PUISSANCE. Diffusant un air sec et presque froid, la climatisation ronronnait. C'était le seul bruit avec le cliquetis du clavier de l'assistante. Elle reçut un appel, lâcha quelque *What ? what ?* Puis se leva d'un bond.

— Oh my... vous devez partir, dit-elle en cherchant ses baskets.

— Pardon ?

— Euh... M. le Président ne viendra pas... son hélicoptère a été détourné. Il y a un problème dans le quartier. Vous devez partir. Il faut quitter l'immeuble, maintenant.

L'étage de la direction générale s'anima d'un coup. Big bosses et assistantes sortirent au même moment dans les couloirs. Ils s'engouffrèrent dans l'escalier de secours. Dehors, au pied du building un policier me cria de ne pas regarder vers le ciel, de monter dans un bateau qui attendait dans le port de la marina, à quelques dizaines de mètres. J'entendis un bruit sourd, plein. Non loin de moi, je reconnus les restes d'un corps. Je ne bougeai plus, mon cerveau disjoncta. Sous mes pieds, le sol se mit à rugir. En quelques secondes, je plongeai dans une purée de pois suffocante. J'inspirai un air saturé de particules ferreuses qui bloquèrent mes cordes vocales. J'étais convaincu de ne plus jamais pouvoir parler. Je tâtonnai jusqu'à l'eau, dans un chaos d'alarmes et de cris. J'avançai jusqu'au ponton. Le yacht de week-end de Paul Allen, le patron de Microsoft, ressemblait à un vaisseau fantôme après l'apocalypse. Fasciné, j'observai les pales de son hélico biplace posé sur une plate-forme à l'arrière : elles étaient maculées de feuilles de papier qui tombaient en pluie, parfois en feu. Un type me hurla de grimper dans le Zodiac. Je sautai mécaniquement, il démarra aussitôt. La petite embarcation tourna à droite à la sortie de la marina, fila vers le nord. J'entendais des gens tousser, sangloter. Comme parole à lui-même, le pilote répétait : *Now everybody stays calm*. Le Zodiac s'échappa du brouillard. Je découvris les autres passagers : treize personnes, des employés de bureau, une joggeuse, un coursier, un étudiant japonais... le melting-pot new-yorkais. Mallette, walkman ou journal du jour en main, ils avaient les yeux fous, les vêtements abîmés et les cheveux en bataille. Nous étions recouverts d'une épaisse poudre blanche. Elle s'échappait au fur et à mesure que le bateau avançait à contre-courant, comme si nous fumions. Le conducteur nous déposa au niveau du Pier 88. Nous descendîmes sans un mot. Le pilote cria : *Now good luck*. Il réembraya son moteur, fit demi-tour vers le sud. Il baissa la tête. Son embarcation disparut, comme mangée par la purée de pois. Je regardai ces hommes et femmes avancer vers la ville. Ils se frayèrent un passage, comme des zombies. Nous n'avions échangé ni mot ni regard. Je m'enfonçai vers l'est et tentai d'appeler Paulo, rentré par le dernier vol la veille. Les lignes étaient saturées. À Time Square, un prêcheur exultait. Des New-Yorkais s'attroupèrent autour de moi. Ils me proposèrent de l'aide, une ambulance. Leur gentillesse spontanée m'horripilait. Je haïssais ces Amerloques débordant de bons sentiments. Je n'y croyais plus. En sortant 2 dollars de mon portefeuille pour acheter une bouteille d'eau, je tombai sur la carte de visite de Justine, cette Asiatique rencontrée l'avant-veille :

« Justine K, Cantor Fitzgerald, World Trade Center 1, 104th Floor. »

Les employés de ce courtier, bloqués par les flammes qui montaient des étages inférieurs, avaient dû tenter de fuir par le toit. Ils s'étaient cognés à une dernière porte d'acier blindé. Au-delà, l'air et l'horizon. Devant, un piège en feu.

Quatre jours plus tard, l'aéroport ouvrit à nouveau. J'étais dans le premier avion pour Paris. Au décollage, les voyageurs se regardèrent, entre reconnaissance entendue et vigilance inquiète. Ground Zero fumait encore. Intérieurement, je bouillonnais, presque soulagé : il fallait que ce grand n'importe quoi s'arrête. Bernard Arnault avait perdu Gucci, Ben Laden révélé le caractère pornographique de l'Occident. Depuis, Oussama me fascine.

J'ai atteint le paradis des traders et il ne se passe rien. Je ne peux plus progresser, me raconter qu'il y a encore des étapes à franchir, que je peux aller plus vite, plus haut. La vérité est que tout en haut, il n'y a ni vierge, ni tranquillité, ni raison de vivre. C'est un monde aseptisé, vain. Avec le 11 septembre, j'ai découvert une variable rebelle à toute équation : la colère. Jusqu'à ma rencontre avec Mme Krudson, je n'en ai rien fait.

8

Ma mère fit un choc traumatique post-11 Septembre. En direct sur TF1, elle avait vu un malheureux plonger des tours. Autour de lui, les gens hurlaient, pleuraient, essayaient de téléphoner. Survivre. Il s'était avancé vers le rebord, avait regardé Manhattan. Le monde avait les yeux braqués sur lui, comme aux jeux Olympiques. Il avait prié, s'était offert un plongeon magistral de 395 mètres. Il était de couleur noire, devait mesurer deux mètres. Rien à faire, ma mère était persuadée que c'était moi. Elle s'apitoya au téléphone : « Qu'est-ce qui a bien pu traverser la tête de ce pauvre garçon ? Et ceux qui ont sauté en se serrant dans les bras, contraints au suicide ? » Je promis de venir la voir, laissai passer six mois. André mon majordome, n'en pouvait plus d'écrire des mots d'excuses. Je décidai de sacrifier un week-end d'hiver.

Je partis pour Clermont-Ferrand un vendredi soir de février 2002. Je me réjouissais de ces heures en tête à tête avec mon bolide de l'époque, une Porsche 911 2,2 L gris métal. Construite en 1970, elle avait mon âge. L'odeur du vieux cuir des sièges, la douceur du volant m'enivraient. Au sortir de Paris vers 22 heures, je pestai contre André qui n'avait pas fait le plein. Je dus m'arrêter dans une station essence déserte de l'A6 et me salis les doigts sur une pompe dégueulasse. Dans les toilettes, un gros type rasé, vêtu de cuir noir, entra derrière moi. Je le pris pour un Hell's Angel. Je passai un bon quart d'heure à faire partir une vilaine tache d'essence sur ma paume. Le savon m'irritait la peau. En sortant des toilettes, j'attrapai un café au distributeur, parcourus des yeux les allées parfaitement alignées et vides du libre-service. Cela faisait des années que je n'allais plus dans un supermarché, repaire de cafards en tous genres. Ma femme puis André s'occupaient des courses. Des chansons geignardes s'enchaînaient sur Radio Nostalgie. Je tombai sur un paquet de Petit-Beurre. Une pensée me saisit à la gorge : Kate, ma fille, en mangeait-elle ? Quel âge avait-elle déjà ? Je balayai ces pensées inutiles en avalant mon café brûlant puis repartis vers la Porsche. Sur le parking, il faisait nuit noire. L'autoroute était déserte, je frissonnai un peu. J'avais horreur de quitter Paris, sauf en avion. À quelques pas de la voiture, je fus happé par-derrière, la nuque immobilisée par un biceps grassouillet coincé dans une manche de blouson. Au cuir de mauvaise qualité, je reconnus le type des toilettes. Il tenait aussi mon bras droit en clé de sol.

— Alors, golden boy, tu rêvasses ? me chuchota-t-il à l'oreille, presque mielleux.

Il resserra son emprise, je tentai :

— Attendez, qu'est-ce que vous voulez ?

J'étais calme avec lui, furieux contre moi. J'avais pensé à Kate, baissé la garde. La nostalgie est contre-productive.

— Toi, Mister Flamby, répondit-il, très calme. Te démolir.

— Pourquoi ? Prenez la voiture, l'argent, le téléphone là... mes cartes dans la poche...

— On s'occupera de ta bagnole de merde, t'affole pas. On va te refaire le portrait avant.

— Mais… pourquoi ? dis-je en essayant de me dégager.

— Pour te ramener sur terre.

Le Hell Angel's resserra sa prise. À ce moment-là, un type sortit d'un buisson, le regard en furie. J'eus le temps de remarquer un poing américain vissé dans la main gauche. Je tentai de me défaire de la prise, le type m'explosa le menton. En touchant l'asphalte, j'eus une pensée pour les milliers de pompes alignées chaque année. Pour mes abdos parfaits d'inutilité. Pour la seule règle en self-défense comme en finance : ne jamais tomber à terre. Je calculai les chances de m'en sortir. Pendant que l'un me rouait de coups, l'autre démolissait ma voiture avec une batte de base-ball. Je gémissais quand les phares d'une voiture stoppèrent les molosses en pleine extase. Ils prirent la fuite vers les taillis obscurs, balancèrent poing américain en sang et batte de base-ball contre mon bolide. Elle fracassa le pare-brise arrière. Le type de la voiture, une 306 Peugeot bleue, sortit et courut vers moi. Il cria à l'aide, paniqué. Plus il s'approchait, moins il criait. À quelques mètres, il marqua une pause. Craignant qu'il ne fasse demi-tour et ne me laisse là, j'implorai intérieurement qu'il restât. Il se remit en marche dans ma direction, puis vint tout près. J'articulai un « merci », à peine conscient quand il me balança un énorme coup de pied dans le bas-ventre. Je hurlai de douleur. Il fouilla mes poches, un peu fébrile. Les molosses n'avaient rien pris. J'eus le temps d'apercevoir un bracelet brésilien porte-bonheur sur ses poils drus et noirs. Il fonça vers sa voiture, repartit en faisant crisser les pneus. Je n'aurais jamais dû sortir de Paris.

Un bon quart d'heure plus tard, l'employé de nuit de la station essence acheva sa partie de Gameboy. Il leva les yeux et m'aperçut gisant sur le goudron glacé. Il sortit de son box, accourut vers moi puis appela les pompiers. Je finis aux urgences d'Évry, entre un clochard, un toxico et un gamin terrassé par une otite. Tous pleuraient leur maman.

Quand André débarqua le lendemain avec une voiture de location, il s'excusa bouleversé, craignant que je le licencie sur-le-champ. Il avait apporté des fleurs pour ma chambre, des vêtements propres et un téléphone de rechange. La déprime de l'hôpital me pénétrait par tous les pores. L'interne de garde avait 25 ans, un collier en or et des chaussures de randonnée. Il m'assigna trois semaines d'incapacité de travail. J'étais persuadé de mourir ici. Le soir même, je signai une décharge pour pouvoir m'échapper. Je pris quinze jours de congé, transférai mes positions à un membre de mon équipe. Dans mon milieu, toute vulnérabilité affichée est un arrêt de mort. Pour éviter les risques d'ébruitement, je ne portai pas plainte. Je repris la direction de Clermont-Ferrand au volant d'une BM diesel rouge de location. Elle empestait la clope et le gasoil. Sans un mot, les yeux baissés, André repartit en train de banlieue pour Paris.

*

* *

J'arrivai à Clermont-Ferrand avec deux jours de retard, le visage couturé et deux côtes cassées. Dans les rues grisâtres, les affiches pour le cinéma Multiplex flambant neuf annonçaient l'événement : un festival Sylvester Stallone à l'occasion de la sortie de son dernier film, *À toute vitesse*. Je me garai dans le parking Dauphine, paradis de la Kangoo et du Berlingot Peugeot. À la sortie, un SDF roupillait sur son litre de Villageoise. Il vivait là depuis vingt ans, à la même place. Privilège de la province : les clochards ont le temps de vieillir. Les néons criards de Pimkie et de La Brioche Dorée défiguraient les rues piétonnes, artères centrales de la ville. Le petit commerce souffrait. Le salon de coiffure de ma mère, avec sa devanture orange délavé, ses murs en lambris mal vieilli et ses fauteuils en skaï, était un rescapé de la fripe *Made in China*. À l'intérieur, ma mère finissait un brushing pendant que, penchée vers elle, son apprentie CAP coiffure l'écoutait docilement. Elle porait des mèches bleu électrique et une coupe qu'elle changeait toutes les semaines. Ma mère n'avait plus les moyens d'avoir des employées. Elle formait des filles qui finissaient toujours par piquer dans la caisse. Le salon était à peine rentable. Mon père décédé et moi parti, il était devenu essentiel à sa vie. Elle se tuait à la tâche, rivalisant difficilement avec les franchises nationales qui standardisaient le cheveu et la tête des femmes sur fond de musique pseudo-branchée. À l'époque, tout le monde voulait la coupe de Jennifer Aniston. Ma mère avait encore perdu quelques centimètres. Quand elle m'aperçut, son visage s'illumina. La seconde suivante, elle devint livide en voyant mon faciès contusionné.

— J'avais bien dit que tu avais souffert là-bas, dit-elle en accourant pour me prendre dans ses bras. Regarde, tu as encore des traces !

— J'ai eu un accident sur la route. C'est pour ça que je suis en retard.

— Quel genre d'accident ?

— Oh… trois fois rien : un dérapage.

Je lui tendis des macarons Ladurée dans une belle boîte choisie par André. La nuit à l'hôpital les avait rendus un peu secs. Elle en avala trois coup sur coup. Comme si elle me dévorait. Puis elle partagea les autres avec les mamies fidèles qui patientaient sous leur casque.

— Va m'attendre à la maison, repose-toi. J'ai presque fini.

Le soir, après le dîner, je découvris dans la vitrine du buffet la boîte de Ladurée, à côté de tous les cadeaux et mots envoyés depuis des années par André. En ouvrant le premier tiroir, je tombai sur une photo de classe de CE2. J'étais au premier rang, un peu sur la droite, en col roulé orange. Il grattait. Ma mère commenta : Michèle était devenue coiffeuse, Yann soldat, Ingrid toxicosidéenne, Léa avait eu trois enfants, Michael était médecin, David s'était pendu à une grue de chantier. Simon se trouvait à ma droite, sur la photo. Il avait obtenu sa ceinture verte de judo à 6 ans. Cela restait le moment le plus fort de sa vie. Nous avions gagné le concours d'échecs par équipe. Hormis mes parents qui avaient dû s'y aventurer une fois ou deux, il était la seule personne à être descendue dans ma cave. Je lui avais montré ma toute première ligne de code, ma collection de canettes parfaitement arrangées, les logos soigneusement découpés. C'était l'époque où je rangeais et notais tout. Je construisais des boîtes pour mettre dans des boîtes, tenais des carnets qui n'alignaient que des marques et des dates. Simon, lui, passait ses week-ends à la pêche. Il m'avait prêté son livre sur les brochets, proposé mille fois de venir avec lui. Il me racontait ses combats au corps à corps avec les truites et cela me suffisait. Depuis, Simon s'était marié avec une fille de la région. Quand il accompagnait ses enfants au salon de coiffure, il demandait de mes nouvelles en laissant parfois un numéro de téléphone, une adresse e-mail, au cas où je passerais par là. Je les avais toujours ignorées.

— Maman, tu sais ce qu'est devenu Simon ?

— Bien sûr, s'exclama-t-elle. Quel gentil garçon ! Il est directeur commercial chez Cunlop, tu sais, le sous-traitant de Michelin. Il a l'air heureux.

Elle marqua une pause.

— Il a fait Sup de Co Clermont-Ferrand. Enfin un, au moins, qui a réussi ! dit-elle pleine d'admiration. Il est même président du Club 41.

Ma mère n'avait aucune idée de ma vie ni de mon métier. Quand on l'interrogeait, elle répondait sur un air définitif que j'étais dans les affaires au Crédit Général, à Paris, là-bas. Simon, lui, occupait un poste dans une entreprise en dur, qui fabriquait des choses, qu'elle pouvait voir en se rendant chez Carrefour par la voie rapide. Elle coiffait sa femme, ses filles. Il habitait quelque part, avait une vie « tangible ». En comparaison, j'étais une série d'images qu'elle tentait vainement d'assembler.

Je descendis à la cave. Elle n'avait pas changé. Mon vieil IBM 5150 était posé sur l'établi, sans poussière. Ma mère veillait sur cet espace et ses objets comme sur un sanctuaire. Elle avait javellisé les canettes et les vers avaient disparu. Son amour et cet univers étaient intacts. Ils m'appartenaient pour toujours. Je ne savais qu'en faire. Je m'installai pour une semaine.

J'attendais que les ecchymoses sur mon visage s'estompent un peu pour appeler Simon, chez Cunlop. Après m'avoir fait poireauter sur les *Quatre Saisons* de Vivaldi, la standardiste m'indiqua qu'il était en « séminaire stratégique » pour la journée. De mauvaise grâce, elle prit mon numéro, comme si tenter de joindre Simon l'avait déjà épuisée. Le soir même, il me rappela de sa voiture, son téléphone portable branché sur haut-parleur. J'entendis ses enfants brailler, et Simon répéter de moins en moins calmement : « Chut, mes chéris, c'est un vieil ami de papa. » Excédé au bout de trois minutes, il abrégea et me donna rendez-vous le lendemain après son travail, pour un apéritif, au bar de l'hôtel Mercure.

Le jour dit, je patientai près de la cheminée sur des fauteuils bas en acrylique mauve. Ainsi plié en deux, mes côtes cassées me lançaient. J'avais le souffle court. La direction régionale de la BNP organisait un séminaire de vente au premier étage. Les types sortaient avec un badge sur le torse et une mallette en toile sur laquelle était inscrit : « BNP : le bonheur est dans le prêt ». Ils venaient d'apprendre les dernières techniques de négociation. L'immobilier décollait. Des cadres moyens quittaient leur emploi pour rejoindre une agence immobilière. Éblouis par les commissions, ils étaient persuadés de faire fortune. Seules les banques en profitaient.

Simon arriva en retard en me tapant sur l'épaule comme si nous nous étions quittés la veille. « Les bouchons », s'excusa-t-il. Sous son Barbour marron, il portait une chemise rayée Zara, imitation Paul Smith, et des mocassins Minelli. Il commanda une 1664, ouvrit un paquet de Gauloises Blondes et m'en proposa une. J'avais demandé un thé. La fille du bar, à l'étroit dans son chemisier noir siglé hôtel Mercure, m'apporta un Lipton Yellow et des cacahuètes.

— Je suis content de te retrouver. Alors qu'est-ce que tu fais par chez nous ?

Sans me laisser le temps de répondre, il enchaîna, désignant mon arcade sourcilière puis mes hématomes :

— Mais… tu t'es coupé là ! Et… c'est un bleu sur ta tempe…

— Non, non. C'est rien, juste une petite entaille. J'ai un peu dérapé sur la route.

Nous nous regardâmes, cherchant sur nos faciès de trentenaires les vestiges de nos souvenirs d'enfants. Amaigri, affadi, Simon ressemblait à une vieille serpillière. Le temps qui file se lit dans les traits des autres. Il était passé sur lui comme un rouleau de lavage automatique. Pour compenser, Simon souriait tout le temps. Je repensai à mon effroi, le matin même, dans la salle de bains familiale, ruinée par un dégât des eaux : une nouvelle ride, verticale, descendait de l'œil droit jusqu'à la mâchoire. Les soins anti-âge n'y pouvaient rien. L'aigreur se portait au visage. Au bout d'une minute de retrouvailles silencieuses, je lui demandai :

— Tu te souviens de l'époque où l'on croyait que le bonheur se trouvait dans un œuf Kinder ?

— Qu'as-tu fait depuis ? dit-il pour esquiver.

— Du fric. Et toi ?

— Du caoutchouc. Rien, en fait.

— Comme moi donc.

Ma réponse me surprit. J'enchaînai :

— Mon père est mort. Je ne suis pas venu à son enterrement.

— Je sais, j'y étais. Ta mère t'a excusé. Ton père était un type bien, s'avança-t-il, comme pour me consoler.

Je tentai de me souvenir de mon paternel, de son regard. Rien ne vint. Simon reprit, faussement enjoué :

— Alors, tu as des enfants ?

— Une. Elle s'appelle Kate.

— Bah alors, raconte ! dit-il, badin.

— Euh, je n'ai pas grand-chose à dire tu sais, répondis-je, gêné par sa sollicitude.

— Pourquoi ?

— C'est compliqué.

— Pourquoi ? insista Simon.

— Pour tout te dire, je ne l'ai pas vue depuis… depuis… laisse-moi réfléchir… huit ans. Merde, huit ans…

— Mais pourquoi ?

— Mère impossible, vie impossible. Pas mon truc.

Je n'avais rien à ajouter. Simon s'excita, convaincu de m'aider :

— Allez quoi ! Je ne vais pas te tirer les vers du nez toute la soirée : raconte !

Je n'avais jamais parlé de Kate, de ce moment. À la place, j'avais écrit des programmes qui avaient rapporté des millions au Crédit Général.

— J'ai failli la jeter contre le mur.

— Toi, dit Simon, toi l'homme des cavernes ? Tu n'aurais pas fait de mal à une mouche ! D'ailleurs, je n'ai même jamais réussi à te mettre à la pêche.

— J'ai beaucoup, beaucoup changé.

— Je n'y crois pas.

— Je voulais redevenir libre, insistai-je.

— N'importe quoi ! Tu voulais redevenir seul. On confond toujours.

— Tu as raison : à y repenser, c'est la mère que j'aurais dû balancer.

Simon encaissa ma réponse, comme si l'idée lui avait été familière. Il s'enfonça davantage dans son fauteuil, qui s'effondrait sous lui de plus en plus. Nous avions les genoux au niveau du torse et cela me faisait un mal de chien.

— Et depuis ? poursuivit-il.

— J'aligne 8 000 euros par mois en pension alimentaire.

— 8 000 euros ! Mais c'est le cinquième de mon salaire annuel. Et encore, j'ai de la chance.

— Et un mois de manucure pour Jennifer Lopez ! Les enfants sont une dette à vie.

Simon me regarda attristé. Je sentis de la pitié. Il me proposa, la voix chargée d'empathie grasse :

— Viens, oui, viens dîner samedi soir. Cela ferait plaisir à Fabienne de te connaître.

J'imaginai la scène : l'appartement cossu du centre-ville, mort à 18 heures, les jouets éparpillés dans l'entrée, la marmaille en rang d'oignon dans le salon Habitat, les photos de vacances posées sur le rebord de la TV, l'argenterie du mariage et les amuse-bouches de Carrefour. Je suffoquai.

— Simon, merci mais franchement, il faut que je reste un peu avec ma mère. Elle ne comprendrait pas.

— Attends ! Tu as deux minutes non ? dit-il pour me retenir.

— Écoute, je suis désolé mais je suis déjà en retard. Il faut que je rentre. Tu sais, elle n'est vraiment pas bien.

Sur ce, la douleur aidant, je me levai brutalement.

— Mais, Pierre, tu as l'air d'avoir mal là..., remarqua Simon en avançant vers moi comme pour me soulager.

— Non, non, promis, ça va. Il faut que je file. À un de ces jours hein ? Tiens, appelle-moi quand tu viens sur Paris, d'accord, ajoutai-je en griffonnant mon numéro de portable sur la mini-serviette en papier du bol de cacahuètes.

Et je traversai le *lobby* en me tenant les côtes et en cherchant mon souffle.

*

* *

Ma mère dînait d'un yaourt en dévorant des Agatha Christie ou *Télé 7 jours*. Comme chaque soir de cette pénible semaine, nous étions assis au salon, dans deux fauteuils en rotin. Ils ressemblaient à celui du film *Emmanuelle*. Il était 20 h 30, samedi soir. Dans les rues, la vie s'était arrêtée : TF1 lançait sa dernière émission de téléréalité, *Koh-Lanta*. Ma mère apporta deux tisanes « ventre plat », poursuivie par une odeur rance qui flottait de la cuisine Schmidt, modèle rustique. Mon père la lui avait offerte au moment de sa retraite, juste avant de décéder. Assis dans le fauteuil « Emmanuelle », j'étais en train de me souvenir de mes premiers émois nocturnes quand ma mère dit tout bas :

— C'est le four.

— De quoi parles-tu, maman ?

— Cette odeur ! Tu ne sens pas ?

— Si ! Ça sent le rat crevé. Qu'est-ce qu'il a, ton four ?

— Je ne l'ai pas ouvert depuis la mort de ton père, me souffla-t-elle, dans un aveu terrible.

— Depuis quoi ! ? J'essayais de comprendre le problème. Et alors ?

— Il y avait un poulet dedans. Ça fait un an. Il est toujours là.

Je commençai à imaginer la bête.

— J'étais toute seule... j'ai perdu le fil... c'était l'enterrement, s'excusa-t-elle. Et je l'ai complètement oublié ! Quelques semaines après, j'ai ouvert, là tu vois et... ça me retourne le cœur rien que d'y penser... Il était couvert d'une matière blanche, comme une chrysalide. Je ne peux plus toucher le four. Pour stopper l'odeur, j'ai bouché les trous avec des serviettes hygiéniques.

— Mais, tu aurais pu...

— Tu penses bien, me coupa-t-elle, j'ai failli appeler les pompiers pour qu'ils me nettoient tout ça, mais j'ai trop honte... Ne m'en veux pas s'il te plaît... Toi tu es toujours si fort.

Ma mère me regarda par en dessous, comme une enfant qui voulait obtenir quelque chose :

— Et puis, je me suis demandé si ce n'était pas exactement ce qui arrivait au corps de ton père. Je veux dire, je ne sais pas si tu comprends, ce poulet, c'est comme si ton père était resté avec moi...

Furieux, je sautai du fauteuil en rotin pour me ruer dans la cuisine. Sous l'évier, j'attrapai des gants Mappa trop petits, un tablier de cuisine, un sac-poubelle cinquante litres. J'ouvris la fenêtre, hurlai dans la rue. Je pris quelques inspirations, me jetai sur la cuisinière défoncée en retenant mon souffle. J'ouvris la porte. Il était là, énorme, blanc, bleu, vert, terre fertile d'organismes en tout genre. Je saisis le plat grouillant, hurlai à nouveau. J'éjectai le tout dans le sac, le fermai compulsivement. Je courus à la fenêtre, jetai le tout de l'autre côté du trottoir. Je pris une autre inspiration, aspergeai l'intérieur du four de toutes les saloperies chimiques tueuses que ma mère stockait dans sa cuisine. Je grognais de rage. Elle n'avait jamais rien demandé, toujours encaissé. Vieille chose pudique, ma mère était une petite fille perdue. Ma famille. Cela aurait dû m'émouvoir. J'ai fui.

9

Mes attaches sont placées sur un compte bancaire. Son montant indique la valeur de ma vie. Sa qualité se définit par l'évolution du Dow Jones, le nombre de chaussures dans mon placard, le cours du cuivre. J'appartiens à une oligarchie motivée par l'ambition, avec le conservatisme comme idéal et la technologie pour rêve. J'ai la plus belle performance du *floor*. C'est tout ce qui compte, le montant de cash à l'instant *t*, la maximisation de mon gain individuel. Mon hédonisme est relatif : je n'ai aucune spiritualité ni conviction. Je vis dans une bulle inviolable, dans l'ultra-présent. N'importe où et toujours seul.

Je flotte autour de la planète, me pose un jour à Hongkong pour une négociation avec des fonds de pension chinois. Pendant quelques semaines, j'emménage dans une maison sur le Peak, lance mes programmes magiques, crée, à partir de rien, quelques millions. La banque loue le dernier étage du Peninsula Hotel au bout de la presqu'île de Kowloon. Elle convie la presse financière internationale, gâte des journalistes à la ramasse. Assis sur des chaises dorées, ils gobent bouche ouverte et yeux écarquillés nos communiqués financiers bourrés de mensonges. Ils les maquillent en article, se vautrent au spa, noient leur vie terne dans le luxe rococo.

À Paris, j'habite avec une prostituée de luxe, un majordome philippin et ma fille Kate. J'ai récupéré sa garde après des années de séparation. Elle vit entre une clinique pour troubles alimentaires graves à Sceaux et mon appartement, un penthouse de l'île de la Jatte. Sur la terrasse, l'installation de Damien Hirst, un requin grandeur nature plongé dans du formol, regarde vers Paris. Le minigolf jouxte la piscine : deux mètres de long et un de large. J'appuie sur un bouton, l'eau se met en mouvement. Elle crée un contre-courant dont je peux régler l'intensité. Je dois nager pour rester à flot. Contempler, c'est couler. Je suis un mercenaire postmoderne.

Chez moi, tout est noir sauf le catalogue de l'exposition du moment au Guggenheim qui trône sur la table basse. Je fais partie des « Amis du musée », une amitié à 10 000 dollars l'an. Je n'y mets jamais les pieds mais reçois tous les beaux livres de l'institution. Le dernier, celui de l'exposition Bill Viola, est parfaitement aligné avec deux pots d'orchidées blanches et une pile de magazines. Toujours les mêmes, au même endroit, dans le même ordre. André le majordome les change chaque lundi. Je ne les ouvre jamais. Il y a aussi *Risk Magazine*, la bible du trader, dont j'ai souvent fait la couverture. Quand je prends quelques vacances, j'emmène André. C'est ma dame de compagnie. Du haut de son mètre soixante, il me sauve des contingences de la vie.

Chaque matin, à l'aube, je cours une heure sur le tapis d'entraînement. Casque sur les oreilles, j'écoute Bon Jovi ou Mozart, zappe de Bloomberg à CNBC. J'enfile un pantalon de flanelle sombre et une chemise bleu ciel – bleu banquier – et suis l'évolution des Bourses asiatiques. En quittant l'île de la Jatte, je connais déjà tout de ma journée.

Je gare la Lamborghini Countach anthracite au niveau – 6 de la Défense. Vingt types veillent sur ce parking en permanence. On entre sur empreintes digitales. C'est un *perk*, un avantage en nature offert par le Crédit Général. Comme l'accès à la salle de sport du Ritz, la loge à Roland-Garros, les concerts privés de Barbara Hendricks à la Salle Pleyel, les caisses de champagne à chaque clôture d'exercice. Ce parking est notre coffre-fort. Nous y entreposons nos jouets.

Sur le *floor*, plus c'est tordu, plus ça paye. Au-dessous de 20 % par an, il faut changer de banque. On se tape dans le dos, parle golf, s'échange les putes. Globalement, on se déteste. La journée, je crie sur tout le monde. À la moindre occasion. Je prends des positions insensées sur les marchés. Le soir, je traverse le bois de Boulogne à poil l'imperméable rempli de billets de 100. Je laisse les clés sur le tableau de bord de la voiture. Il ne m'arrive jamais rien.

Je vis en vase clos, au rythme de la nanoseconde. Mes rares relations sont dans le milieu, la haute finance internationale. Je sais bien que cela me rend dingue, dangereux, inutile. Il paraît que j'ai un parcours exceptionnel. Je représente l'excellence française. Je suis un King du Dax, une pièce pas si maîtresse du grand n'importe quoi.

Mes « copains de promo » de l'X sont englués dans leur quotidien de cadre de direction. Ils ont des salaires de misère, partent en vacances à l'île de Ré. Leurs maîtresses lisent *People or not People*. Elles traversent l'existence avec un distributeur desucrettes dessiné par Karl Lagerfeld. Ils passent leur vie à tenter de la gagner. La mienne n'a aucun sens. Je suis une machine à cash, un cerveau serveur, un père absent, un amant qui paie. J'ai la rémunération de Brad Pitt. Lui a un vrai métier.

*

* *

Tout seul j'angoisse, à deux je m'ennuie, du coup, je paye. Tay est entrée dans ma vie il y a plus de cinq ans. Depuis, elle passe toutes ses soirées avec moi. Cette fille est un joyau, elle n'a jamais voulu renégocier son tarif.

Je l'ai connue chez M. Henri, un coiffeur de l'avenue Montaigne. Le Tout-Paris de la politique, des médias et des affaires s'y fait tailler les rouflaquettes. Il y règne un silence de première classe sur Singapore Airlines. Dans leur box privatif avec petits fours et arum mauve, les clients dévorent *Voici* et *Gala* en vérifiant qu'ils y sont. Des « hôtesses » en robe très échancrées passent. Elles sont belles comme les serveuses de l'hôtel Costes. Elles proposent manucure ou massage en attendant que la teinture L'Oréal *Professioìnnal Soft Silver* numéro 12 prenne.

Ce jour-là, j'avais suivi les jambes nues et parfaites d'une jeune femme au deuxième étage, dans l'une des cabines prévues à cet effet. Elle m'avait tout de suite tapé dans l'œil. Elle ressemblait au mannequin d'une publicité de mon enfance, celle des bonbons La Pie qui Chante : une superbe Black en chemisette de soie écrue, à la voix rauque et à l'accent faussement américain. Le regard gourmand et la bouche rieuse, elle susurrait à l'oreille de l'oiseau en lui caressant la gorge. Tay, d'origine yéménite, avait en plus des yeux couleur noisette à peine maquillés, quelques paillettes sur les tempes et une odeur de caramel. Elle me proposa de m'allonger sur le ventre et me massa. Je me sentais chez moi. Personne ne m'avait jamais touché comme cela. À la fin de son massage, elle me proposa doucement de m'asseoir.

Elle s'installa entre mes cuisses, j'écoutai *La Norma* en étouffant un râle d'abandon. Je quittai la cabine à regret, me demandant comment récupérer son numéro de téléphone. Je croisai un membre du gouvernement qui suivait également une « hôtesse ». Bigoudis desserrés, braguette ouverte, il titubait de bonheur. À ma vue, il eut un regard d'effroi, me foudroya : « Fais gaffe à toi, petit con. » Cette semaine-là, il faisait la une de *Paris Match*. Avec sa femme et ses enfants, ils posaient dans leur cuisine Vogica, hilares, entre tasses de café, jus d'oranges pressées et pot de Nutella. Le directeur du salon débarqua, hors de lui. Il se confondit en excuses car personne ne devait se croiser dans l'« espace VIP ». Le bien-être et le repos de ses clients étaient sa priorité. Il accusa Tay d'avoir traîné en cabine. Pour l'exemple, il la vira sur-le-champ. Je l'attendis dehors. Tay sortit furieuse. Je l'embauchai à plein temps. C'était mon jour de chance.

Quelques mois plus tard, je signai une exclusivité avec elle : toutes les soirées étaient pour moi, elle faisait ce qu'elle voulait de ses journées. 10 000 euros cash par mois contre ses services de gouvernante particulière. Elle vaut le centuple. Belle, elle n'a aucune exigence. Elle est délicieuse, attentive, discrète. Quand il a compris que Tay ne savait pas lire, qu'elle comptait les arrêts de métro pour savoir où descendre, qu'elle mémorisait les angles de rue pour savoir où tourner, André le majordome s'est mis à la conduire partout. Il lui arrive aux épaules, la protège. Le matin, je les trouve souvent en train de discuter ensemble sur la terrasse comme deux vieux copains. Elle passe ses matinées à la salle de sport branchée L'Usine dans des cours de *body sculpt* et ses après-midi au Raphaël avec ses clients.

Notre première nuit de Noël ensemble, j'avais offert à Tay une cascade de perles de Tahiti. Elle s'était déshabillée. J'avais posé un bonnet de Santa Claus sur ses cheveux plaqués à la laque. À l'odeur, le souvenir de ma mère avait surgi. Mon père décédé, que faisait-elle ce soir de réveillon, seule à Clermont-Ferrand ? Devant la soirée spéciale *Rires de Noël* animée par Jean-Pierre Foucault, elle devait s'empiffrer des marrons glacés envoyés par André. Je chassai difficilement cette pensée assassine. Paris puait la dinde aux marrons, les fenêtres scintillaient de bougies allumées. Aux portes de la capitale, des Pères Noël en papier pendaient aux balcons des HLM.

Tay avait enfilé des escarpins Louboutin vermillon. Je l'avais emballée d'une bande de velours rouge, nouée sur son petit ventre. Tay avait un peu grossi. Je ne voyais plus ses abdominaux. De sa voix rauque, elle avait chanté *Happy Birthday Mister President*, à la Marilyn Monroe, quarante fois de suite. Elle avait accompli exactement ce que je lui demandais, superbe, tentant de me faire rire. Nous avions un peu bu. Je n'avais personne à appeler. Songeuse, câline, Tay s'était enveloppée dans une couverture. Je ne savais pas d'où elle venait, son âge, sa vie avant. J'ouvris la bouche pour lui demander, elle me coupa :

— Tu as des nouvelles de ta famille ?

Tay ne posait jamais de question. Cela relevait presque de notre accord. Surpris, j'avais botté en touche :

— Oh… ma famille ? Mais, je n'en ai pas…

Tay avait insisté, calmement :

— Ta mère, ton ex-femme, je ne sais pas moi… On pourrait un peu parler pour une fois. C'est Noël !

J'avais toujours pensé que les mots tuaient les amoureux. On commence par se regarder avec des étoiles dans les yeux. Quelques années plus tard, on parle boulot. Puis vient la logistique des enfants, les tâches ménagères. Tout ça pour combler le sentiment déguerpi. Le soir dès que je franchis le seuil de la porte, je veux la serrer dans mes bras. Je la trouve le plus souvent dans la salle de bains, en train de se laver des tâches du jour. C'est une obligation contractuelle. J'ai fini par y souscrire. Nos jobs nous polluent. Tay sort de l'eau, je lèche çà et là sa peau sucrée. Son odeur est incrustée partout, sur les murs, dans mon cœur. C'est tout ce qui compte. J'avais donc répondu comme une boutade :

— Tu veux vraiment savoir hein ? Mon ex-femme s'est cramée la gueule à une Botox Party. Elle est défigurée à vie et je n'y suis pour rien. C'est énorme, non !

J'avais ri jaune et seul. Tay m'avait regardé droit dans les yeux.

— Pierre, et ta fille ? avait-elle enchaîné, déjà moins calme.

Je sentais que Tay ne me lâcherait pas.

— Kate ? Je ne sais pas trop, avais-je admis.

— Quoi ? avait-elle sursauté.

— OK. Elle est devenue anorexique. Je l'ai appris par l'avocat quand il m'a demandé une rallonge pour payer la clinique. Le psy m'a demandé de venir la voir.

— Et ?

— 14 ans, 1 mètre 44, trente kilos. Sa mère m'a appelé. Elle n'arrivait plus à gérer.

— Trente kilos... « Gérer » ? s'exclama Tay, choquée.

— Oui. À ce qu'elle dit, Kate coupe, pèse, compte tout ce qu'elle avale. Elle éponge la vinaigrette avec du pain pour manger deux feuilles de salade. Elle couvre son corps de longs tee-shirts informes. Et elle massacre ses Barbie à coups de pointe de stylo Bic.

— Pourquoi ?

— Elle enlève tout ce qui dépasse. Même la tête. D'ailleurs, ça a dû lui rentrer dans le cerveau car elle s'est arrêtée de grandir. Sa croissance est stoppée net.

— Pauvre chérie. Et alors, que fais-tu pour elle ? s'enquit Tay.

— Ben, je suis allé à la clinique. Un mouroir, ce truc. J'ai vu son médecin. Il m'a expliqué que Kate avait rejoint le mouvement Pro Ana.

— Pro Ana ?

— Oui, le mouvement des anorexiques du monde entier. En signe de reconnaissance, ils portent un bracelet de perles rouges vendu sur Internet. Les ventes financent leur site. Je suis allé voir. C'est hallucinant : il propose des conseils pour mentir aux parents, des fiches pratiques pour se faire vomir, des forums, des arguments pour tenir bon.

— Quoi ?

— Les anorexiques exècrent les gros : « Tu peux te sentir supérieure du fait que tous les autres vivent sur de la graisse tandis que tu es légère comme l'air. »

Tay était médusée.

— J'ai fouillé et j'ai fini par trouver des messages de Kate.

— Et qu'est-ce qu'elle disait ?

— C'était écrit en langage un peu codé, comme les SMS, je n'ai rien compris.

Je marquai une pause. Assez fier de ma démonstration, je venais de m'emballer un peu trop loin. Tay me relança :

— Je ne te crois pas.

J'essayai de gagner du temps.

— Honnêtement ?

— Oui, s'il te plaît.

J'ai tous les signes extérieurs de la gagne. Kate, depuis sa naissance, incarne ma difficulté à vivre.

— Je ne me souviens plus, avais-je répondu laconiquement

Déçue, Tay se renfonça dans le canapé. Elle regarda ses ongles, tapota sur le plaid en alcantara. Puis elle me dévisagea, soupirant fort. Je craquai :

— OK, OK... il y avait cette phrase : « Barbie est grosse, je suis grosse. Je suis Barbie. Je veux mon papa. »

— Qu'est-ce que tu dis ?

Tay sauta du canapé comme un chat et m'ordonna :

— Appelle-la !

— Quoi ?

— Maintenant, ou je me barre. C'est Noël !

— Mais... pas ce soir, ma chérie... s'il te plaît, viens contre moi.

Je tentai d'attraper sa main, elle esquiva :

— T'es qu'un minable, hurla-t-elle. Garde ton fric, tes chaussures et ton collier de grand-mère.

En deux secondes, elle arracha son tissu de velours rouge, jeta ses escarpins contre la baie vitrée. Elle m'engueula, nue comme un ver et belle à tomber :

— Ça te sert à quoi d'avoir tout ça ?

En enfilant ses vêtements, elle cria :

— Alors monsieur a un requin sur sa terrasse pour se rappeler qu'il est un tueur hein ! Monsieur joue avec le feu ? Soi-disant, tu prends des risques toute la journée ? Tu considères André comme ton ami et moi comme ta nounou ! Tu n'es qu'une racaille, un vieillard, un assisté. T'as rien dans le ventre, une tombe à la place du cœur.

— Mais où vas-tu ? Reste !

Elle attrapa son sac, fonçant vers la sortie. En empoignant la porte, elle lança :

— Je vais voir ma mère et mon frère si tu veux savoir. À Sarcelles. Sûre que c'est pas sur ton GPS.

— Ton frère ? Ta mè...

Elle fila par l'escalier de secours. Je refermai la porte, médusé. Je suis un porc, j'adore cette fille.

*
* *

Quelques semaines plus tard, après une pluie d'appels, Tay avait accepté de reprendre son service. Elle avait posé sa condition : que je m'occupe de Kate et que je lui raconte tout. Je pris le chemin de la clinique en traînant les pieds. C'était une vieille bâtisse proche du parc de Sceaux. Le jardin impeccable était saisi par le gel. Les écureuils et les lapins du bois s'aventuraient, à la recherche d'un bout de pain. Ils rentraient bredouilles. Dans cette clinique pour troubles alimentaires compulsifs, la nourriture s'administrait par seringue ou, quand les patients allaient mieux, à la becquée. Il n'y avait pas de reste, si ce n'est des bouillies hyperprotéinées qui plombaient l'estomac des bestiaux. Le docteur de Kate me fit entrer dans sa chambre. C'était un gros type à la tête de vieille carpe.

— Kate, regarde qui est là ? dit-il.

Ma fille vivait alitée, sous perfusion et médicaments. Le drap blanc remonté jusqu'à la poitrine cachait son petit corps. Il semblait perdu dans le lit une place. Ses veines bleu mauve apparaissaient sous la peau diaphane de ses bras. Ses cheveux raides châtain clair s'éparpillaient sur l'oreiller. Son visage était calme, comme s'il fonctionnait à l'économie. La lumière rebondissait sur ses pommettes saillantes. Sa bouche rose orange lui mangeait le visage. Elle avait 14 ans et paraissait épuisée. Les trois tomes du *Seigneur des Anneaux* s'empilaient sur sa table de chevet. Les vidéoclips tournaient en boucle sur la télévision accrochée au mur. Elle avait détourné les yeux vers moi, répondu poliment :

— Bonjour, monsieur.

— Kate, avait insisté son psy, c'est ton papa.

— Impossible, avait-elle répliqué. Mon père est parti il y a des années chasser les lions en Afrique. Il est mort, déchiqueté par les lions. Il nous a abandonnées.

— Non, Kate, ton papa est revenu. Il est là devant toi. Veux-tu qu'il reste ?

— Non, je vous dis qu'il est mort, avait-elle répondu, catégorique.

L'homme en blouse m'avait poussé dehors.

— Repassez dans une semaine, on va reparler ensemble. Je vous préviens, ce sera long. Les lions, ce n'est jamais bon signe.

Je vins chaque samedi matin. Je me débrouillais pour éviter Marie mon ex-femme. Kate toléra progressivement ma présence. La plupart du temps, elle refusait de parler. J'attendais à son chevet, silencieux et immobile. Puis nos moments ensemble s'animèrent peu à peu. Kate prononça une phrase, puis deux. Un après-midi, elle dit simplement, les yeux rivés au plafond :

— Je voudrais m'envoler comme Harry Potter.

— Pourquoi ?

— Parce que d'où je suis, je ne vois rien.

Le même jour, j'avais croisé son médecin dans le couloir. Il m'interrogea :

— Votre fille veut tout contrôler. Savez-vous pourquoi ?

Je tentai de me dégager :

— Elle n'en peut plus de tout avoir.

— Elle ou vous ? reprit-il en croisant les mains dans le dos de son énorme blouse blanche.

— Sa mère est folle, cela ne vous suffit pas ?

— Qu'est-ce qui vous fait dire cela ? dit-il en fermant les yeux et en levant le menton.

— Foutez-moi la paix !

— Tiens, tiens, intéressant, enchaîna-t-il, la main se caressant le menton. Cela aiderait probablement Kate que vous consultiez quelqu'un. Je veux dire pour vous-même.

— C'est ça, c'est ça, avais-je rétorqué en m'enfuyant.

Au bout de quelques mois, j'avais des semblants de conversation avec ma fille. La plus longue survint un après-midi de juin. J'avais branché son poste de TV sur CNBC. J'avais besoin de suivre l'ouverture de Wall Street. Le journal de 8 heures du matin démarrait sur l'Irak. Des adolescents venaient de renommer la rue principale, celle qui sépare la zone verte (sécurisée), de la zone rouge (trouée d'obus). Elle s'appelait désormais *Vietnam Street*. Pendant le reportage suivant, sur le Darfour, Kate m'avait pris à partie :

— J'aimerais être à leur place.

— La place de qui ? dis-je plein d'espoir. La présentatrice ? le reporter ?

— Les enfants là...

— Mais pourquoi ?

Elle bava d'envie :

— Personne ne leur demande de manger.

10

Après l'atterrissage, les passagers s'étirent, la bouche pâteuse. Je traverse le hall à bagages sans m'arrêter. Je passe me doucher à l'appartement. Tay est déjà partie à son cours de barre au sol. André l'attend au café du coin. Elle a oublié une trousse de toilette de velours rouge posée en équilibre sur le rebord du lavabo de la salle de bains. Je souris intérieurement. En cinq ans, Tay n'a jamais rien laissé derrière elle : ni brosse à dents, ni cheveux dans la baignoire, ni culotte dans l'armoire. Elle trimballe sa vie dans un sac de sport. Son numéro de portable dans mon BlackBerry demeure l'unique trace de son passage dans mon existence. Je n'ai aucune photo d'elle. Elle ne se pose jamais. Elle a peur qu'on la quitte. La trousse bascule dans le lavabo. Je la replace sur le rebord en marbre, recule par surprise. Hello Kitty en strass apparaît sur la face avant.

J'arrive juste à temps au bureau pour le *morning meeting*, le briefing quotidien avant l'ouverture de la séance de cotation. Le management du Crédit Général pense nous donner la tactique du jour. Je n'écoute pas, j'ai un PL[1] de 500 millions d'euros. Cela fait longtemps que plus personne ne me dit

1. *Profit and loss* : compte d'exploitation.

quoi faire. Dans la salle de réunion, j'observe les types de la salle des marchés : corps de gamin, cheveux déjà argentés, rides de stress. Ils ont 25 ou 30 ans maximum. Ils gagnent 1 million d'euros par an, roulent en coupé, puent la frime. Ils bossent comme des abeilles, s'excitent mutuellement, butinent l'investisseur persuadé de gagner à tous les coups. Ils se balancent sur les chaises à 10 000 euros pièce en trouvant cela normal. Je sens la clé USB dans ma poche de pantalon. Ces traders survoltés sont peut-être les derniers représentants d'une espèce en voie d'extinction.

Sur mon *desk* maculé de taches de thé vert, entre deux trophées du trader de l'année, les mémos urgentissimes s'empilent. Ils sont préparés par les économistes de la banque, des docteurs en stratégie spécialistes du cuivre ou de la théorie du chaos. Leurs analyses ultra-détaillées entretiennent la mascarade.

Sébastien, un X-HEC-surfeur-flambeur, me parle sans décoller les yeux de ses écrans. Dans la salle des marchés, avec ses baskets et chemises à fleurs, il fait tache. Il est mon voisin sur le *floor* :

— Est-ce que tu as pris position sur le *trade* de Morgan qui cartonne sur le Dax ? Perso, je suis *super-short*.

— Hein ? Quoi ?

— Hé, Pierre, tu m'écoutes ?

— Oui, oui, le *trade* de Morgan sur le Dax tu disais, *of course* je suis *super-short*.

Il se retourne vers moi, replaçant en arrière ses cheveux longs décolorés par le sel et le soleil.

— T'as pas l'air dans ton assiette. T'es tout pâle. Sûr que ça va ? Tu devrais prendre un peu de vacances, mec.

— T'occupe !

Il s'attarde sur des photos accrochées au-dessus de l'un de ses écrans : celle du coupé acquis le mois dernier, barrée d'une croix rouge ; celle du cabriolet qu'il prévoit d'acheter ce mois-ci.

La journée me paraît longue. Secoué par le décalage horaire et une nuit sans sommeil, je gamberge en regardant les écrans clignoter. Je vérifie toutes les cinq minutes que la clé USB est bien dans ma poche. Tay pourrait-elle travailler pour Mme Krudson ? La grande maîtresse du capitalisme néoconservateur aurait-elle pu infiltrer ma vie à ce point ?

J'avais entendu toutes sortes de rumeurs sur elle. Son arrivée aux États-Unis, juste après la guerre alors qu'elle était adolescente. Elle s'appelait encore Magdonla Krùdy. Ses parents fuyaient la chasse aux collabos. Ils s'étaient installés dans l'Upper West Side, loin du quartier hongrois de Brooklyn où l'on voulait les pendre. Magdonla avait suivi des études d'économie à Columbia. Elle avait quitté l'appartement familial pour l'anonymat des dortoirs de l'université. Elle avait américanisé son nom, pour devenir Madeleine Krudson. Elle reniait ses parents, les haïssait pour ce qu'ils avaient fait. Elle avait hérité de leur formidable désir de pouvoir et de leur conviction d'appartenir à une classe, presque une race supérieure.

Elle avait rencontré George Soros, alors étudiant à la London School of Economics, lors d'un échange universitaire. Il l'avait introduite auprès des membres éminents de la diaspora hongroise. Chacun taisait plus ou moins son histoire récente et celle de ses ascendants. Immigrer aux États-Unis signifiait plus que jamais bénéficier d'une nouvelle chance. Le jeune Soros l'avait présenté à David Rockefeller, en doctorat à l'université de Chicago.

Dans l'hôtel particulier de neuf étages de la dynastie, sur la 54e, ils avaient discuté de leurs études. Ils travaillaient tous trois sur le même sujet de recherche académique : « Les ressources inutiles et le gâchis économique ». Seul David Rockefeller allait en faire une thèse. Ils s'étaient quittés au petit matin, réciproquement séduits. Quelques mois plus tard, David Rockefeller intégra la Chase Manhattan Bank (devenue depuis la JP Morgan Chase), la banque de la famille. L'une de ses premières décisions fut de faire embaucher celle qu'il est toujours le seul à appeler Madeleine. Elle était entrée au poste d'*assistant manager*. Elle nageait une heure par jour, n'aimait que travailler. Elle était musclée, sèche, avec des bras très longs. Ses yeux bleu clair étaient durs, ses lèvres fines. Sa chevelure, blond cendrée, tombait en boucles sur ses épaules carrées. Quand elle pénétrait dans une pièce de sa démarche masculine, tout le monde se taisait. Elle dévorait les rapports et les hommes, ne semblait vouloir s'encombrer de personne. Elle épaulait David Rockefeller pour tous ses raids. Elle s'était hissée au sommet de la hiérarchie et avait siégé au *board* de la firme avant ses 30 ans.

On m'avait aussi parlé de son idylle quelques années plus tard avec la Callas, de son rôle dans l'instrumentalisation de Lee Harvey Oswald, l'assassin présumé de J.F.K., de son meurtre de Natalie Wood en 1981, l'actrice de *West Side Story* qui la trompait avec Onassis. Elles étaient toutes les deux sur le yacht de l'armateur grec. Elles avaient fait l'amour une dernière fois. En tremblant, Madeleine Krudson avait glissé des médicaments dans le Bacardi de sa belle infidèle. Natalie Wood ronflait, repue. Elle l'avait portée sur le pont puis installée à bord d'un canot pneumatique. Folle de rage et de chagrin, Madeleine Krudson avait coupé la corde, se jurant de ne plus jamais tomber amoureuse d'une starlette d'Hollywood. Dans le cartel politico-médiatique, cette histoire était connue de tous. Mme Krudson tenait déjà les puissants par la gueule. De peur des représailles, on avait conclu au suicide.

*

* *

À mon retour ce soir-là, Tay est allongée dans son bain, entourée de bougies parfumées. Elle m'accueille d'un sourire, heureuse de me retrouver. Cette stupide histoire de trousse de toilette ne m'a pas quitté de la journée. J'ai hésité à appeler Tay pour lui demander des explications. Par téléphone, elle aurait pu tricher. Je préfère l'affronter directement. Les prostituées ne sont-elles pas, au fond, de très bonnes actrices ?

— Qu'est-ce que c'est que ça ! Tu travailles pour eux ? dis-je en balançant la trousse à travers la pièce.

Tay sursaute dans l'eau et se relève d'un coup. Le bain moussant s'accroche à sa peau mate.

— De quoi parles-tu, *querido* ? Qu'est-ce qu'elle a, cette trousse ?

— Qui t'a donné cela ?

— Mais c'est ma trousse de toilette enfin !

— Qui te l'a donnée ? Allez : avoue !

— *Querido...*, balbutie Tay, ne t'énerve pas comme cela. C'est le cadeau d'un client.

Hors de moi, j'agite la trousse rouge Hello Kitty dans tous les sens.

— Un client ? Qui ! Quand ! Pourquoi Bon Dieu ? À partir de maintenant, tu n'acceptes plus le moindre cadeau de qui que ce soit tu entends ?

— Hier, c'était juste hier. Il me l'a offert, tente-t-elle de se justifier. Je pensais que cela ferait plaisir à Kate alors je l'ai accepté. C'est la mode, Hello

Kitty... On en voit partout. C'est un cadeau de rien du tout.

— Qui ? Dis-moi qui te l'a offert ? Tout de suite !

— Je ne peux pas te dire, *querido*, ils ne donnent jamais leur nom de famille, tu sais bien. Ils paient cash.

Tay se rallonge dans son bain et ajoute, désarçonnée :

— Mais attends, ce client-là travaille dans la cosmétique je crois.

— Qu'est-ce qu'il t'a dit ?

— Je ne sais plus... Ah si ! Il m'a demandé mon avis : c'est un cadeau promotionnel pour la Saint-Valentin. Il voulait savoir si j'aimais. Il a dit, ça y est, j'y suis ! Il a dit : « Hello Kitty va déferler sur le monde. »

— Quoi ? je crie. Qu'est-ce que tu dis ! ? « Hello Kitty va déferler sur le monde » ? Mais...

— Mais enfin, *querido*, c'est juste une trousse de toilette stupide. Pourquoi tu t'énerves comme cela ?

— Tay, arrange-toi pour ne plus le revoir. Dis-lui que tu as chopé la grippe A et refile-le à une collègue.

— Mais, *querido*...

Incrédule, Tay me dévisage.

— S'il te plaît, fais cela pour moi, dis-je. C'est important. Combien il te donne ce salaud hein ? Je paie le manque à gagner, d'accord ?

— Qui ce salaud ? Le manque à quoi... ?

Elle se résigne :

— Oh, OK, comme tu voudras, c'est toi qui décides. C'est toi le boss après tout.

À peine rassuré, je quitte la pièce en maugréant :

— Je suis mort, je vais me coucher.

Dans la chambre, juste à côté, je m'effondre dans les draps de coton égyptien avec une dernière pensée : on a beau payer, on n'est jamais sûr de rien.

11

Dans son sommeil cette nuit-là, Tay murmure blottie contre moi : « Non, non, c'est juste une stupide trousse. *Querido*, arrête ça, tu deviens fou. Non… pas toi. » Je replace les draps sur ses épaules douces en l'embrassant sur le front.

Au petit matin, j'attrape une tasse de thé vert parfaitement dosé qu'André, comme chaque matin, a préparée pour moi. Il a déposé une carte postale à côté. Elle est postée de Leiden aux Pays-Bas, siège actuel du Bilderberg. Au recto, deux petits chats blancs assoupis dans un panier. Au verso, deux phrases :

« *Timing is everything*. Souvenez-vous de Matthew Fahde. »

— C'est pas vrai ! dis-je en retournant la carte dans tous les sens.

— Un problème, monsieur ? demande André, qui s'est glissé derrière moi.

Je sursaute :

— Non, rien du tout André, tout va bien.

— C'est une drôle de carte postale, ajoute-t-il, presque perfide. Vous ne trouvez pas ?

— Pas du tout ! dis-je l'œil mauvais. Laissez-moi tranquille s'il vous plaît.

— Comme monsieur désirera.

Et il quitte la pièce.

En octobre 2008, Matthew Fahde avait fait la une des titres anglo-saxons pendant plusieurs jours. Jusqu'alors, son *hedge fund*, installé sur une colline de Santa Monica en Californie, vivotait parmi la myriade de fonds d'investissement de second rang. Dès l'été 2008, seul contre tous, il avait parié sur la déflagration des *subprimes* : la descente aux enfers des banques américaines, les fameuses *too big to fail* et la faillite de Lehman Brothers. En octobre 2008, il avait empoché des gains records de près de 1 000 %. Quelques semaines plus tard, il avait remercié ses employés, fermé son fonds, rendu l'argent à ses investisseurs. Son métier le répugnait. Selon lui, l'hécatombe était proche et inévitable. Il avait envoyé un e-mail d'adieu qui avait crevé la blogosphère.

Sur la messagerie de mon BlackBerry, je retrouve le fameux mémo qui épingle la stupidité des investisseurs, la cupidité des politiques. La petitesse du milieu :

De : Matthew Fahde.

À : À tous les collaborateurs de *Fahde Capital*, le *Wall Street Journal*.

Le 28 octobre 2008 :

Aujourd'hui je n'écris pas pour jubiler. Eu égard aux souffrances endurées en ce moment par presque tous, ce serait totalement déplacé de ma part. Je n'écris pas non plus pour faire encore quelques prédictions, puisque la plupart se sont réalisées ou sont en cours de l'être. En fait, je vous écris pour vous dire adieu.

Récemment, en première page de la section C du *Wall Street Journal*, un gestionnaire de *hedge fund* qui était lui aussi en train de fermer boutique (un fonds de 300 millions de dollars) fut cité, « ce que j'ai appris avec les *hedge funds*, c'est que je les déteste ». Je souscris totalement à cette déclaration. Je l'ai fait pour l'argent. Les fruits pendants, c'est-à-dire ces idiots dont les parents ont payé la prépa, Yale et le MBA d'Harvard, étaient à ramasser. Ces gens qui étaient la plupart du temps indignes de l'éducation qu'ils ont (supposément) reçue se sont élevés jusqu'aux sommets de firmes comme AIG, Bear Stearns et Lehman Brothers et à tous les niveaux du gouvernement. Toutes ces choses qui soutiennent cette aristocratie n'ont abouti qu'à rendre plus facile pour moi de trouver des gens assez bêtes pour être de l'autre côté de mes transactions. Que Dieu bénisse l'Amérique !

[...]

J'ai décidé de ne plus gérer de l'argent pour d'autres, qu'ils soient individus ou institutions. La gestion de ma propre fortune me suffit. Certains, qui pensent pouvoir estimer avec une certaine précision le montant de ma fortune personnelle, seraient peut-être surpris de me voir partir avec un trésor de guerre aussi modeste. Ça n'a pas d'importance ; ce que j'ai me suffit. De plus, je cède ma place à ceux qui tentent d'amasser des sommes à neuf, dix ou même onze chiffres. Pendant ce temps, ils mèneront des vies minables. Avec leurs réunions qui s'enchaînent les unes derrière des autres, leur agenda rempli pour les trois mois à venir, ils attendront avec impatience leurs deux semaines de vacances en janvier pendant lesquelles ils resteront collés à leur BlackBerry [...] Je ne comprends pas ce désir de postérité. Pratiquement tout le monde sera oublié. Abandonnez cette idée de laisser une marque. Débarrassez-vous de votre BlackBerry et profitez de la vie.

Je ne suis pas intéressé par des propositions d'affaires quelles qu'elles soient. En ce moment, je n'ai pas d'opinion tranchée sur les marchés, sinon que la situation continuera à se détériorer pendant quelque temps, probablement des années. Je suis heureux ainsi, assis au bord du chemin à attendre. Après tout, c'est en étant assis à attendre que j'ai fait fortune avec la débâcle des *subprimes*. À présent, j'aurai le temps de me refaire une santé abîmée par le stress accumulé au cours de ces deux dernières années, et même au cours de toute ma vie – où j'ai été obligé de me battre pour une place à l'université, pour un emploi et des actifs à gérer, contre tous ceux qui avaient démarré dans la vie (avec des parents fortunés) avec une longueur d'avance sur moi. Que la méritocratie fasse partie d'une nouvelle forme de gouvernement dont nous avons besoin.

En ce qui concerne le gouvernement, j'aurais une modeste proposition à faire. D'abord, je voudrais souligner les failles les plus évidentes. Des propositions de lois ont sans cesse été présentées au Congrès ces huit dernières années. Des lois qui auraient permis de contrôler les pratiques de ces institutions dont la plupart aujourd'hui ont disparu. Ces institutions ont régulièrement rempli les coffres-forts de tous les partis politiques en échange d'un rejet de ces projets de lois qui étaient destinées à protéger le citoyen ordinaire. C'est un scandale et pourtant personne n'a l'air de le remarquer ou de s'en émouvoir. Depuis la mort de Thomas Jefferson et d'Adam Smith, je dirais qu'il y a une pénurie de véritables philosophes dans ce pays, du moins de ceux qui se consacrent à une meilleure gouvernance. Le capitalisme a fonctionné pendant deux cents ans, mais les temps changent, et les systèmes se corrompent. George Soros, à la tête d'une fortune vertigineuse, a déclaré qu'il aurait aimé laisser comme souvenir celui d'un philosophe. Je lui suggère de commencer en finançant un forum qui réunirait de grands esprits pour réfléchir à un nouveau système de gouvernement qui représenterait réellement les intérêts des citoyens ordinaires, tout en offrant des salaires suffisamment élevés pour attirer les cerveaux les plus brillants aux postes gouvernementaux et qui n'auraient ainsi pas de motifs à céder à la corruption pour améliorer leur niveau de vie. [...]

Très rock and roll, son e-mail finissait par un éloge appuyé de la marijuana. À 35 ans, il prenait sa retraite, avec un énorme bras d'honneur à la profession. Quel lien ce flambeur chanceux pouvait-il avoir avec moi ?

Toujours seul dans la cuisine, je téléphone à Paulo. Il connaît tout le milieu des *hedge funds*.

— Tu as des nouvelles de Matthew Fahde ? dis-je la gorge sèche.

— Respect, *man*, et bonjour d'abord. Matthew Fahde ! Ce type a fait un carton. Vous cherchez à le débaucher ? Va falloir aligner sec.

— Pas du tout, rien à voir, c'est que...

— Tant mieux parce que de toute façon, poursuit Paulo, il a décroché. Aux dernières nouvelles, Matthew pêche au gros au large de Cabo Frio. Il bronze, il fume et il enquille les vodkas pomme sur son yacht.

— Rien d'autre ?

— Ah si, il a acheté des terres en Équateur. Il s'est lancé dans la culture massive de chanvre. Un nouveau business, je crois. Il est persuadé que le plant mâle peut sauver le monde.

— Du commerce équitable ?

Je lance une recherche sur Google pendant que Paulo poursuit :

— Pas seulement, il veut le transformer en source d'énergie, répond Paulo. Ce bon vieux Matthew est un repenti qui adore sa vie pleine de cash. Un de ces types qui, maintenant qu'il est blindé pour la vie, déteste le milieu de l'argent et se découvre une vocation d'humanitaire.

— Tu l'as eu au bout du fil récemment, dis-je, de plus en plus inquiet.

— Oh non, ça fait un bail. Matthew a vraiment décroché. Je crois même qu'il a changé de numéro de téléphone.

Sur la deuxième page de résultats de Google, je tombe alors sur une brève laconique, « un confidentiel » de *Portfolio Magazine*, bible chic du businessman new-yorkais. Elle évoque la disparition de Matthew, en février dernier.

> MORT D'UN FREE RIDER. – Matthew Fahde, l'homme qui a fait fortune grâce à la crise des *subprimes* est mort dans un accident d'hélicoptère le 19 février dernier au large de New York. Une enquête est ouverte. Matthew Fahde était pourtant un pilote expérimenté. Il avait 36 ans. Il s'était illustré...

— Paulo, dis-je, Matthew Fahde est mort.

— Ah bon et de quoi ? me demande-t-il, à peine surpris. La dope ?

— Accident d'hélicoptère apparemment.

— Ma... Quel con ! Il n'aura même pas eu le temps de profiter de son blé...

— Je n'y crois pas une seconde.

— À quoi ?

Je regarde les petits chats sur la carte postale. Ce n'est pas un accident.

— Non, rien. Laisse tomber. Oublie mon appel, OK ?

— T'es bizarre, toi, en ce moment. Tu es sûr que tout va bien ?

— Oui, oui. C'est juste le jet lag.

Paulo marque une pause.

— Bon, mec, il faut que je file. Ça tient toujours pour ce week-end ?

— Quoi ?

— Oh non... ne me dis pas que t'as oublié : on se voit à Londres.

— Ah... oui, bien sûr. Tu fais bien de me le rappeler.

— 17 heures chez Selfridges. Ne sois pas en retard d'accord ?

Je n'écoute plus, laisse Paulo raccrocher. Je fonce dans la chambre, charge le programme de la clé Hello Kitty sur mon ordinateur. J'en fais des copies sur des disques durs et des clés USB du Crédit Général. J'ai besoin de passer à l'action mais je ne sais pas encore comment.

12

Dès 2002, avec les « dérivés », Paulo a explosé tous les records du Crédit Général. En 2003, un *hedge fund* spécialisé dans les matières premières à Genève l'a débauché avec une rémunération hallucinante : 10 % des revenus du fonds. L'argent vient des privatisations russes et du gouvernement chinois. Paulo a quitté Paris, ses bars à putes et sa concession Ferrari, en un week-end. Depuis, il vit à l'année dans une suite vert tilleul du Beau Rivage Palace à Lausanne. Il se réveille face au Léman, regarde la chaîne du Mont-Blanc, lui trouve des formes de cours de matières premières. Il a des amis partout, ne connaît pas l'autre rive. Il n'a jamais cherché d'appartement. Dans sa suite, sur la commode anglaise de l'entrée, un seul livre : *Toute l'histoire Ferrari*. Posées sur l'ouvrage, les clés de son bolide. Il prend son petit déjeuner spécial sans cholestérol, entouré de milliardaires saoudiens et de femmes sans âge, au visage fixe et aux lèvres de mérou. C'est le calme avant la tempête, la torpeur des canards avant le shoot quotidien d'adrénaline.

Depuis qu'il travaille pour ce fonds, Paulo est devenu immensément riche. Les *hedge funds* piquent les meilleurs traders en cassant le marché des banques. La première année, il a touché 60 millions, dix fois plus qu'au Crédit Général. Chez

Sotheby's, à New York, il s'est offert pour ses 35 ans un Renoir de 1882 – *Dans les roses*. Paulo connaît les règles : en cas de paume, les Russes et les Chinois donnent quelques mois pour se refaire. S'ils s'estiment lésés, ils liquident le mauvais élément. En quittant le Crédit Général, il avait choisi l'aventure et les millions. Il travaille dix-huit heures par jour et fricote avec les limites.

En 2003 à la Toussaint, juste après son embauche à Genève, nous avions passé quelques jours à Prague. Il voulait me montrer « un concept révolutionnaire », découvert par ses patrons russes. La ville était enveloppée d'un manteau de brouillard humide qui gelait les os. Son chauffeur nous avait déposés en banlieue, au pied d'une HLM en loques des années 1960. Balcons et fenêtres étaient obstrués de draps noirs. Aux alentours, les barres d'immeubles s'alignaient, espacées par des arbres décharnés et des pelouses à l'abandon. L'endroit semblait condamné au gris. Au rez-de-chaussée, à l'entrée, un homme d'une bonne soixantaine d'années attendait au bas des escaliers. Il avait dû être haltérophile. Petit, massif, grassouillet, ses traits étaient las mais son regard méchant. Sa peau de rouquin était burinée par le soleil. Autour de son cou en forme de tronc d'arbre, il portait une chaîne en or à laquelle pendait une dent de requin. Souvenirs de ses stages de plongée sous-marine en mer Rouge, pensai-je. Ventre en avant, il mordillait un cure-dent en collant de temps à autre sa langue contre son palais, laissant passer un sifflement. C'était un tic de mon père, pendant nos dîners familiaux surtout, alors que nous ne parlions pas du tout. Une rage me prit et je dus me retenir de sauter à la gueule de l'ex-haltérophile. Il me tendit un papier à signer. C'était, en mauvais anglais, une cession de mon droit à toute image réalisée à l'intérieur du bâtiment. Le « concept révolutionnaire » des Russes était un bordel géant ; les passes y étaient gratuites, à volonté, tant que j'acceptais d'être filmé. Paulo pouffa : « la gratuité va tuer des mecs comme nous, *man* » et fila. J'entendis des râles, signai la décharge. Déguisements, savons et sex-toys s'entassaient derrière le comptoir. Je saisis un masque de Saddam Hussein avant de m'élancer dans l'escalier éclairé au néon. Hommes, femmes, jeunes gens étaient repartis par étage, pourvus de douches collectives moisies et de distributeurs de préservatifs cassés. Je croisai une majorité d'hommes dans les couloirs, généralement non masqués. Ils riaient seuls, les yeux fous. J'errai la fin de l'après-midi, halluciné mais incapable de passer à l'acte. Le masque de Saddam Hussein me grattait le visage et son odeur de latex m'écœurait. J'attendis Paulo au pied de l'immeuble, dans sa voiture. Vers 21 heures, je demandai au chauffeur de me déposer au Carlo-IV, l'hôtel réservé par Paulo. Je rentrai à Paris le dimanche soir sans l'avoir revu.

Quelques mois plus tard, la guerre éclatait en Irak. Le conflit était un cadeau pour les oligarques. Paulo s'en mettait plein les poches. Pourtant, un soir d'avril 2003, il s'était arrêté dans une station-service sur l'autoroute entre Genève et Lausanne pour m'appeler d'une cabine.

— Putain, j'y crois pas, j'y crois pas, Pierre ! cria-t-il dans le combiné.

— Paulo, mais… Que se passe-t-il ?

— On est infiltré par Al-Qaida !

— Quoi, arrête t'es con… !

— Deux mecs je te dis, deux techniciens, des putains de *tecos*…

— Qu'est-ce que tu racontes, Paulo ?

— Les types étaient en régie chez nous. Ils devaient mettre en place la dernière version de CASH, notre système d'info. J'avais tout vérifié, appelé leur dernier employeur, ils étaient recommandés de partout. Je les ai embauchés pour six mois, le temps de leur mission chez nous.

— Et alors ?

— Ils ont demandé deux semaines de congés pour assister à une formation en banlieue parisienne.

Je ne comprenais toujours pas :

— Et alors ?

Excédé, Paulo hurla :

— Ils ont baladé tout le monde : ils sont partis en Afghanistan !

— Merde !

— Ils étaient sous mon autorité.

— Calme-toi, calme-toi, Paulo.

— Ils sont revenus de leur formation avec un projet de programme informatique. Un truc pour *hedger* le pétrole contre l'acier...

— Le pétrole contre l'acier ? Impossible ! lui dis-je.

— Je sais, j'aurais dû me méfier. Ils ont demandé un financement et les Russes ont topé. Ils ont même raqué un acompte de 30 millions d'euros.

— Arrête, ça veut dire...

— Les mecs ont disparu avec 30 millions d'euros !

Je tentai de le rassurer : le Crédit Général venait de perdre 200 millions à cause d'un serveur qui avait planté une nuit.

— Tu ne comprends pas ! Ce n'est pas le montant, on s'en fout. Mais pour des Russes, se faire avoir, pire, se faire infiltrer par des Afghans, c'est l'humiliation absolue ! Personne n'arrive à savoir ce qu'ils ont planqué dans nos serveurs. On a changé nos machines mais ça ne sert à rien. Ils surveillent tous nos *deals*, peuvent contrer chacun de nos ordres, se servir de nous pour torpiller le

NYSE[1], balancer un virus sur les marchés. Ce peut être n'importe quoi. Je sais pas moi, un virus, un logiciel espion, rien du tout ! Mes patrons sont furax. Ils deviennent méchamment nerveux les cocos. Je commence à pétocher.

— Quoi ?

— J'ai les Russes d'un côté du flingue, la CIA de l'autre.

— Comment tu sais ?

— Parfois, quand ils me mettent sur écoute, ils oublient de couper la musique. C'est pour ça que je t'appelle d'une cabine. J'ai peur, *man*, ça devient dingue. Merde, y a une bagnole qui s'arrête. Faut que je file.

Paulo avait raccroché et ne m'en avait jamais reparlé.

Lors de l'un de ses passages à Paris, il était venu dîner à l'improviste. Tay suivait un cours de chant, André avait pris sa soirée. Nous étions comme deux infirmes dans la cuisine, devant tout l'attirail d'André. En ouvrant les tiroirs, je découvris des accessoires dont je ne connaissais pas l'usage. J'avais fait des œufs au plat, sorti du fromage et trouvé les biscuits de régime de Tay en guise de dessert.

— Alors, comment va le business ?

Paulo jubila :

— J'ai la *winning stamina*, mon pote ! On fait des coups incroyables. Cette fois, ça vient des Chinois. On est très « cacao » en ce moment.

— Mais... Je croyais que tu étais venu pour ton expérience sur les dérivés.

— Faut être souple, *man*. Dans un fonds, tu changes tout le temps de « focus ». Donc en ce moment, c'est le cacao.

1. New York Stock Exchange.

— Le cacao ?

— Ouais. Tiens, par exemple, les Chinois m'ont demandé d'acheter, il y a quinze jours, tout le cacao de Côte d'Ivoire.

— Et ?

— J'ai pris des positions énormes à Londres et à New York. Le cours était assez bas, j'ai mis la main sur les réserves du pays et j'ai attendu les instructions.

— Bon et alors ? lui demandai-je.

— Les Chinois m'ont appelé. Ils m'ont demandé de stocker la marchandise dans le port d'Abidjan sur un cargo qu'ils avaient affrété.

— Jusque-là, rien d'extraordinaire.

— Sauf que, deux jours après, poursuivit-il, une fois le cargo chargé, il y a eu des émeutes monstres dans et autour de la capitale. Les rebelles sont sortis de nulle part et ils ont bloqué toute la filière du cacao : exploitation, livraison... tout, je te dis. Comme par miracle, mon cargo a pu appareiller tranquille, la cale remplie à craquer. La rébellion a créé la panique sur le marché, le cours a triplé dans la journée. J'ai eu d'autres appels, de nouvelles instructions : tout revendre en fin de journée, quand le cargo était à cinquante miles des côtes.

Paulo me décrivait ce que je soupçonnais depuis longtemps : la manipulation des conflits par et pour les fonds d'investissement. Une sorte de *real politik* de la finance internationale. Ses patrons avaient surfé sur la guerre civile, organisé et exploité l'affolement : ils avaient mis la Côte d'Ivoire à genoux pour faire exploser les cours. Après avoir siphonné les réserves en cacao, l'une des seules richesses locales, ils avaient pris contact avec un chef rebelle. Ils avaient l'embarras du choix. Dans ce pays piégé par des institutions inutiles et des gouvernements corrompus, des factions s'inventent quasi quotidiennement, au nom de la libération du peuple. Les patrons de Paulo avaient négocié avec les miliciens : 10 millions de dollars pour une semaine de blocus. Ils avaient payé en hélico et en AK47. Aucun « rebelle » ne résistait.

— C'est dégueulasse... soupirai-je.

— Faut arrêter Tchoupi, mon pote ! La vie n'a aucune valeur dans ces pays-là. Et nous, on a engrangé 250 millions de dollars en trois jours.

— Et combien de morts ?

Rejoindre un fonds d'investissement revenait à basculer dans un monde parallèle et sordide. À côté, les pires vermines du Crédit Général étaient des enfants de chœur. Devant mon silence, Paulo tenta de me rassurer.

— Bah, Pierre, c'est juste une prime à l'intermédiaire. Nous sommes dans une économie de « courtiers stratèges », eh, eh..., plaisanta-t-il.

Je demeurai muet. Il s'emporta, vexé :

— Tout le monde fait ça, enfin ! La rébellion, c'est de la politique ! Donc un business comme un autre ! Qu'est-ce que tu penses hein ? Comment marche le couscous à ton avis ? L'Onu fait rigoler tout le monde avec ses casques bleus. Derrière, il y a des types qui téléphonent, qui *dealent* avec les plus désespérés. Et ouais, les relations internationales, c'est ça mon pote !

13

Tay était entrée dans ma vie au détour d'un massage coquin dans un salon de coiffure de luxe. Le prétexte de notre rencontre avait été purement transactionnel, artificiel. Elle n'était pas la première fille que je payais pour s'occuper de moi. Mais quelque chose en elle m'avait touché, désarmé, une sorte de vulnérabilité enfantine. Malgré le côté clinique de la situation, j'avais perçu la gentille fille, pudique et seule. Droite et vraie. J'avais eu envie de la recueillir chez moi, là où aucune femme n'avait jamais mis les pieds. J'étais sûr de la protéger. Comme souvent dans ces cas-là, c'est elle qui m'aide à vivre. La part d'enfance chez les autres m'a toujours semblé le plus sacrée : ce qui vient après ne fait que gâcher la pureté originelle. J'avais fui mon enfance. J'avais cependant une reconnaissance toute particulière pour les personnes qui en avaient fait partie. Une tendresse gênée, insoluble dans le temps, comme pour Géraldine, revue il y a trois ans.

C'était un week-end au ski avec Paulo à Combloux. Il m'avait récupéré à l'aéroport de Genève et j'étais furieux : cela devait être une sortie entre potes. Sa petite copine tchèque dormait à l'arrière du Porsche Cayenne gris anthracite.

— Alors cette semaine c'est la Tchéquie, lui avais-je dit narquois en regardant la fille dans le rétroviseur.

— Tais-toi, *man*, elle va nous entendre.

La copine de Paulo devait avoir 19 ans. Les yeux fermés, elle ressemblait à une souris trop maquillée. Il ajouta, incapable de se retenir :

— Pas mal hein… Les filles sont belles avant 20 ans.

— Le problème, rétorquai-je, à cet âge-là, elles ne savent pas ce qu'est « être une femme ».

— Être une femme… mais qu'est-ce que tu racontes ?

— Laisse tomber.

J'avais préféré changer de sujet :

— Alors… qu'est-ce que cela donne ce fonds ?

— On trime comme des chiens. Je n'ai jamais vu ça ! Les Russes et les Chinois paient rubis sur l'ongle, rien à dire. Mais je me fais des semaines de cent heures. D'ailleurs, techniquement, je n'ai pas le droit d'aller skier.

— Quoi ?

— En Suisse, 3 % du PIB est foutu en l'air à cause des accidents de montagne. Beaucoup de boîtes interdisent le ski. Si je tombe, et si je ne peux plus bosser, je suis viré. C'est écrit dans mon contrat.

À l'entrée du village de Combloux, les toits des chalets croulaient sous la neige. La copine de Paulo ouvrit un œil. Elle se redressa d'un coup, s'essuya la bouche, paniquée à l'idée d'avoir bavé sur le cuir fauve de la banquette arrière. Dans le rétroviseur, je l'observais reprendre ses esprits. Elle goba frénétiquement une poignée de bonbons à la menthe. Elle vérifia sa coiffure dans le reflet de la vitre. Elle déclencha un sourire automatique, celui qui lui resterait accroché jusqu'au soir. Dehors, c'était une belle journée d'hiver, froide et pure. Paulo, son fric et sa copine tchèque m'agaçaient. Je les évitai pour le reste de la journée. Seul sur le télésiège, j'avais cherché Tay partout. Avait-elle déjà skié, vu la neige, bu un vin chaud ?

Vers 16 h 30, le soleil se lovait dans les mélèzes, comme une caresse de fin d'après-midi. Paulo tardait, ralenti par sa petite amie tchèque. Il lui avait loué un matériel de professionnelle. Elle peinait en chasse-neige. J'étais arrivé avant eux en bas des pistes. Des enfants jouaient le long d'une faible pente équipée d'un mini-tire-fesses. Des parents tentaient de leur apprendre à skier. Tout à coup, j'entendis une voix très familière. En une seconde, je plongeai trente années en arrière. Une vieille blessure s'ouvrit comme sous l'effet d'un coup de canif. Raidi, aimanté, j'aperçus Géraldine en me retournant. Je l'aurais reconnue entre mille, ses petites mains, son nez en trompette, ses gestes très appuyés, ses dents. Elle portait un gros blouson et des lunettes de soleil de glacier. Son fils glissait sur des patinettes, entre ses jambes. Elle se faisait visiblement davantage plaisir que lui. Je l'avais quittée petite fille. En primaire à Clermont-Ferrand, elle avait fait de moi un nabot.

En Juin, juste avant les grandes vacances, l'école avait organisé une sortie à Lyon, au zoo du parc de la Tête d'Or. Une expédition, à l'époque. Nous étions partis en train Corail tôt le matin, affublés de la même casquette rouge pour ne pas nous perdre. Surexcités, dans le parc qui nous semblait grand comme un pays, Géraldine et moi avions imité les singes, eu peur devant les lions, les serpents. Nous avions mangé des pêches, elle m'avait donné son sandwich au Kiri. J'avais pris une photo d'elle avec le petit appareil Canon de ma mère. Il lui manquait les deux dents de devant. Elle était adorable. À la fin de la journée, nous avions échangé nos bobs. Loin de Clermont-Ferrand et de mes parents, c'était ma première expérience du bonheur, de la liberté. Dans le train du retour, je m'étais assis en face d'elle. Nous chantions à tue-tête. Au bout d'une heure, ballottés par le train, les enfants s'étaient endormis, repus de rires et d'images. Les yeux rivés vers le paysage qui défilait, Géraldine n'avait pas l'air d'avoir envie de rentrer. J'accédais à l'émotion et à la mélancolie. À la faveur d'un tunnel, dans une obscurité totale je m'étais jeté sur elle et l'avais embrassée sur la bouche. La lumière du jour revenue, j'avais compris à son regard rempli de larmes que j'avais commis l'erreur de ma vie. Elle s'était retournée vers son amie qui lui avait immédiatement collé une gifle, prétextant un vol d'amoureux. La maîtresse avait débarqué pour me sortir du wagon. Nous étions trois amis, qui pleurions chacun dans son coin. Nous avions 6 ans et nous ne nous sommes plus jamais reparlé. Une vie dure en moyenne quatre-vingts années. Elle se joue sur quatre ou cinq épisodes de quelques secondes chacun. Pour moi c'était le premier. À cause de Géraldine, de ce moment, j'ai mis neuf années à reprendre un centimètre. C'en était fini de ma spontanéité, de mes émotions. Je ne suis pas devenu multimillionnaire sans raison.

Géraldine adulte et mère était maintenant devant moi. Je m'approchai :

— Géraldine, c'est toi ?

— Euh... vous êtes ?

— Pierre... tu sais, de l'école Jules-Verne, le primaire, ensemble, à Clermont-Ferrand...

Elle marqua une pause, recula d'un pas, m'observa. Dans un rire qui cachait mal le mauvais souvenir, elle s'exclama :

— Tu parles que je me souviens de toi ! Ça alors, ça fait...

N'importe quelle Américaine moyenne m'aurait sauté dans les bras et serré fort pour moins que cela. Géraldine resta distante, ignorant la main que je lui tendais. Son front était traversé de rides fines, ses cheveux battaient en pagaille.

— Que fais-tu dans le coin ? enchaîna-t-elle, comme pour meubler.

— Oh euh... je m'aère la tête avec un ami.

Du bas des pistes, Paulo et sa Tchèque en Versace me faisaient maintenant de grands signes. Scintillant sur la neige, ils semblaient débarquer de Gstaad.

— Ah... répondit-elle en remettant son fils sur ses skis.

Cramoisi, je balbutiai :

— Comment vas-tu ? C'est incroyable, non ? Je n'en reviens pas...

Trente ans s'étaient écoulés, dix vies au moins. Géraldine se méfiait toujours de moi. À travers ses lunettes, je reconnus ses yeux d'enfant blessée. Elle s'activa auprès de son fils. Il me lançait des airs furieux en tirant sur son anorak. Je reconnus la formidable exigence de sa mère. Sa peur aussi.

— J'arrive, mon chéri, le rassura-t-elle tendrement.

Appartenait-elle à cette catégorie des mères totales, ces femmes insupportables dont la vie démarre à la naissance de leurs enfants ? Ou était-ce une parade pour me tenir à distance ?

— Que deviens-tu ? finit-elle par lâcher, comme je ne bougeais pas.

— Bah... je suis dans la finance, à Paris.

— Ça m'aurait étonnée !

Et dans un rire elle renchérit :

— Tu as toujours été un voleur.

Elle se mordit la lèvre. Moi l'enfant timide, honteux, asphyxié dans un corps, une famille et un pavillon trop petits, j'avais toujours adoré sa capacité à s'envoler. Elle me dévisagea de la tête aux pieds. J'avais les meilleurs skis du marché, des chaussures de champion du monde de slalom, une combinaison autorespirante capable de résister à des températures polaires, un système Recco d'alerte antiavalanche branché en permanence. Mon oreillette était collée à l'oreille, mon BlackBerry coincé dans une poche de l'avant-bras. Nous discutions devant le Club des Marmottes, cernés de vaches Milka mauves gonflées à l'hélium. J'eus envie d'arracher mes artifices, de saisir sa main, cet instant :

— Géraldine, tu veux prendre un café, demain, plus tard, ce soir, quand tu veux ? C'est tellement incroyable…

— Désolée Pierre. Une prochaine fois… Dans trente ans, peut-être, ajouta-t-elle.

Elle m'assassinait une seconde fois. Elle poussa son fils jusqu'au remonte-pente et glissa avec lui. Agacé parce que je traînais, Paulo vint à ma rencontre.

— C'était qui cette fille ?

— La première femme de ma vie.

— Quoi, cette fille aux cheveux gras ? se moqua-t-il.

— Ta gueule !

— Viens, on rentre.

Il me poussa vers son Porsche Cayenne. Je montai à l'arrière, comme autrefois, dans la Renault 18 Chamade. Lorsque j'étais morveux.

14

Depuis mon retour de New York, je parle, conduis ma voiture, plaisante mécaniquement avec les types du *floor*. Je suis ailleurs, n'écoute que d'une oreille. Cette clé USB me brûle les doigts. Pourquoi moi ? Que se passera-t-il si je charge ce programme dans nos systèmes informatiques ? Et si je ne fais rien ? J'en ai presque oublié le projet de week-end à Londres avec Paulo. Nous avions noté ce rendez-vous depuis longtemps. C'est notre séance de shopping annuelle, notre rituel de vieux garçons : nous descendons au Gore, un *boutique hotel* qui donne sur Hyde Park. Nous écumons les bars à strip-tease de Soho, achetons des chaussures hors de prix que nous ne mettrons jamais, dînons d'un *chicken pie* infect dans un pub de Picadilly.

Gare du Nord, à l'embarquement, le portique de détection de métaux bipe à mon passage. C'est la clé USB Hello Kitty, restée dans ma poche de pantalon. L'officier de police la passe aux rayons X, cherchant un éventuel explosif. Aujourd'hui, les formules mathématiques remplacent la poudre. S'attardant sur la figurine, il me tend la clé avec un rictus. Pendant tout le voyage vers Londres pour rejoindre Paulo, je m'interroge : serait-il possible que je le mette dans la confidence ? Il pourrait m'aider à disparaître ou, au contraire, à accélérer la diffusion de ce programme. Autour de moi, il est bien le seul à savoir que ce système est vérolé et absurde. Mais comment le convaincre de le torpiller ?

Nous avons rendez-vous chez Selfridges, dans la section *hyper-luxe*. Magnats du gaz ou du pétrole sont chouchoutés par des assistants personnels aux ordres. Pantalon slim, cheveux lissés, mains impeccables, ils sont payés à la commission. Quand j'arrive, Paulo est en train d'essayer des costumes. Il a énormément grossi. Depuis six mois, ses performances déclinent. Paulo a perdu des millions et gagné des kilos. Il angoisse, abuse de pâtes à la truffe et à la crème, explose ses pantalons au niveau des cuisses. Par crainte de représailles, il a embauché des gardes du corps et fait blinder sa Ferrari. J'attends sur le canapé Cassina, entre ses deux molosses gaulés comme Chabal le rugbyman.

Selfridges va fermer. Les deux *personal shoppers* qui tourbillonnent autour de Paulo s'excusent de devoir nous « laisser partir ». Paulo finit ses essayages. La retoucheuse s'agenouille en souriant pour reprendre le tissu au niveau de l'entrejambe. Elle sait qu'à cause de lui, elle va louper son train de banlieue. J'observe sa tête baissée, comme par soumission. Elle ne manquera pas de lui faire une jambe plus étroite que l'autre. La sécurité nous escorte, Paulo, moi et les deux gardes du corps jusqu'à la porte de service, à l'arrière du bâtiment. Dans cette rue sombre, entre les quais de déchargement, un attroupement s'est formé autour des poubelles de l'épicerie fine. Les nouveaux pauvres se disputent les ordures des nouveaux riches.

Nous partons dîner ensuite chez Frédéric, un trader de la City avec lequel Paulo et moi traficotons souvent des informations sur des *deals*. Il travaille pour le Crédit Suisse et vit dans un *brownstone* de trois cents mètres carrés à South Kensington. Nous remontons sa rue à pied, un alignement de maisons victoriennes identiques, blanches avec de la ferronnerie noire. Les voitures de luxe sont garées, pare-chocs contre pare-chocs. Toute la City habite ici.

— *Mamma mia*, une Scuderia Spider 16 m... si c'est pas malheureux ! s'exclame Paulo.

Une Ferrari noire est abandonnée sous un platane. Des déjections d'oiseaux jonchent le toit et le capot avant. Les rétroviseurs ont été arrachés, les câbles électriques de réglage pendent tristement. Une serviette Hermès bleu nuit est roulée en boule sur la plage arrière, à côté de quelques balles de golf. Un trader en fuite ? À la City, les charrettes de licenciements s'enchaînent, les prix de l'immobilier dégringolent. L'ennui, l'angoisse et l'aigreur terrassent les *yuppies* décimés dans des appartements transformés en gouffre. La City se vide. L'Angleterre, ruinée, relève l'impôt à 51 %. Chacun reprend ses kopecks. La grande fête du fric est terminée. Les traders menaient une vie de nabab à Londres. Certains fuient à Singapour ou Shanghai, pensant trouver un emploi. Pour préserver leurs derniers dollars, d'autres se serrent dans des petits chalets à Zoug, microparadis fiscal à côté de Zurich.

Pour acquérir sa maison, Frédéric n'a pas eu besoin d'apport personnel. Son bonus, payé en actions, est garanti sur deux ans. Cela a suffi pour obtenir un crédit. L'intérieur se révèle typique du *banker* moyen : dans la pièce principale, au rez-de-chaussée, un lustre Baccarat énorme, deux canapés de laine blanche devant une cheminée qui fonctionne à l'année ; quelques tableaux modernes aux murs et une sculpture type Giacometti sur une desserte en bois sombre. Chaque pièce, une douzaine, est dotée d'un écran plat. Des enceintes sont incrustées dans les murs crème. Le sous-sol, accessible de la rue, est transformé en appartement pour les domestiques. Jour et nuit, la « bonne » et la « nanny » se relaient autour du fils de Frédéric, Clovis, qui va à l'école française, la Mecque de l'élite mondiale. Madonna, installée dans le quartier, est venue en personne y négocier les places de ses enfants. Une réplique de Ferrari trône au milieu de la chambre parfaitement rangée de Clovis. C'est un modèle réduit, avec moteur, carlingue véritable et sièges en cuir, cadeau de Noël à 15 000 euros. Clovis pourra la conduire dès ses 6 ans. Paulo laisse échapper malgré lui : « *La bella macchina !* Je veux un fils. » Pour l'instant, il est cadavérique derrière son Batman.

Dans la cuisine, des aimants retiennent quelques feuilles à la porte du frigo : le planning d'activité de l'enfant détaillé, heure par heure sur Excel ; les instructions pour les nounous sur des diapositives PowerPoint ; la rotation des couches et progrès du langage sur des courbes modélisées.

Frédéric a posé son baise-en-ville sur une chaise Le Corbusier dans le vestibule. L'étiquette *Flying Blue Gold* est accrochée à la bandoulière. Frédéric est le roi de la City, un gros plouc en France. Je parierais qu'il n'a jamais traversé la Tamise. Pour notre dîner, il a invité Éva, sa petite amie, une brunette aux cheveux courts. Ils se laissent des mots d'amour sur des Post-it. Pour elle, il fait des UV qui maltraitent sa peau de rouquin et ne jure que par Dior. À longueur d'année il ressemble à une écrevisse bien habillée. Éva est LA star des fusions-acquisitions à Londres. Elle marie tout avec n'importe quoi, désosse des grands groupes, les fusionne avec d'autres. Elle crée des conglomérats totalement incohérents, empoche des commissions monstres au passage. Dans ses ensembles Marc Jacob, elle fait la une des journaux financiers. Incapables de la comprendre, ils parlent d'elle comme d'une magicienne. Je l'avais croisée pendant mes années à Polytechnique, lors des soirées étudiantes. Elle enchaînait des rocks versaillais avec des types qui prenaient des cours de danse en cachette. Boursicoteuse à la « Jeune Entreprise », elle était Miss Promo 87 de Sup de Co Paris. Elle ne m'avait jamais regardé. Ce soir non plus. N'ayant pas grand-chose à lui dire, je la lance sur le sujet préféré des *wonderwomen* : elles-mêmes.

— Alors il paraît que tu es à l'origine de l'alliance entre Mac Quick[1] et Rosling[2]. Génial dis donc, bravo ! Mais comment fais-tu avec tes trois enfants ?

— Oh, très simple, Pierre, répond-elle. Pour assurer sur tous les plans, c'est une question d'organisation. J'ai une nounou pour la journée, une babysitter pour le soir, une fille au pair pour la nuit. En plus de la « bonne », de la coach et de l'assistante personnelle, une petite PME bosse pour moi en fait, glousse-t-elle.

Comme aucun de nous ne lui répond, elle reprend :

— Bon mais pour les enfants donc, le plus important, c'est le rythme. C'est vraiment le secret. Par exemple, Garance la petite dernière fait de la peinture à 13 h 30. À 13 h 45 elle chante. À 13 h 55 elle a droit à un carré de chocolat. Quoi qu'il arrive, à 14 heures elle doit faire sa sieste. Les activités ne durent jamais plus de quinze minutes.

— Pourquoi ?

— Pour se développer, l'enfant doit être hyperstimulé. Je le répète : tout est une question de rythme. Je l'ai lu dans ce bouquin *The New Contented Little Baby Book*[3]. Tout le monde l'utilise à Londres.

---

1. Spécialiste des boissons sucrées.
2. Cimentier.
3. « Le nouveau livre du bébé satisfait : le secret pour devenir un parent calme et confiant », Gina Ford, 2006.

— C'est un peu tôt quand m…, j'objecte sans rien y connaître.

— Pas du tout, me coupe-t-elle. Cela les prépare aux cadences des concours, plus tard bien sûr.

Nous sommes trois types en délicatesse avec notre paternité. Infatuée d'elle-même, Éva ne voit pas notre ennui.

— À 16 h 45, ils doivent partir en balade, qu'il pleuve, vente ou neige, peu importe ! D'ailleurs, j'ai offert des parkas North Face à mes nounous, des perles, des Thaïlandaises bien sûr. Tu ne crois pas qu'elles sont les meilleures, chéri ?

Frédéric pique un fard. Il n'écoutait pas. Il la dévore avec des yeux de cocker en manque de sucre. Rassurée, elle reprend :

— Bien sûr, j'ai besoin de mon temps libre. J'ai ma vie moi ! Donc les enfants partent en week-end chez leurs grands-parents en France. Le vendredi soir, la nounou les dépose à l'Eurostar. Ma mère les récupère à la Gare du Nord et là, je souffle. Je peux enfin m'occuper un peu de moi, enfin de nous ! Hein mon *Frédou* ?

— Oui, ma chérie, acquiesce Frédéric, tout frétillant et rouge pivoine. Tu es vraiment une maman formidable.

— Je ne sais pas, Frédou, poursuit Éva, faussement modeste, mais en tout cas, j'ai une organisation optimale. Avec leur père, on se répartit leur éducation 60/40. 60 pour moi bien sûr, je fais la plus grosse part, je suis la mère quand même ! C'est moi qui ai accouché ! Donc on note tout.

Frédéric est livide. Il pense à son fils Clovis qui, à 3 ans et demi, balance les couches pleines contre les murs. Frédéric a dû virer la nounou à 50 000 euros par an. La suivante a démissionné. Éva ne voit rien et poursuit :

— Quand, vraiment, personne d'autre ne s'occupe de mes enfants, j'essaie d'avoir leur adhésion pour leur faire faire quelque chose. Je ne passe jamais en force. Je suis une nouvelle mère : je manage ma famille aussi bien que mon équipe au boulot.

Elle bascule en arrière dans son fauteuil Starck, pose ses ballerines Repetto rouge sang sur une chaise.

— D'ailleurs, je n'avais jamais réalisé, dit-elle en riant, mais ils ont tous leur feuille de temps ! Ah, l'habitude des reporting...

Ennui ou angoisse, Paulo se ronge les ongles. Il force un sourire quand il se rend compte que je l'observe. Frédéric sort son BlackBerry pour la dixième fois de la soirée. Clovis arrive et se colle contre son père. Paulo s'attendrit. C'est l'heure du coucher, l'enfant est seul, la nounou à l'anniversaire de son neveu. Il gémit plusieurs fois « papa » en le tirant par la manche. Celui-ci n'entend pas. Obnubilé par des e-mails débiles envoyés par des inconnus, il sourit à son BlackBerry. Clovis attrape l'engin et le jette à travers la pièce. Paulo éclate de rire.

— Tu ne vas pas laisser faire ça ! s'écrie Éva, outrée. Chez moi, en tout cas, cela ne se passerait pas comme ça.

Dépassé, Frédéric regarde son BlackBerry, Éva puis son fils. Il saisit ce dernier par le poignet, le pousse vers sa chambre en criant :

— Méchant, méchant Clovis, *you bad little boy*. Que t'ai-je donc fait pour que tu agisses de la sorte ?

Rien, et c'est bien tout le problème, me dis-je intérieurement, songeant à Kate et à ses bras squelettiques. Il enferme son fils dans la chambre. Clovis ne cesse de hurler. Frédéric revient vers nous et affirme, sous le regard approbateur d'Éva :

— Cette fois, je ne vais pas céder. Quelle plaie ces enfants, je vous jure !

Mal à l'aise, Paulo se ressert des petites entrées préparées par la cuisinière marocaine de Frédéric. Il se tourne vers Éva, la relance :

— Et ton aîné ?

— C'est plus compliqué. Il est devenu accroc aux e-mails. Le pédo-psy a diagnostiqué un truc venu des US : ASBOS, *Anti-Social Behavioral Orders Syndrom*. Il m'a conseillé des anxiolytiques, enfin à la nounou car je n'étais pas au rendez-vous. On était en plein *closing*, le *deal* du siècle ! Le docteur a prescrit vingt séances chez les EAA : E-mail Addict Anonymes. Des cours pour se désaliéner des e-mails. Ça cartonne à LA[1].

De l'autre côté de la porte en bois massif, Clovis hurle à la mort. Excédé, je demande :

— Il y a un âge limite ?

— Pour quoi faire ? répond-elle, sans comprendre.

— Laisse tomber. Et ton ex-mari, il va bien ?

Éva était marié à un type qui travaillait chez Lehman Brothers.

— Le débile ! Il était dans la première charrette. Tu te rends compte ? Du jour au lendemain, à poil, dans la rue !

— Quoi ? Pauvre vieux. Qu'avez-vous fait ?

— Bah… Comme tout le monde à la City en ce moment pardi : on a divorcé ! C'était du sport hein, Frédéric ? J'ai pris les devants car, durant l'été, je sentais le coup venir. Donc dès qu'il m'a transmis son mail de Lehmann, j'ai foncé à Paris pour être la première chez l'avocat. Tu comprends, si le divorce était prononcé en France il me devait 50 % de ce qu'il avait amassé depuis notre mariage. À Londres, rien du tout ! La loi est différente mais c'est celle du lieu de dépôt de la demande qui s'applique ! Dans la City, on appelle cela le

1. Los Angeles.

« divorce Eurostar », un vrai sprint transmanche jusqu'à l'avocat. Le premier qui dépose a gagné. Ces derniers mois, les filles de la City se sont toutes refilé le tuyau !

Pendant le dîner, un tajine d'agneau servi dans des assiettes en porcelaine anglaise et avec des couverts en argent, nous retraçons les deux dernières années de la finance. Frédéric et Éva donnent des leçons, Paulo énumère ses exploits pour mieux taire ses angoisses. Ils se félicitent de passer, pour l'instant, entre les gouttes, mais n'en pensent pas moins. S'il y a une règle en finance, c'est bien d'affirmer, même quand tout s'écroule, que tout va bien. Ne jamais dire que l'on a eu tort, que l'on doute. Toujours se positionner au-dessus de la mêlée, rassurer, prétendre que cela va s'arranger. Entretenir le fantasme d'intouchabilité. Et quand on est acculé à l'évidence, arguer d'un ton condescendant que la réalité est bien plus complexe. À plusieurs reprises, j'hésite à révéler l'existence de Mme Krudson et du Bilderberg. J'aimerais leur raconter son plan d'attentat, ma reconversion potentielle en djihadiste du grand capital, la peur qui me tord les boyaux dès que je prends un ascenseur. L'envie qui me prend de passer à l'acte, comme ça, pour voir, parce que je n'ai rien à perdre. Parce que je les trouve minables avec leur destin de *yuppies* qui n'en font rien. Peut-être savent-ils quelque chose sur la mort de Matthew Fahde ? Mme Krudson n'avait-elle pas raison ? Éva, Frédéric et Paulo sont trop intoxiqués par le système pour m'entendre. Si je ne peux pas les mettre dans la confidence, ne pourrais-je pas les utiliser ? En attendant, je leur raconte les retombées de l'« affaire Tarviel » pour ma banque, le Crédit Général. J'étais aux premières loges.

En février 2008, nous avions tous cru perdre notre job. Un trou de 5 milliards creusé par un homme de second rang, des clients en furie, des partenaires qui fuyaient... : le Crédit Général tanguait. Mouton, le PDG de la banque, n'avait qu'une solution : rassurer les foules, se coltiner le 20 heures de France 2. La maquilleuse ne l'avait pas raté : gueule plâtrée, il ressemblait à un vieux serpent. Mouton avait été l'homme du contre-emploi. Censé rassurer, il transpirait de rage. Il répétait le topo dicté par l'agence de communication, avec les intonations placées par son *coach media* : transparence sur les faits, empathie pour les victimes, fermeté pour les contrôles. « Sur "contrôle", avait dû conseiller son coach, faites mine de taper du poing sur la table. » Au sujet de Franck Tarviel, l'homme, Mouton s'emporta : « C'est un terroriste à l'esprit pervers. » Au bord de ses lèvres sèches et tremblantes de rage, il retint *in extremis* : « Rendez-vous compte, il n'a pas mis un euro dans sa poche ! » Tarviel avait cherché à accéder au paradis des traders, là où Mouton et ses cerbères lâchent prise et laissent s'envoler les délires mégalomaniaques d'autistes dans mon genre. Tarviel s'imaginait bientôt tourner un remake de Wall Street. Terroriste ? Il avait cherché à être adulé comme Tom Cruise. Aucune rationalité ici, Mouton ne comprenait pas.

Le soir même, Mouton était de corvée à l'Opéra-Garnier. Le service de communication de la banque avait réservé la salle pour une soirée privée. C'était une sauterie décidée plusieurs mois auparavant, pour féliciter les équipes et fêter les résultats exceptionnels de 2007. Les traders avaient invité leurs alliés les plus dévoués : les analystes des agences de notation financière. Mouton traîna les pieds, arriva en retard, espérant que le spectacle aurait démarré sans lui. Quand il pénétra en loge centrale, tout le monde l'attendait. Il s'installa avec sa garde rapprochée, éreintée par une semaine sans sommeil. La salle bruissait, n'ayant d'yeux que pour lui, le désignant du doigt. Le chef d'orchestre dut taper sur son pupitre pour pouvoir démarrer. En quatre jours, Mouton avait perdu 5 milliards d'euros et les quelques cheveux qui survivaient sur son crâne d'œuf. Il venait de refuser la démission de Bustier, le supérieur direct de Tarviel. Assis à ses côtés, il se planquait derrière le programme de la soirée. Placé tout près, les lumières éteintes, j'observai Mouton pendant le concert. Il ruminait, grinçait des dents, regardait ses ongles parfaits. Il devait se demander combien coûtait cette foutue soirée, persuadé de se retrouver le mercredi suivant à la une du *Canard enchaîné*. Au troisième mouvement de la *Passion selon saint Matthieu* de Bach, il manqua de craquer. Aucun patron de banque au monde ne maîtrisait ses équipes. C'était un secret de Polichinelle. Lui, premier de la classe depuis la crèche, craint par ses pairs, admiré par le *Wall Street Journal*, était le seul démasqué. Chute d'un homme. Il aurait aimé crier à l'injustice, là, devant ce parterre de loups venus avec leur brebis préférée. Il se ravisa, pensa à son ranch des Appalaches. Il avait investi pour ses vieux jours. Ils arrivaient plus vite que prévu.

Dans les semaines qui suivirent cette soirée calamiteuse, la banque fut laminée par l'ampleur du dysfonctionnement et la colère des clients qui manifestaient au pied de la tour à la Défense. Le service de communication publia des lettres d'explication dans *Le Monde*, dépêcha un bataillon de consultants pour écoper le bateau. Ils pondirent des rapports truffés de flèches rouges et de phrases alambiquées construites pour cacher le vide des idées. Leurs services coûtaient une somme astronomique. Il fallait « moraliser la finance », « casser la spirale de la surenchère », « rétablir une échelle de valeurs digne de notre grande industrie, vitale au bien-être de nos concitoyens ». Mais comment former mille gus à la déontologie, cette matière molle, en un temps record et sans toucher à leur productivité ? Mouton et la flopée d'énarques qui l'entourait n'hésitèrent pas longtemps : le Crédit Général déboursa une fortune pour un logiciel de ressources humaines révolutionnaire : une formation en ligne. Pendant une semaine, nous fûmes d'astreinte à l'heure du déjeuner. La banque faisait livrer à nos postes des sushis qui puaient l'ammoniaque. Les mains dégoulinantes de wasabi, nous suivîmes les instructions crachées par nos écrans tout en lisant *L'Équipe*. Chaque session de quarante-cinq minutes bloquait la navigation sur nos postes. Elle se terminait par un petit test auquel nous répondions au hasard par quelques clics de souris. Le vendredi, pendant la dernière session, Bloomberg TV avait tiré le signal d'alarme : à Londres, le cuivre s'effondrait. Nos ordinateurs bloqués par le logiciel de formation, nous étions privés d'accès à nos bases de données. Nous avions regardé le cours dégringoler, impuissants et en rage. Quand la formation s'était arrêtée, chacun de nous avait imprimé le diplôme en ligne qui clôturait cette vaste fumisterie. Nous les avions collés au mur avec du scotch pour mieux comparer nos scores. Le plus nul reçut le Tarviel d'Or.

15

À mon retour de Londres, Tay est alanguie sur le canapé. Des bandes de coton entourent ses orteils, le temps de faire sécher le vernis taupe qu'elle a posé sur ses ongles. Elle porte la tenue d'intérieur La Perla choisie selon mes instructions par André.

— Bonsoir, *querido,* m'accueille-t-elle d'un grand sourire mais sans lever les yeux. C'était bien Londres ?

Elle observe avec délice un énorme diamant à son annulaire droit.

— Regarde ce que je me suis offert ! enchaîne-t-elle sans me laisser le temps de lui répondre.

Oubliant son vernis, elle bondit du canapé et me met sous le nez sa longue main chocolat. La pierre étincelle. En comparaison, le solitaire que je lui ai donné ressemble à une bague de chez Leclerc.

— Mais enfin, Tay... tu as fait un casse ou quoi ?

— Mais non voyons ! s'exclame-t-elle triomphante, riant de me surprendre enfin.

— C'est qui ce connard ? dis-je, paniqué à l'idée que l'un de ses clients ne la séduise pour de bon. Tu as une exclue avec moi ! Tu as une conscience professionnelle hein ?

— Je te dis que je me la suis offerte. OF-FERTE, A-CHE-TÉE, un cadeau de moi à moi pour moi, chante-t-elle. Avec mes sous, gagnés à la sueur de mon corps, éclate-t-elle de rire.

— Mais, Tay, ce n'est pas possible.

Cela pourrait-il être un message de Mme Krudson ? Aurait-elle pu acheter Tay ? L'approcher ?

— Ça vient de Suisse. C'est un Life Gem, un diamant du souvenir.

— Impossible, Tay, impossible que tu te sois offert cette bague. Dis-moi la vérité. Je peux tout entendre.

— Calme-toi, mon gros loup. C'est fait à partir de cendres humaines.

— Quoi ? Tu veux dire, des gens morts ?

— Ben oui, *querido*. J'en ai eu pour 1 000 euros !

Très contente de son coup, elle regarde sa bague puis gourmande ajoute :

— C'est fait à partir de cendres de crémation. Il y a quelqu'un là-dedans !

Je m'approche de plus près de ce caillou de synthèse. La poussière du 11 septembre est incrustée dans ma peau et j'en frissonne tout à coup. Tay poursuit, toute fière :

— C'est génial non ?

Un souvenir revient, de loin : une usine dans laquelle on brûle les gens pour les transformer en galette hyper-protéinée. Réponse cinématographique et anticipatoire à la crise alimentaire.

— C'est *Soleil vert* !

Je devais avoir 10 ans. Un soir très tard alors que mes parents dormaient, j'avais regardé ce film en douce sur le poste de télévision noir et blanc. Il fallait régler la chaîne, trouver sa fréquence, à chaque fois qu'on allumait. Mon père y passait des heures, maudissant l'antenne, tapant sur le poste. Quand enfin l'image apparaissait, ce n'était pas la bonne chaîne ou le programme était terminé.

— Soleil quoi ? m'interroge-t-elle.

— Non, rien, Tay, rien.

Au même moment, ma fille Kate débarque, son corps perdu dans un pyjama Gap Body bleu tendre.

— Alors, ma chérie, comment vas-tu ?

— Je suis pas « ta chérie », rétorque-t-elle en louchant sur les courbes de Tay.

Kate était sortie de la clinique en 2006. Marie, sa mère, mon ex-femme, avait eu vent de mes visites hebdomadaires, pendant dix-huit mois exactement. Passé l'étonnement, elle avait demandé à son avocat de négocier un réaménagement de la garde de Kate. Elle avait argué qu'il était « essentiel au bon développement de l'enfant d'avoir une véritable relation à son père ». Marie, surtout, était encore assez jeune et voulait refaire sa vie. Elle avait eu quelques amants, un « nouveau » mari et deux autres enfants. Elle se serait volontiers passée d'une adolescente anorexique à la maison, miroir de ses échecs de jeunesse. J'en avais parlé à Tay. « C'est ta chance », m'avait-elle dit, promettant de m'aider. Je n'avais aucune idée de l'âge de Tay, 25, 27 ans peut-être. Son adolescence n'était pas loin. Pour André, cela faisait un peu d'animation supplémentaire dans un appartement trop bien rangé. C'était toujours mieux que de vivre coincé entre moi et mon requin. J'avais trouvé une place dans le lycée privé du coin et transformé ma salle de sport en chambre. Après les cours, Kate y reste cloîtrée. Elle met à jour son skyblog avec le détail de ses repas. Le médecin de la clinique m'a donné l'adresse, pour que je le surveille. Hier j'avais tenté de décoder :

« 23 mai 2009 : une soupe sur le pouce = 90 kcal. J'ai pas le choix même si je me sens pas mal c'est que mon corps ne supporterait pas le choc et je risque de tomber dans les pommes et j'approche de mon objectif alors pas le moment de faire la conne. »

Ça sentait la rechute. Quand elle ne calcule pas ce qu'elle ingère, Kate découpe les mannequins dans les magazines. Elle dessine des vêtements dans son journal intime. Tay lui a appris à coudre. Elle la fournit en tissus et potins du milieu. À force, elles sont presque devenues copines. Kate aurait aimé avoir Cindy Crawford pour maman. Je m'approche de ma fille :

— Alors, c'était comment le défilé Mac Steel ?

— Pauvre minable ! me raille Kate, les yeux noirs.

Elle tourne les talons et Tay pique du regard. Quelques semaines auparavant ma belle avait su que l'équipe de la maison de couture Mac Steel cherchait des habilleuses pour son prochain show. J'avais passé un coup de fil, envoyé une enveloppe, me débrouillant pour faire embaucher Kate pour la soirée. Elle devait aider les mannequins à enfiler des tenues plus lourdes qu'elles. Le défilé avait eu lieu la veille, samedi lorsque je dînais à Londres avec Paulo. Tay, qui avait récupéré ma fille en pleurs, me fait le récit de la soirée.

Trop excitée pour dormir, Kate avait imaginé cent fois la rencontre avec son idole, Sabiano, le couturier de Mac Steel. C'était son rêve d'enfant. À son arrivée sur les lieux de la *Fashion week* au jardin des Tuileries, on lui avait indiqué une salle sur le côté. Vingt adolescents des quartiers chics, plus lookés les uns que les autres attendaient, comme elle. Ils faisaient des études de stylisme dans des boîtes à fric, rêvaient de partir sur des séances de photos à Miami. Ils finiraient vendeurs chez Kookaï. Une femme obèse, teintée en rousse, était montée sur un escabeau.

— Vous avez deux heures pour allumer mille bougies, avait-elle postillonné dans le mégaphone. Une fois le défilé terminé, vous nous aiderez à tout remballer. C'est pour vous une expérience inoubliable ! Profitez-en ! Et en plus, nous vous donnerons bien entendu un magnifique cadeau de la Maison.

Kate s'exécuta. Elle récupéra un sac Franprix. Au sol, des marques de couleurs indiquaient l'emplacement exact de chaque bougie. Kate se brûla. Les mannequins arrivèrent, aussi maigres qu'elle mais plus jeunes. 14 ans au maximum. Posée sur leur corps décharné, leur tête semblait énorme. Avec ses quarante-deux kilos, Kate s'était sentie grosse et, pour la première fois de sa vie, vieille. C'est-à-dire à 17 ans. Les bougies allumées, Kate se posta derrière le rideau du podium, dans un angle mort. Comme tous les « habilleurs », elle attendit là pour assister au défilé. L'assistante obèse et en sueur la houspilla dehors en postillonnant :

— Qu'est-ce que vous faites là ? Vous vous croyez où ? Au Salon de l'agriculture ? Attendez à l'extérieur ! Du vent !

Sur le trottoir de la rue de Rivoli, la nuit était fraîche. Les petites mains de Mac Steel n'osèrent pas rentrer pour récupérer leur manteau. Pour passer le temps, elles fumèrent des Marlboro Light perchées sur les balançoires du jardin d'enfants, tout près. À 2 heures du matin, Kate passa un dernier coup de balai. L'armada de volontaires était restée. Le cadeau arriva : un foulard siglé Mac Steel. L'assistante obèse et rousse s'extasia :

— C'est un accessoire très prisé de la saison 2002 !

Comme je le lui avais demandé, André attendait Kate à la fin du show, au niveau du Meurice. De la voiture, ma fille en pleurs appela et réveilla Tay. À l'appartement, André fit du thé et sortit des gâteaux mais ma fille n'y toucha pas. Elle raconta à Tay le défilé. Ma belle la consola puis la coucha. Vers 5 heures du matin, André fut réveillé par un bruit sourd dans la cuisine. Il découvrit Kate allongée par terre. Des emballages en aluminium de fromage La Vache qui Rit et des plaquettes entamées de chocolat jonchaient le sol. Il porta Kate jusqu'à son lit et nettoya.

Un mois auparavant, elle avait aussi cherché un petit boulot de vendeuse chez Sephora, son magasin préféré après H & M. Répondant à une annonce, elle s'était présentée aux caisses du point de vente de Passy. La *manager* ressemblait au mime Marceau, le regard méchant en plus : les traces d'éponge à fond de teint formaient des couches successives sur sa peau. Kate l'avait suivie dans les allées noires et mauves qui croulaient sous les images de bouches pulpeuses, légèrement entrouvertes. Parvenues jusqu'à la remise, elles étaient entrées dans une pièce grise toute en béton qui sentait le café froid. Sous le néon d'un bureau sans fenêtre, la *manager* avait dévisagé Kate de la tête aux pieds, l'air méprisant, surtout quand elle avait aperçu ses véritables boucles d'oreilles Chanel. En soupirant, elle avait consulté la feuille remplie par Kate pour décrire ses compétences :

— Donc vous ne savez rien faire.

— Ben en fait, j'ai 17 ans.

— Mouais c'est ça, avait-elle maugréé, ben on est bien parti avec vous. J'ai pas de temps à perdre : dessinez-moi la maison idéale.

— Euh, mais je...

— Je vais pas y passer la nuit. Dessinez-moi la maison idéale je vous dis ! lui ordonna-t-elle.

Hésitante, Kate avait saisi le bloc tendu par la femme au regard dur. Elle avait commencé à dessiner, s'était concentrée. Assez fière d'elle finalement, elle avait montré son dessin : une grande bâtisse entourée d'arbres fruitiers avec, devant, un requin dans un aquarium. La recruteuse l'avait assassinée :

— Je n'aime pas cette maison. C'est quoi ce gros poisson. Et puis… je déteste les fleurs, les balcons. Proposez-moi autre chose. Dépêchez-vous, je n'ai pas que cela à faire. Il y en a des tonnes des comme vous !

Kate avait recommencé, stoppée dans son élan au bout de quarante-cinq secondes :

— Vous êtes nulle, ma pauvre ! Je vous demande de me dessiner la maison idéale et mon avis ne vous intéresse pas ? Vous ne me posez aucune question ?

— Mais écoutez, pardonnez-moi mais je…

— Ce boulot n'est pas pour vous, ma petite. Vous ne tiendrez pas deux heures en magasin. Si vous croyez que je suis dure ou aigrie, venez un samedi et voyez par vous-même : nos clientes sont de vraies chiennes !

Pour Kate, la découverte de l'entreprise s'était arrêtée là.

16

Je me réveille en sueur au petit matin, la table de nuit renversée. Dans mon dernier rêve, je me battais contre des vendeurs de hot-dogs qui voulaient récupérer la clé USB de Mme Krudson. Je redresse la table de nuit, ouvre le tiroir. Le petit chat blanc niais est toujours là, dans son étui en peau de requin. Combien de temps avant que Mme Krudson ne passe de la menace aux actes ? Qu'adviendra-t-il si je ne fais rien ? Pourrait-elle s'en prendre à Kate ? Que fait ma fille après les cours sur le chemin entre le lycée et l'appartement ? Qui voit-elle ? D'ailleurs, ne serait-elle pas mieux à la maison ? Je pourrais faire venir un maître d'étude, des clowns et surtout un service de sécurité ? Du haut de son mètre cinquante, André ne résisterait pas une seconde aux amazones armées de Mme Krudson. Et aussi, je pourrais faire poser une puce RFID sous la peau de Kate et de Tay, dans l'épaule. Ce serait comme une sorte de balise Argos du parent ou de l'amant flippé ? D'ailleurs, j'ai vu une publicité de la marque ADS dans *The Observer* quand je petit-déjeunais avec Paulo à Londres. J'avais même noté les coordonnées sur mon BlackBerry dans la section « notes pour moi-même ». Cela s'appelle une VERICHIP. Depuis l'histoire de Maddie, la petite fille disparue au Portugal, les Anglais en sont fous.

Je sors de l'immeuble au volant de ma voiture. Dehors l'ambiance est cotonneuse, humide. Le soleil n'a pas encore percé la couche de nuages qui s'accroche à la ville depuis des lustres. Les quais de l'île de la Jatte sont déjà bondés, les autos agglutinées les unes contre les autres, toutes à l'arrêt. Les tentes Quechua distribués par Médecins Sans Frontières s'alignent en contrebas. Les populations affluent vers les villes, cherchant emploi, nourriture, abri. On leur distribue des tentes qui se montent en deux secondes. Sur BFM, Stéphane Soumier interviewe Marc Simoncini, le fondateur de Meetic. L'agence matrimoniale en ligne est prise d'assaut par des trentenaires mélancoliques et suroccupés. C'est un empire. Un corbeau s'envole d'un chêne du bord de Seine. Son vol est alourdi par une masse sombre qu'il porte, péniblement, à travers son bec. Il redouble d'efforts pour ne pas tomber comme une pierre. À mesure qu'il se rapproche, je distingue à travers son bec un pigeon à l'agonie. Le corbeau et sa proie passent au-dessus de moi. J'entends un bruit sourd. Le pigeon rebondit sur le toit de ma Countach puis s'immobilise au niveau du capot. Furieux, le corbeau lui fonce dessus, le saisit par la gorge et redécolle avec lui. Il fait quelques mètres et le lâche au milieu de la rue. Le pigeon s'écrase au sol, devant les voitures à l'arrêt au feu. Il agite une dernière fois une aile, soulève sa tête, comme pour demander grâce. Cela me rappelle la bagarre de la station-service en 2002 quand deux types en cuir noir étaient sortis de nulle part pour me refaire le portrait. Le feu passe au vert. Les scooters démarrent en trombe devant les autos. Un livreur de pizzas très pressé lui passe sur le corps. Perché sur un lampadaire, le corbeau observe la scène en reprenant son souffle. Les oiseaux s'entre-tuent pour régner dans les villes. À New York, les rats tolèrent les cafards. À Paris, les corbeaux massacrent les pigeons. Dans le parking de la Défense, je paie le voiturier pour qu'il nettoie mon bolide maculé de sang.

Au bureau, impossible de me concentrer. Je suis obnubilé par cette histoire de corbeau. Et si c'était un signe ? Pour mes parents, n'ai-je pas toujours été un oiseau de malheur ? Une chauve-souris ? Et qu'est-il arrivé à Matthew Fahde dans son hélico ? Mme Krudson l'a-t-elle fait assassiner ? Pourquoi ? Je prétexte un rendez-vous chez le dentiste afin de quitter mon poste. J'appelle mon coach personnel pour une séance en urgence. Il me donne rendez-vous dans la salle de sport du Ritz.

Je le vois chaque semaine. Dans ses survêtements choisis pour être trop petits, il ressemble à Popeye monté sur ressort. Il s'occupe de moi comme si j'étais finaliste à Roland-Garros. Très appliqué, il me demande si je dors et mange bien, comment va mon transit intestinal. Il note tout dans un petit calepin orange. À son habitude, il règle les poids, modifie la cadence, compte jusqu'à cinquante. Il observe le mouvement de mes muscles. Je fixe le logo Champion de son teeshirt quand j'enchaîne les pompes. Il revend un complément alimentaire très prisé à Hollywood. Mickey Rourke s'en est gavé avant le tournage de *The Wrestler*. J'en mélange tous les matins dans mon thé Gun Powder. Depuis, j'ai dû changer de taille de costard.

Pendant la séance, un type en treillis hurle sur une mamie déguisée en athlète. Elle a choisi le programme Boot Camp, une série d'exercices de cardio encadré par un type gueulant comme un capitaine de caserne. Le *general manager* du Ritz intervient. Elle avait signé une décharge. Sur le brancard des pompiers, elle appelle sa maman.

L'après-midi, je passe chercher Kate à la sortie du lycée, une boîte privée du 16e arrondissement. C'est un bâtiment haussmannien tout juste ravalé. Des mégots de cigarette jonchent le sol, devant l'entrée. La cloche n'a pas encore sonné. J'attends de l'autre côté de la rue, face à la sortie, mains dans les poches. Dans leur Smart ou leur Mini-Cooper noire, les mères du 16e me regardent avec dédain. Ai-je déjà l'air, à 40 ans et des bricoles, d'un vieux pervers qui fait la sortie des écoles ? Elles multiplient les efforts pour ressembler à leur fille. Comment est-il possible que la mienne soit déjà en seconde ? Mais où étais-je, toutes ces années ? Le nez dans les fractales ? J'ai passé mon enfance sous terre. Je me suis arrangé pour éviter celle de ma fille. Tout à coup, mon adolescence ne me paraît plus si éloignée. Émotionnellement, en suis-je jamais sorti ? Au lycée Blaise-Pascal de Clermont-Ferrand, je rasais les murs, craignant les autres, leur aisance. La star de l'époque, un grand brun qui portait des pulls Oxbow et avait vécu à San Francisco m'horripilait. Il avait le « look américain » et, à sa vue, les filles si dures avec nous se transformaient en flaques. Aujourd'hui, il est commercial chez Tefal.

La cloche retentit, un flot d'adolescents dégueule du portail. Des clones : ultramaigreur, frange de pétasse, coupe Toni and Guy, bottines Killiwatch, rouge à lèvres Mac. Kate est un zombie avec des baguettes à la place des cheveux. De profil, sa silhouette est concave. Je sais après lecture de son skyblog qu'elle a vomi l'unique pomme pépins compris qu'elle s'est allouée pour la journée.

Sous le porche, Kate rougit en m'apercevant. Elle s'approche et me saisit immédiatement par le coude, m'entraînant au loin.

— Non mais ça ne va pas non ? me crache-t-elle au visage. Pourquoi tu me fais ça ? La honte !

Son haleine pue l'acétone, stigmate des affamés.

— Quoi ?

— Venir me chercher, là, devant tout le monde ! fulmine-t-elle.

Je balbutie :

— Mais enfin, Kate, je suis ton p...

— Un raté, je ne veux plus te...

Des cris retentissent derrière nous. Planqués dans le bar d'en face, les élèves du lycée technique de Nanterre sortent en trombe :

— Sale gosse, sale gosse, ton fric pue, hurle l'un.

— Ta mère en short sur Facebook, va mourir en enfer, crie un autre.

Le service d'ordre dépêché à la demande des parents depuis deux semaines n'a pas eu le temps de réagir.

— Mais qu'est-ce qu'ils ont, papa ? demande Kate en se blottissant contre moi.

Je sens son corps de moineau. Cela fait des années que je n'ai pas serré ma fille dans les bras. Je n'ai jamais su comment m'y prendre. Quand elle était toute petite, j'avais tout le temps peur de la faire tomber ou de la casser. Sa mère, Marie, ne me laissait pas l'approcher tant que je ne m'étais pas parfaitement lavé les mains. Puis Kate et Marie sont sorties de ma vie, ou plutôt, je me suis éclipsé de la leur. Aujourd'hui Kate refuse qu'on la touche. Seule Tay parfois, quand elles font des courses toutes les deux, arrive à la prendre par le bras. Euphorique après un bon achat, Kate se laisse plus facilement faire.

— Ils sont en colère.

— C'est bon, j'avais compris, dit-elle agacée reculant d'un pas pour se détacher. Mais pourquoi contre nous ?

— Parce que nous sommes trop riches.

Ils arrachent le sac Bel Air des filles, leur crachent à la figure. Les garçons filent droit, passant la main dans leurs cheveux mi-longs, style « soigneusement décoiffés » à grand renfort de gel. Ils tirent nerveusement sur leur cigarette. Ils ne veulent pas risquer leur Ray Ban Wayfarer.

Je ramène Kate à la maison, dans un silence de mort. Arrivés chez nous, elle file dans sa chambre et, furieuse, claque la porte.

Quelques heures plus tard, je débarque dans la pièce TV, une antichambre dominée par un écran géant et un canapé quatre places en velours gris perle.

— Allez, Kate, on arrête cela, il y a les cours demain !

— Pour ce que j'y fais ! bougonne-t-elle en ne quittant pas l'écran des yeux. Si c'est pour finir bac+4 et me retrouver caissière chef chez Monoprix ou assistante d'un débile dans une boîte de banlieue, à prendre mon RER tous les jours, franchement, autant regarder la télé !

— Mais, allons…

— Tu sais d'ailleurs, Nathan a abandonné les cours, Gersandre aussi. Ils sont en Angleterre maintenant et ils font tout le temps de la musique. Il y a vraiment des parents qui ont tout compris franchement… peste-t-elle.

Chaque année cent cinquante mille enfants sortent du système scolaire sans aucun diplôme. 99 % d'entre eux tuent le temps, souvent dans des cités. À l'exact opposé, une part infime se retrouve dans des *colleges* anglais, entre camps de redressement et colonie de vacances. Leurs parents vantent les mérites d'une « éducation alternative », tournée vers les arts. « L'école républicaine, ce n'est plus ce que c'était », se lamentent-ils dans les dîners en ville. Ils se ruinent pour tenter de compenser l'échec de leur progéniture. Et oublier la leur.

Sur l'écran, à la une du journal de TF1, des employés en furie séquestrent leur patron. Ils veulent faire sauter l'usine. Kate refuse de venir à table pour rester scotchée à l'écran. Elle zappe sur ABC, chaîne familiale américaine. Elle tombe sur un shoot d'héroïne en direct. C'est le dernier programme à la mode : les péripéties d'une adolescente accro à la drogue. La réalité, en pire ; un de ces *personal journey* que les producteurs TV affectionnent tant. Le documentaire égrène toutes les étapes : les bonnes résolutions, le manque, la rechute, les mensonges. Son petit ami, sa famille et ses professeurs d'école primaire témoignent en larmes dans une sorte de confessionnal, pièce maîtresse du dispositif dramaturgique. La mère tient le premier rôle : assise sur le lit de sa fille en plein *trip* filmé cadre rapproché, elle frappe dans ses mains pour la retenir du coma. La caméra zoome un peu plus sur le visage de l'adolescente : yeux révulsés, bouche entrouverte, un filet de bave goutte à la commissure des lèvres. Les paroles de psy entrecoupent des scènes de plus en plus *trash* : l'adolescente en plein manque se bat contre sa mère pour récupérer les sachets d'héroïne confisqués. Ne trouvant rien, elle lui arrache ses vêtements. Puis elle dévaste sa chambre sous les yeux tristes d'un Winnie l'Ourson recousu et d'un poster de l'actrice de 16 ans, Hannah Montana, la dernière pouliche de l'écurie Disney. Dans le couloir jaune d'œuf de l'appartement, la mère en slip est accroupie. Elle sanglote, la tête enfouie dans ses genoux cagneux. Elle avoue l'avoir rendue elle-même accroc. Dégoûtée, Kate zappe alors sur HBO. La chaîne tendance diffuse au même moment un programme similaire : cocaïne, beaux quartiers et voitures de luxe ont remplacé l'héroïne, le F2 minable et le bus déglingué. Il est 21 heures et, consterné, je quitte la pièce en me demandant ce que Tay peut bien fabriquer.

17

À 23 heures, Tay n'est toujours pas rentrée. Contractuellement, son « service » démarre à 20 heures chaque jour. En cinq ans, elle a toujours été d'une ponctualité parfaite. Je l'appelle sur son portable, laisse des messages rageurs puis inquiets. À minuit, je pleurniche dans le combiné, la suppliant de me donner signe de vie. André, le visage fermé, vérifie la porte d'entrée toutes les dix minutes. Il adore Tay. Depuis ma rencontre avec Mme Krudson, j'ai gardé la clé USB Hello Kitty sur moi et fait des copies. Aurait-elle pu s'en prendre à Tay ? N'aurais-je pas dû prévenir ma belle, ainsi que Kate et André ? Mais comment leur dire ? *Votre vie est un leurre et grâce à moi tout cela va bientôt s'arrêter ? Cela n'en a pas l'air mais je suis à deux doigts de mettre Ben Laden à la retraite ?*

Dans la cuisine, André astique le frigo. Quand il angoisse, il fait le ménage. À une heure du matin, je lui demande d'aller au Raphaël. Il a l'air soulagé de passer à l'action. Je pense à l'ascenseur de Mme Krudson, à Matthew Fahde. Qu'est-ce qui a bien pu lui arriver ? André revient une heure plus tard avec Tay, emmitouflée dans la couverture en mohair qu'il avait emportée. Il a trouvé ma belle hagarde, en pleurs, sur l'avenue de la Grande-Armée, non loin de la porte Maillot. Elle se jette dans mes bras. Elle a le souffle court mais aucune contusion, ni blessure apparentes. « C'est mon frère », parvient-elle à dire, entre deux hoquets de chagrin. Je ne peux retenir un soupir de soulagement. Sa détresse n'a rien à voir avec Mme Krudson. André lui fait couler un bain et prépare un bol de lait chaud. Je la guide jusqu'à la baignoire, la déshabille, la plonge dans l'eau chaude parfumée au cyprès. Je caresse ses cheveux, lui masse le cou. Elle se calme peu à peu, cesse de claquer des dents. Elle me raconte ce qu'il est arrivé à Sana, son frère, la veille au soir.

C'était la nuit des saints de glace. Le froid s'était abattu sur Paris comme en plein hiver. Devant le centre d'hébergement d'urgence de Montrouge, au pied d'un immeuble gris sombre, presque noir avec des barreaux aux fenêtres, des hommes et quelques femmes se battaient pour entrer. À force de vivre à la rue et de se fondre dans la masse pour passer inaperçus, ils avaient pris la couleur du goudron. À l'intérieur, ils trouvaient un repas, une douche puis des draps propres élimés, imbibés d'eau de Javel pour décourager les puces. L'endroit sentait la soupe au lard, le métro, le Mixa Bébé. Postée à l'accueil, la responsable du centre savait exactement quand leur sourire, comment résister à l'agressivité sous-jacente de ces exclus qui, pour la plupart, auraient facilement pu être ses parents. Elle veillait à ne pas les infantiliser. Elle était jolie comme un cœur, une jeune pousse toute fraîche dans cet univers de défaite. Elle revenait tout juste du Forum social mondial de Belém, au Brésil.

Sana entra comme chaque soir, en court-circuitant la queue et sous les insultes des malheureux. La jeune fille le remarqua tout de suite. Elle le salua d'un signe de la tête et d'un léger sourire. Tiré à quatre épingles, Sana portait un manteau de marque, sous lequel pointait le col d'une chemise parfaitement repassée. Le regard doux, les traits fins, la peau métisse, Sana était beau.

— Ça va aujourd'hui ? lui demanda-t-elle.

— Oui, oui, dit-il gêné.

Il était un habitué du centre même s'il n'y dormait jamais. Il passait voir l'infirmière pour son fix quotidien de méthadone. Il avait décidé de décrocher de la cocaïne, première étape pour arrêter le tapin. Tay connaissait l'endroit et le personnel. Elle avait accompagné son frère plusieurs fois. L'infirmière arriva. Il la suivit jusque dans son petit bureau, le regard cloué au sol. En avalant sa dose, par la porte restée entrouverte, il vit que la jeune travailleuse sociale l'observait. Elle devait avoir son âge. Il aurait bien aimé lui parler, boire un verre avec elle, la faire rire. Il savait qu'il avait déjà foutu une bonne partie de sa propre vie en l'air. Il partit sans mot, ni un regard pour elle.

Sana fila au Duc, ce club de l'avenue d'Iéna trusté par une clique de trentenaires frétillants et seuls : des banquiers, des filles qui travaillent dans le marketing et quelques starlettes jetables recoloriées aux UV. Elles espéraient ici accrocher le regard d'un producteur en mal de chair fraîche. Le videur laissa entrer Sana : les *bankers* ruinés, les gigolos faisaient tourner la boutique. Pressés les uns contre les autres, les clients viennent ici chercher un peu de chaleur humaine. Défier la nuit et l'urbanité anonyme. Après tout, c'est une sorte de centre d'hébergement d'urgence VIP, pensa Sana en s'enfonçant dans la foule compacte.

Des filles en robe Zadig et Voltaire poussaient des petits cris à chaque nouveau morceau du DJ. Au bar, un homme accosta Sana, Jaeger LeCoultre au poignet et petit diamant bleu à l'oreille gauche. Il devait avoir 50 ans. Il lui offrit un verre puis deux. Ils discutèrent : il avait un gros poste dans une agence de publicité. Il revenait d'un tournage sur l'île Moustique, dont la lumière était très prisée des publicitaires. Sana connaissait la suite, c'était toujours la même : il allait lui faire miroiter un job, lui proposer de l'emmener sur un *shoot*, lui passer la main dans le dos. Sana se promit que ce serait la dernière fois. Ils sortirent du Duc, remontèrent à pied au domicile de l'inconnu. Le duplex ultramoderne donnait sur le Palais de Tokyo. Au loin, la tour Eiffel scintillait de bleu, célébrant la présidence française de l'Union européenne, ce soufflé de l'Histoire à 151 millions d'euros. L'homme lui servit un gin, brancha l'écran cinéma. Sana but pour oublier les images du film porno gay qui le dégoûtaient. Il pensa au regard de la fille du centre d'hébergement d'urgence. Il regretta la soupe au lard, l'eau de Javel et même les puces. Sana l'entendit appeler ses copains et pressentit le danger. Il tenta de partir mais l'homme de publicité lui passa le bras autour du cou et glissa une liasse de billets dans la poche intérieure de sa veste. Sa main s'éternisa sur la poitrine de Sana puis descendit vers son nombril. Il mordilla l'oreille de Sana qui soupira.

Le lendemain, le frère de Tay se réveilla nu sur un lit. Il avait mal partout et la tête au bord de l'explosion. Il tâtonna jusqu'au rebord du lit et heurta un corps dur et froid, un cadavre. Sana cria mais personne ne répondit. Affolé, il tenta de se souvenir de sa nuit. Il se remémora vaguement l'arrivée d'individus en costume de flanelle. L'un d'eux, plus jeune, triturait sans arrêt son alliance toute brillante. Sana se souvint qu'il avait été question de « lui faire sa fête ». Ce garçon venait de se marier, il semblait gêné. Les autres, plus vieux, plus gros, riaient. Il ressemblait au cadavre qui gisait sur le lit. Sana tenta de se souvenir encore mais rien ne vint. C'était un trou noir terrifiant. Il tituba jusqu'à un tas d'habits qu'il prit pour les siens. Il chercha son téléphone pour appeler sa sœur quand la porte de la chambre s'ouvrit brutalement. Trois flics en uniforme entrèrent et sautèrent sur Sana, toujours nu. Il cria : « C'est pas moi, c'est pas moi. » Ils l'empoignèrent, lui passèrent des menottes. Sana était ferré comme une bête traquée. L'un des deux hommes alla chercher une couverture dans le fourgon de police pour recouvrir son corps. Arrivé au poste, Sana donna le nom de sa sœur, son numéro. Quoiqu'il eût fait, Tay ne le laisserait pas tomber. Puis les policiers l'enfermèrent et l'oublièrent quelques heures entre quatre murs de béton gris maculés de morve et de sang. Tay avait été prévenue vers 11 heures du matin. Sana était soupçonné de meurtre. Elle avait erré toute la journée dans Paris.

— Il se droguait, c'est vrai, sanglote Tay, mais je suis sûre qu'il n'a rien à voir avec cela. Et il n'a que 21 ans. C'est un gamin, mon petit chéri, tout ce que j'ai. Aide-moi.

Je peux facilement imaginer ce que ces raclures avaient fait. Dès le petit matin, alors que Sana dormait encore, assommé par le GHB, la drogue du violeur, qu'il avait pris à son insu, l'homme à la Jaeger LeCoultre avait appelé son avocat et suivi ses conseils : fracturer sa propre porte et déposer plainte pour agression. Son agence de publicité avait tout arrangé. Étouffé. Elle avait récupéré les coordonnées du videur et des serveurs du Duc. Elle avait appelé chacun d'entre eux et offert des rôles dans ses prochains spots en échange de leur silence.

Je saisis la main de Tay toujours froide malgré le bain et tente de la rassurer :

— Ne t'inquiète pas, ma chérie, on ne va se laisser faire comme cela. Dès demain j'appellerai un avocat. On va se battre.

— Tu ne comprends pas, s'énerve-t-elle, des gens comme nous, on ne pèse rien contre ces types. Tu ne peux pas savoir ! On vit dans un autre monde, comme une matrice.

Je la serre contre moi et elle me déballe tout : sa mère, femme de ménage au noir. Son enfance dans une tour à Sarcelles. Les murs y étaient tellement gris qu'ils déteignaient sur le sourire des petits. La tour penchait de plus en plus, fragilisée par les vibrations incessantes du RER tout proche. L'Eurostar passait à pleine vitesse, assourdissant. Il y a ceux qui sont dans le train qui fonce ; et ceux qui le regardent passer en s'accrochant à la rambarde. Le maire avait relogé les habitants dans une autre HLM éloignée de tout transport. Ils étaient enclavés, à vingt kilomètres à vol d'oiseau de Paris. Les familles s'organisaient pour aller à l'église Béthel de Pierrefitte. Le pasteur avait repéré la voix de Tay quand elle n'avait encore que 8 ans. Elle avait rejoint la chorale des Chérubins, qui chantaient du gospel. Cela devint sa bouée de sauvetage. Tay passa les années suivantes à compter les jours jusqu'aux week-ends. Le samedi, elle se faisait lisser les cheveux dans un salon de coiffure africaine de Sarcelles. Le dimanche, les enfants du 93 débarquaient à l'église, tirés à quatre épingles. Caïds la semaine, ils tenaient la main des mamans dans les allées. Pendant les pauses, ils lançaient des concours de *break dance*. La messe s'éternisait jusqu'au soir. Elle se terminait par un repas communautaire sur de grandes tablées et souvent une bagarre sur le parking. Des Roumains campaient sur un terrain voisin, abandonné par la mairie. Ils pillaient les voitures rafistolées des Gabonais, Camerounais, Sénégalais pendant que ceux-ci chantaient en transe à l'intérieur. Tay avait peur des *Roms*. Avec leurs couteaux, ils aimaient défigurer les jolies filles. À 16 ans, Tay décrocha de l'école, elle savait à peine lire. Elle était alors un pilier du gospel. Michel Drucker repéra la chorale de Chérubins et invita la troupe sur son plateau de télévision pour un show. Il se transforma en tournée. Tay découvrit Paris, à quinze minutes de RER, puis la province. Elle se fatigua dans les castings. Elle tourna quelques publicités pour des compagnies d'assurances. Il fallait toujours quelques métisses à l'écran. Elle devint la « jolie *blackos* de service ». Elle surfa la vague du « politiquement correct » et n'alla pas bien loin. Une directrice de casting la prit d'affection. Elle lui parla du salon de coiffure de l'avenue Montaigne avec sa clientèle VIP et ses massages approfondis.

Tay sort du bain, enfile un peignoir et se dirige vers la chambre. Allongée sur le lit, elle se remet à pleurer en me racontant Sana, l'enfant bouillonnant, beau, différent, le petit chéri. Leur père, ouvrier sur le carreau en France, était parti à Dubaï, l'eldorado du BTP mondial, en 2006. À son arrivée, le chef de chantier lui avait confisqué son passeport. Interdiction de donner une adresse, un téléphone. Depuis, le père de Tay envoie de l'argent chaque mois par Western Union. C'est le seul moyen de savoir qu'il est toujours en vie et où il habite. Depuis janvier, le compte n'est plus approvisionné. Son père a tout misé sur son fils. Il le croit en BTS Action co à Levallois, le diplôme le plus élevé qu'il connaisse. Sana a sombré dans la drogue et détourné l'argent. Tay insiste en pleurs : il avait juré de s'en sortir. Leur mère ne peut faire face seule. À l'évocation de sa maman, ma belle ferme les yeux et se blottit contre moi. J'écoute son souffle se calmer puis s'inverser. Tay s'endort, enfin.

18

Ce matin, je ne parviens pas à réveiller Kate, trop faible. Je caresse le visage de mon enfant qui refuse le monde et rechute sans cesse. André prépare son sac pendant que j'appelle la clinique. Je cogne du pied la porte de la cuisine en parlant à son médecin. La conversation s'achève, le bois est défoncé. Je manipule les plus grandes places financières de la planète. Je ne parviens pas à accrocher ma fille à la vie. L'ambulance partie, Tay se colle à moi. Ses yeux sont bouffis de larmes et son visage brisé par la peur. Je peste contre le Crédit Général. C'est le pire moment pour jouer au globe-trotter.

Le Crédit Général était une fierté nationale. L'affaire Tarviel l'a ridiculisé, la crise des *subprimes* l'achève. Bouffé par le stress, Mouton a rétréci à vue d'œil, comme le cours de l'action de la banque qui a perdu 50 % de sa valeur en un an. En avril 2009, il a démissionné. « Je pars pour protéger la banque et ramener la sérénité, […] mais mon bilan est positif », s'est-il rassuré. Il n'y a pas eu de pot d'adieu. Le conseil d'administration a nommé son dauphin, Paul Coudéa, à la tête du Crédit Général. Il est sur tous les fronts pour enrayer la chute du cours et renflouer les caisses de la banque. Par mémo interne, il nous a demandé de nous tenir prêts à « repartir sur le terrain », faire de la vente. Pour survivre, la finance internationale a besoin de tapiner chez les nouveaux riches. Mme Krudson et l'Amérique ruinée ne font plus le poids. Coudéa a décidé dans la nuit de m'envoyer à Hongkong rencontrer les patrons de la Bank of China. C'est le plus grand argentier du monde. Coudéa veut que je leur présente nos derniers programmes de calcul systémique. Je dois les convaincre de souscrire à notre augmentation de capital qui seule sauvera la banque de la débâcle.

Pendant le vol, je parcours le livre du journaliste canadien Tom Molly consacré au Bilderberg. Révéler son influence sur les affaires du monde est son chemin de croix. C'est surtout un bon filon : ses livres sont traduits en quarante-huit langues. Il suit le Bilderberg à la trace, planquant à toutes les sessions annuelles sans parvenir à approcher à moins de trois cents mètres. D'après Molly, l'organisation a poussé Thatcher à la démission en novembre 1990 et l'a forcée à nommer John Major, caniche de l'organisation. Signes de son emprise sur nos vies, il reconnaît la pyramide et l'œil de Horus dans les clips de Madonna, Daft Punk et des logos de multinationale. Il accumule les coïncidences, tire des conclusions flattant les extrêmes tout en loupant l'essentiel : la mainmise de Mme Krudson sur l'organisation et son obsession mortifère pour la Chine. Taire ces deux informations, est-ce sa manière à lui de rester vivant ?

En Grèce lors du dernier sommet du Bilderberg, il devait être sur le hors-bord arraisonné *manu militari* à un mile de l'Astir Palace. Plusieurs participants avaient assisté à la scène. L'un d'eux avait prédit que les types seraient coffrés pour la semaine et devraient probablement aller se cacher en Chine. C'est l'un des derniers pays non noyautés par les services secrets occidentaux. D'ailleurs, j'avais lu dans Slate.com que Molly écrivait son dernier livre de Hongkong.

À l'arrivée dans la péninsule, je tente ma chance et contacte l'éditeur français de Molly à Paris. Je prétexte pouvoir transmettre à l'auteur des informations sur la dernière réunion du Bilderberg. En fait, je veux savoir ce qui est arrivé à Matthew Fahde. Le journaliste canadien réagit vite et *via*, son éditeur, me donne rendez-vous, en fin de journée, juste avant mon vol de retour. Il a dû vérifier mon identité, ma présence en Grèce, mon job au Crédit Général. Certes, je peux être missionné par le Bilderberg pour le déstabiliser. Rencontrer des fausses taupes est le prix à payer pour tomber sur une vraie information. À défaut, cela fait toujours une bonne anecdote un jour de panne d'inspiration.

Les patrons de la Bank of China me reçoivent au sommet du gratte-ciel qui leur sert de siège mondial, la tour IM Pei. Nous sommes huit traders à attendre dans le salon adjacent à la salle de réunion. Huit concurrents, chacun à la tête des départements *quantitative trading* des plus grandes banques occidentales : des armées de matheux à la recherche de l'équation parfaite, celle qui permet de prendre des positions gagnantes au rythme de la nanoseconde. D'habitude, nos clients nous traitent comme des prix Nobel. Pour la première fois de ma vie, j'ai le sentiment d'être une poule de luxe guettant le client libidineux. J'attends mon tour. Ma passe.

Les Chinois nous font défiler avec chacun quinze minutes chrono pour les convaincre. Ils sont sept alignés derrière une table. Ils portent le même costume noir. Je lance ma présentation Power Point : une succession de diagrammes et d'équations stochastiques.

— *Do you have questions ?* dis-je, après le dernier *slide*.

Après un silence, l'un deux, siégeant au milieu de la rangée, opine du chef.

— *How much ?* dit-il.

Je tends le projet de *Term Sheet* préparé par la banque et détaillant les modalités de l'augmentation de capital.

— *No, no. How much for you, working for us ?* demande-t-il en pointant du doigt vers moi.

Il aligne des chiffres sur sa carte de visite puis me la tend comme une offrande, des deux mains :

— Réfléchissez vite, monsieur. Nous aimons travailler efficacement.

Et il me désigne la porte. Je sors en tentant de compter le nombre de zéros inscrits sous son nom pour me débaucher.

Après le meeting, je m'invite chez Rob, un type de Dallas croisé dans les vestiaires du Ritz Sport Club. Son bras gros comme ma cuisse, il pourrait être *quarterback* au football américain. À 22 ans, il est entré comme croupion chez Merrill, à New York. À 38, il a engrangé son quarantième million et pris sa retraite. Il voulait changer de vie, faire de la « création ». Il avait emmené femme et enfants à Hongkong pour réaliser son rêve : lancer une société de production cinématographique et découvrir le prochain Wong Kar Wai. À court de projets artistiques sérieux, il est devenu le numéro un du porno, spécialisé dans les films lesbiens occidentaux. Il a placé une partie de ses économies dans l'immobilier, s'est acheté une tour de bureaux à son nom à Shanghai. Il a installé sa famille à Repulse Bay, le quartier des expats, sur la côte sud de l'île. Je m'assieds dans le salon Feng Shui, sur un minuscule tabouret. L'appartement est une jungle, des plantes grasses ont remplacé les bibelots.

— Eh bien, dis donc, chez toi, on se croirait au Jardin des Plantes ?

— Ah *yes,* tu as vu. C'est contre la pollution. Il y a des fougères de Boston, des fleurs de Lune, des palmiers nains et des cactus. Il paraît qu'elles recyclent l'air.

Sa femme, une Californienne décolorée depuis plusieurs générations, arrive avec un bambin posé comme un panda sur son épaule.

— Et voici Sarah et Elliott. Il a cinq semaines, dit Rob.

Elle me salue de la main et s'éloigne au moment où son fils régurgite. Rob dévore des yeux la silhouette toute fine de sa femme. Il m'explique :

— Elle a accouché à l'hôpital américain. C'est formidable maintenant, *you know*.

— Quoi ?

— Ils enlèvent tout d'un coup ! s'écrie-t-il enthousiaste.

— Mais... de quoi parles-tu ?

— Ma femme *of course* ! On lui a fait une césarienne, comme ça, t'abîmes rien. Je veux dire... rien qui nous concerne, nous les hommes, s'exclame-t-il très fier. Anesthésie générale pour qu'elle ne sente rien. C'est moins traumatisant. Une fois que le bébé est sorti, ils enchaînent direct avec une liposuccion sur la table d'accouchement puisqu'elle est déjà *out*. Et du coup, ta femme ressort comme neuve, ni vu ni connu. Presque mieux qu'avant. Génial, non ? En Amérique, on appelle ça le *make over mom*.

— En France, c'est « un accouchement à la Rachida ».

Deux petites filles, cheveux blonds jusqu'aux fesses, débarquent de la cuisine.

— Et voici Clara et Jenny, mes trésors. Tu sais qu'elles sont trilingues, anglais, français, cantonais.

— Incroyable... Mais il n'y a pas école aujourd'hui ?

— T'as vu la pollution dehors ? On est en plein pic. Hors de question qu'elles sortent d'ici.

— Tu leur interdis de sortir les jours de pollution ?

— Ce n'est qu'une question d'adaptation, répond-il devant mes yeux éberlués. En 2008, elles sont restées cloîtrées à l'intérieur cinquante-cinq jours. *I am sooooo worried you know…* poursuit-il en me tendant une canette de jus de tomate V8 super-vitaminé.

— À quel sujet ? L'environnement ?

— Pas seulement. *The party is over, man,* se lamente Rob. Quand il y aura une classe moyenne en Chine, il n'y aura plus d'Amérique. Note bien, renchérit-il, le jour où il y aura une classe moyenne en Chine, il n'y aura plus d'environnement.

J'imagine les filles de Rob face à la baie vitrée donnant sur le front de mer, en train de regarder *Le Monde de Nemo* avec un masque de chirurgie sur le visage. En bas de l'immeuble, l'océan est jonché de sacs plastiques. Je pense subitement à Kate : ses enfants, si elle en a, se baigneront avec des combinaisons antimercure. Sauf si…

— Nous avons tiré tous les dividendes de la mondialisation *Made in China,* poursuit-il. Le magasin est rempli, c'est terminé. Ses coûts de production vont augmenter, et avec eux, les prix. La convergence des niveaux de vie, c'est l'effondrement du nôtre ! La Chine et la Russie ont la capacité de torpiller l'économie américaine. Pour l'instant, ils en ont besoin, la protègent. Mais cela ne va pas durer. La Chine tient l'Amérique à la gueule.

Dans un flash, je revois la une du *Financial Times* : les chefs d'État du G8 posant pour une photo officielle, l'air convaincu. Ils veulent faire illusion. L'économie mondiale, qui repose sur un accord monétaire tragique entre la Chine et les États-Unis, leur échappe. La sous-évaluation du yuan permet à la première d'inonder les marchés de ses produits à des prix défiant toute concurrence. Avec les réserves accumulées, elle acquiert des bons du Trésor américain. Elle sauve l'Amérique de la faillite et soutient le dollar pour maintenir son premier client en vie. Les États-Unis sont sous assistance respiratoire, la croissance de la Chine, dopée à l'EPO. Le jour où son marché intérieur sera suffisamment fort pour ne plus dépendre de Wal-Mart[1], et des ménages américains, elle débranchera la machine. Elle lâchera le dollar, dépouillera le cadavre. Elle rachètera l'Amérique pour un yuan symbolique. C'est un marché de dupes. C'est ce basculement vers la domination d'un régime autocratique que Mme Krudson refuse.

— T'as pas idée ! Je sors d'un meeting avec la Bank of China et franchement, personne ne m'a jamais traité comme ça.

Je lui raconte mon entretien et conclus :

— Je me suis senti comme un VRP en plats surgelés dans une centrale d'achat d'hypermarché !

— Quand je pense à ces gens fascinés qui applaudissent des deux mains le miracle économique chinois ! Ils nous boufferont sur le crâne. Il faut faire quelque chose.

— Tu as raison.

Le plan de Mme Krudson peut-être, me dis-je intérieurement en le regardant s'énerver.

— Je te jure, je commence à douter, poursuit-il. Même nous, les *king* du *business*, allons y perdre. Et pourtant, on sait toi et moi qu'on a toujours réussi à surfer sur vraiment tout et n'importe quoi. Hey, dit-il dans une boutade, tu m'aurais imaginé moi, condamné à faire du porno pour gagner du fric !

— Il n'y a pas de mauvais business...

1. Le numéro un de la distribution mondiale serait responsable de 12,5 % des importations chinoises aux États-Unis.

— En fait, poursuit-il pensif, *you know*, le boulot me manque.

Il se rapproche.

— Depuis que j'ai décroché, j'ai l'impression de végéter, enchaîne-t-il nostalgique, en regardant ces plantes.

Dans son appartement transformé en abri anti-pollution, Rob est en plein *trader blues*. Il donnerait n'importe quoi pour retrouver l'atmosphère d'une salle des marchés. Même hyper-dorée, sa retraite est une petite mort.

— Tu aurais envie de rebosser un peu ?

Cette phrase m'a échappé, je viens de basculer.

— Tu veux dire, pour toi, *man*, le roi du *quant* ?

— Euh... oui. J'ai peut-être un job pour toi...

— *Anytime* ! Tu sais bien que j'ai toujours rêvé de monter des coups avec toi.

Avec son *track record*[1] et son moral en berne, Rob pourrait m'être utile et diffuser, à son insu, le programme de Mme Krudson.

— Bon, viens par là...

Je lui indique la baie vitrée qui donne sur la mer. J'utilise ses quelques pas pour imaginer la suite. Je vérifie que sa femme n'écoute pas et enchaîne :

— Je suis sur un coup énorme. Et ça me ferait plaisir de le partager avec toi.

— Partager, dans le milieu... mais..., doute-t-il.

— Tu ne crois quand même pas que j'ai passé toutes ces années à engrosser le Crédit Général, dis-je pour ne pas lui laisser le temps de réfléchir.

— Je n'aurais jamais cru cela de toi, Pierre, s'exclame-t-il, deux pas en arrière, choqué et plutôt méfiant.

— Allez, tu t'imagines bien que je fais mes petits trafics...

1. Historique de performance.

Rob a passé plus de quinze ans dans la finance. Il sait qu'un crack en maths dans mon genre peut revendre un programme de calcul systémique sous le manteau. Un employé de Goldman Sachs s'est fait arrêter à l'aéroport de Berlin en mars. Il venait de démissionner pour partir chez Mirabel, l'un des plus grands *hedge funds* américain. Avant de quitter son poste, il avait copié les derniers modules mathématiques de la firme. Le FBI l'a coffré alors qu'il s'apprêtait à remettre à un intermédiaire allemand un disque dur bourré d'équations.

— On fait 50/50 sur les gains, d'accord ? On va s'en mettre plein les poches ! dis-je, à bout d'arguments pour le convaincre.

— 50/50 ?... *you mean, really ?* Après tout, réfléchit-il à voix haute, tu n'as jamais rien foiré. T'es le type le plus sûr du marché. Et puis franchement, cela fait des années que je me demande quand tu vas enfin envoyer le Crédit Général se faire foutre et prendre ton envol.

— C'est maintenant, Rob. Tu as quelques jours pour lever des fonds. Appelle ton réseau pour dire que tu es de retour.

— Ouais... Ouais, j'aime bien ton idée, dit Rob, des dollars dans les yeux. Mais... qu'est-ce que c'est ?

— Je vais te faire livrer un petit colis si tu vois ce que je veux dire.

— *What ?*

— Oui, Alpha, *man*, je vais te livrer Alpha...

Alpha est l'équation parfaite. Le Graal des mathématiques financières.

— Alpha... c'est pas possible. Ça sort d'où ?

— Si tu veux qu'il y ait d'autres coups dans ce genre à l'avenir, il faut que je protège ma source.

— Mouais... t'as raison, se ravise-t-il. Avec mes connexions, il me suffit de quelques jours pour monter mon propre fonds.

— Va voir la Bank of China, ça ira plus vite.

— Mais, Pierre…

— Crois-moi, Rob, tu n'auras jamais un effet de levier aussi dingue qu'avec le fric des Chinois. 50 % des gains, *man,* sur le dos de Bank of China, toi l'Américain ! Tu t'en voudrais de louper cela, non ? Allez, pense à tes filles : tu ne peux pas enrayer la progression de la Chine. Mais qui te dit que tu ne pourrais pas en profiter !

Je lui tends la carte de visite que m'a donnée le patron de la Bank of China à l'issue de la réunion.

— Appelle-le de ma part.

— C'est quoi ces chiffres ? demande Rob en découvrant la carte.

— Leur montant pour me débaucher. Visiblement le type a les moyens de jouer.

— Avec ce truc sur les marchés et nous aux commandes, les Cassandre de la finance vont se bouffer les doigts. Je suis ton homme. *I am back, man !*

C'est ainsi que me vient l'idée d'infiltrer les plus grosses banques mondiales.

*

* *

Molly m'a donné rendez-vous dans un centre commercial à quelques encablures de l'aéroport international. Apple y lance son nouveau Mega Store. Je descends au sous-sol, l'étage du *food court* pour Chinois en route ultrarapide vers l'obésité. Molly m'attend à une table, légèrement caché par des palmiers en plastique jouxtant l'étang artificiel central. D'énormes poissons orange tachés de blanc, comme irradiés par Tchernobyl, arpentent le bassin javelisé jusqu'à saturation. Ils dépriment, accrochés à du faux corail en résine. Tête baissée, épaules rentrées, Molly est plié au-dessus d'un calepin sur lequel il écrit frénétiquement. Il porte un treillis et une chemise kaki. Ses cheveux noirs bouclés retenus par un catogan, il ressemble à un *backpacker* en goguette. Perdu dans l'océan de Chinois, on ne voit que lui et donc moi, les « grands fantômes blancs ».

— Portable, BlackBerry, tout de suite, m'ordonne-t-il sans lever les yeux.

— Quoi ?

— Donnez-moi tous vos joujoux, toute votre électronique. Sinon, je me barre illico.

J'obtempère et sors mon attirail de nomade. Il éteint chacun des appareils.

— Mais…

— Simple mesure de sécurité, m'assène-t-il. Vous pensez que ces gadgets vous rendent libre…

Posément, il les retourne un à un. Il retire le capot arrière, enlève la batterie puis place le tout, dépareillé, dans un sac en plastique qu'il laisse en évidence sur la table.

— … grâce à eux, c'est vous qu'on écoute. Ce sont de vrais mouchards, même éteints. Voilà, maintenant que nous sommes seuls, pourquoi m'avez-vous réellement contacté ?

— Je cherche à en savoir plus sur le Bilderberg.

— Tout est dans mon livre, répond-il sèchement.

— Je ne vous crois pas.

— Et pourquoi cela vous intéresse ?

— Par curiosité.

— *Bullshit !* me raille-t-il.

Il me fixe en silence. Le clapotis de la fontaine toute proche écrase le bruit des clients aspirant leur soupe. Signe de bonne santé, des jeunes filles coquettes rotent leur hamburger, par-delà leurs lèvres dessinées en Chanel. J'ai pris des cours de multiculturalité. Je ne m'y fais toujours pas.

— Écoutez, je suis trader, pas politicien.

— C'est bien ce qui me turlupine.

— Je paie si vous voulez. Tenez, j'ai 10 000 dollars dans ma poche, dis-je en bluffant.

— Vous êtes tellement prévisible ! maugrée-t-il entre ses dents. Ce n'est pas une question de *cash*. Vous savez combien de fois j'ai cru ma dernière heure arriver ?

— Raison de plus ! Dites-moi ce que vous savez.

— Allez vous faire foutre, me balance Molly en se levant d'un coup pour partir.

— Matthew Fahde, dis-je pour le retenir.

Il s'arrête d'un coup.

— Quoi ?

— Je veux savoir ce qui lui est arrivé.

— Pourquoi ?

— Je ne crois pas une seconde qu'il ait eu un accident. Je pense qu'il a fait une mauvaise rencontre.

— Qu'est-ce que vous savez ? me teste Molly.

— Je pense qu'il y a une femme au-dessus de tout ça. Et surtout, que vous n'écrivez pas le dixième de ce que vous savez, dis-je pour l'amadouer.

— *Now shut up*, dit Molly en se rasseyant et en regardant furtivement autour de lui. Racontez-moi vos vacances !

Je proteste interloqué :

— Quoi ! ?

— Racontez-moi ce que vous voulez, mais racontez-moi quelque chose.

Au même moment, il saisit son carnet moleskine sur lequel il écrit : WHO IS SHE ?

— Je...

— Vos vacances alors !

— Non, Matthew d'abord.

— Non, vos vacances *first*. On perd du temps.

Il me tend son carnet et son stylo. J'hésite. Je me mets à raconter n'importe quoi et en même temps écris : « Femme – américano-hongroise – diabétique – néocon. »

— Maintenant : Matthew, dis-je.

Il reprend son carnet, saisit le stylo. Il s'apprête à écrire quelque chose. En bondissant hors de sa chaise, il attrape le sac plastique qui contient mes appareils et jette le tout dans la mare artificielle. Je récupère *in extremis* ma carte SIM. Le temps de me relever, le Canadien a disparu.

*

* *

Dans l'avion pour Paris, j'avale Maalox sur Maalox, l'estomac en vrac. Le patron de la Bank of China m'a glacé les sangs et Molly rien appris. Vais-je regretter d'avoir mis Rob dans la combine ? Quelle combine d'ailleurs ? La cabine de première classe est endormie. Seule ma loupiote est allumée. L'hôtesse m'oublie pour mieux se reposer. Je parcours la presse anglo-saxonne.

BNP Paribas a provisionné 50 millions de bonus pour ses meilleurs traders.

La Californie, sixième économie mondiale, est en faillite. Les salaires des fonctionnaires sont versés sous forme de bons pour paiement. Charge à eux d'aller voir leur banque et de négocier une avance en liquide. Pendant ce temps, Los Angeles est cerné par les flammes.

Le *Wall Street Journal* révèle que quatre des cinq anciens patrons de la SEC travaillent aujourd'hui pour des banques américaines. Ils gagnent dix fois leur salaire versé par l'administration. Comment peuvent-ils sanctionner cette main qui leur apporte la fortune ?

La faillite de l'industrie automobile fait les gros titres. Après les banques, Obama veut la sauver. Elle encrasse la planète. C'est la fille prodige de la publicité et du crédit, les deux mamelles du capitalisme. Elle ne peut sombrer. Au bord de la faillite, le lobby brandit l'argument des jobs à sauver, des bataillons d'électeurs en jeu. 10 % de l'emploi mondial serait menacé. Detroit, ancienne capitale mondiale de la tôle, est ville sinistrée. Les maisons se vendent pour 100 dollars. Les patrons de Chrysler et General Motors se relaient à Washington, ils négocient la survie de leur entreprise en tentant de faire pleurer dans les chaumières. Je connais ces bandits. Ils font l'aller-retour en jet privé. Heureusement pour eux, la vente de voitures en Chine progresse de 40 % au premier trimestre 2009.

The Observer rend compte de la dernière déclaration de Gordon Brown, après le G20 de Londres. Il plaide pour l'abandon des souverainetés nationales et, sous couvert de citoyenneté mondiale, pour la globalisation des cultures. Le Premier ministre applique à la lettre les instructions données par Mme Krudson lors de la dernière réunion du Bilderberg. Il avait été décidé de profiter de la crise pour accélérer la réalisation de la mission de l'organisation : l'établissement d'un gouvernement mondial, avec une monnaie, une armée et une culture. Contenir le yuan, sa puissance numéraire et ses alliances stratégiques en consolidant « l'Empire », à savoir, en additionnant peuples, économies et armes « amies ». C'est le dernier rempart pacifique contre l'avancée chinoise. Occasion historique, tous les participants en avaient convenu : à genoux, les populations accepteraient la fin des souverainetés nationales. De Manhattan, en visioconférence, Mme Krudson avait décliné son plan à trois ans. Le dollar serait remplacé par une nouvelle monnaie émise par le FMI, institution qui serait progressivement convertie en département du Trésor mondial. L'OMS gérerait le système de santé publique global, l'OTAN supplanterait toutes les armées du monde. L'Onu, cette institution moquée jusqu'à peu par l'Amérique elle-même, serait le Parlement mondial.

Les informations se succèdent. Étourdi, je ferme les yeux. Yalta a accouché des grandes organisations internationales pour préserver la paix. Prisonnières d'idéaux trop généreux, elles ont souvent démissionné. Bonne conscience de l'Occident, elles ont été incapables de satisfaire ou de servir les populations. Le Bilderberg a été créé pour profiter de cette impuissance. Pour éviter que les hommes ne se massacrent, il fallait anesthésier leur capacité de rébellion, les écraser sous une tonne d'objets. Le développement économique des nations, la standardisation des rêves par la publicité et des modes de vie ont été les moyens d'éviter la guerre. La démocratie était la meilleure des façades, aucunement une solution viable. Mme Krudson a toujours su : en donnant une représentativité à chacun, la démocratie favoriserait les plus populistes, voire les médiocres. Elle conduirait au compromis, mais aussi à l'égoïsme, quand les sociétés auraient besoin d'engagement. Nous en sommes là. Mme Krudson a eu cinquante-cinq ans d'avance. En Grèce, au début de l'année, n'a-t-elle pas dit : « *Depuis la guerre, je n'ai eu qu'une obsession : flatter les instincts primaires des populations pour éviter qu'elles deviennent fascistes. La consommation ne sert qu'à ça : fuir sa bestialité en se gavant de* junk food. *Le Bilderberg a créé la publicité, le crédit, les médias, les gouvernements fantoches. Tout cela marche main dans la main. Ébranlez-en un et ils tombent tous. La démocratie n'est qu'un château de cartes ultramarketé.* »

Mme Krudson est la figure de proue du messianisme américain, peuple convaincu d'être élu de Dieu. Elle croit en la supériorité d'une élite blanche, transatlantique, seule capable de vouloir le bien. Ses intentions de *black-out* mondial rejoignent un tas de mouvements contradictoires. Autant de déviances paranoïdes dans un monde devenu trop complexe. Les écolos *hardcore* rêvent de supprimer l'homme pour sauver la planète. Les anarchistes préparent l'insurrection et le retour de la Commune à coups de sabotage. Les fanatiques religieux veulent torpiller l'Occident obscène. L'élite à la ramasse fantasme le Grand Soir sans décoller sa cellulite de son fauteuil club. Les prétendants à la solution finale n'ont jamais été aussi nombreux. Leur point commun ? Dans toute injonction à vouloir sauver le monde avance un fascisme larvé, une fragilité identitaire tueuse : la peur de ne plus en être.

Le socialisme par le haut du Bilderberg a toujours revendiqué la non-violence. Revendication mille fois reniée par les coups d'État, crises et souffrances endurées par les populations suite à ses recommandations. Je caresse la clé USB Hello Kitty. Une faillite en chaîne aurait les effets d'une guerre nucléaire, sans que personne, en apparence, ne se salisse les mains.

19

Lorsque j'arrive au bureau, je repère tout de suite une enveloppe kraft cartonnée posée sur le clavier.

— Tiens, on a déposé ça pour toi ce matin, commente Sébastien, vêtu d'un tee-shirt sur lequel est écrit SAVE THE TURTLES.

— Qui ?

— Un type bizarre, d'après l'hôtesse d'accueil.

J'emporte le pli aux toilettes, m'enferme. Je le déchire, des documents s'étalent sur le sol : des photocopies du dossier médical de Kate, le premier compte rendu de son psy, des photos de ma fille à l'hôpital, prises hier au téléobjectif. Elle est prostrée sur son lit, une peluche Hello Kitty posée contre le rebord de la fenêtre. « La chienne », me dis-je furieux, en retournant à mon poste. Mon BlackBerry clignote. C'est un message SMS :

RDV CE SOIR AU PLAZZA À 20 H. I AM IN DEEP SHIT. VIENS SEUL. TON AMI PAULO.

Toute la journée, j'essaie de mettre de l'ordre dans mes idées. Depuis que j'ai vu Mme Krudson à New York, Kate est repartie à la clinique, j'en ai davantage appris sur Tay en quelques semaines qu'en cinq ans de relation affectivo-transactionnelle, Paulo va mal, Coudéa pète les plombs et le Bilderberg m'obsède. Je vois Hello Kitty et des conspirations partout. Je suis allé en Chine, à Londres, trimballant sa clé USB dans ma poche, essaimant des copies au cas où. J'ai espéré que les chiffres de la consommation américaine repartent comme par miracle et calment un peu Mme Krudson. Si cela ne marche pas, que son diabète lui monte au cerveau et qu'elle m'oublie. Voire qu'elle crève dévorée par ses chats. À mon niveau, toute catastrophe – une bombe iranienne, un tsunami sur New York – serait une bonne nouvelle. Je suis un djihadiste tremblant de trouille à l'approche du bus dans lequel il doit monter pour le faire sauter. Il paraît que maintenant, on bourre les terroristes d'explosif par voie rectale. En suppo. La clé USB n'est pas beaucoup plus large.

À l'entrée du Plazza, je croise une présentatrice télé affublée du vainqueur de la Nouvelle Star. Elle marque le pas sur le perron, attend que les paparazzi fassent leur travail. Elle vient de gagner son huitième procès pour diffamation contre *Voici*. Elle entretient sa cote, arrondit ses fins de mois. La télé n'est plus ce qu'elle était.

Paulo est planqué dans un coin sombre, derrière *Le Monde*. En titre : « Capitalisme : les émeutes de la faim ». Jean et pull à capuche noirs, il agite son pied en gobant à la chaîne le mélange « amandes du monde et raisins de Corinthe » servi à l'heure de l'apéritif.

— Ça va, mec ?

— Cette fois c'est la fin, maugrée-t-il, les yeux injectés de peur, le menton enfoncé dans la poitrine.

— Quoi ?

— Je n'ai pas osé te le dire à Londres mais... j'ai une paume monstre sur le fer.

— Le fer ?

— Je m'en suis blindé au Tadjikistan. À 10 % du cours actuel, je ne pouvais pas passer à côté. J'ai récupéré la marchandise à Douchambé et organisé le transport jusqu'à Francfort.

— Depuis Douchambé ?

— Oui, en train. On est sans nouvelles depuis cinq jours.

— Qu'est-ce que tu me racontes ?

— Le convoi a disparu, quelque part entre le Daguestan et l'Ingouchie.

— Attends, un train cela ne disparaît pas.

— Faut croire que si ! Impossible de savoir où est passé ce foutu convoi. Mes boss russes ont coulé mon *speedboat* et emplafonné ma bagnole avec leur Hummer. Ils écoutent mes conversations téléphoniques, je suis sûr qu'ils me suivent partout. Mes gardes du corps m'ont lâché : les Russes ne respectent jamais le petit personnel. Il faut que je me refasse. Et vite.

— Ouais, tu vas te refaire et après ? Tu vas racheter un bateau, changer de bagnole, de call-girl, d'employeur…

Une fille est avachie dans un fauteuil en velours parme. Son visage s'affiche dans les magazines pour une crème antirides. Le serveur refuse de lui apporter une coupe de champagne. Elle est défoncée, les traits tirés. Elle a 16 ans.

— Mais qu'est-ce qui te prend ! s'énerve Paulo, décontenancé. Je fais du fric, c'est mon boulot. C'est pas toi qui vas me donner une leçon ? Toi la plaie des banques centrales… regarde-toi, avec tes pectoraux gonflés aux amphètes.

— Ma fille est retournée à l'hosto.

— Quoi ? s'énerve Paulo, c'est pas le moment ! Est-ce que tu peux juste arrêter de parler de toi deux secondes ! Les Russes m'ont donné dix jours. J'ai acheté du blé comme un fou.

— Quelle connerie ! Ça va pas suffire…

— En plus, le fonds est en train d'investir en Iran. Des trucs bizarres… dans l'uranium. Ça pue ce truc. Les Chinois et les Russes se foutent de l'Occident. Je ne veux pas être responsable quand Ahmadinejad balancera sa bombe.

— Mais tu délires, Paulo !

— Ouais c'est ça, attends quelques mois et tu verras. Je te l'ai déjà dit : si tu veux comprendre les relations internationales, ce qui se trame vraiment, intéresse-toi à ce qui se passe dans les *hedge funds*. Je vais y laisser ma peau. Il me faut un fix, mec. Un tuyau…

— Une solution finale… t'es un vrai camé.

— Promis, après j'arrête. Tu sais ce qu'ils ont fait ces salauds de Russes ? Ils ont invité ma mère à déjeuner au Boulevard en prétextant que j'allais venir.

— Le Boulevard ? Y a vraiment plus que des pouffiasses pour aller dans ce genre d'endroit.

— Fais gaffe à ce que tu dis, tu parles de ma mère là.

— T'as une mère toi ?

— Plaisante pas avec ça. Ils m'ont envoyé les photos. Elle rigolait avec Vladimir, ce gros porc, en terrasse. Tout à coup j'ai eu hyper-mal dans le bras gauche. Je crois que j'ai fait une mini-attaque.

— Une mini-attaque ?

Paulo s'énerve pour de bon, les yeux rougis de stress.

— Bon alors, est-ce que tu peux m'aider ou pas ?

Je regarde autour de moi, vérifie que personne ne nous observe. Malamine Kome, le patron d'Airness, dans son costume princier, fait trembler son attachée de presse.

— J'ai peut-être un truc pour toi.

— Yes ! ? J'en étais sûr ! lâche-t-il trop fort.

Paulo pue la trouille. Il pourrait nous faire remarquer. Je lui ordonne :

— Viens, on sort d'ici.

— Mais…

— Suis-moi !

Paulo laisse un billet de 50 euros pour son Perrier.

Sur le trottoir de l'avenue George-V, tête cachée sous sa capuche noire, Paulo gobe Tic Tac sur Tic Tac et bondit dès qu'un pneu crisse.

— Donne-moi ton portable ! lui dis-je d'un ton sec.

— Quoi ?

— Ton portable !

Il me tend son appareil, j'arrache la batterie, fais de même avec le mien.

— Mais qu'est-ce que tu fais ? s'exclame-t-il. T'es malade ?

— T'occupe !

— Tu délires ou quoi ? s'énerve Paulo.

— Discute pas. Avance !

Du menton, je lui désigne les Champs-Élysées. Arrivés devant le Fouquet's, j'indique une Sanisette, ces toilettes publiques automatiques.

— On va là-dedans.

— Mais…

Excédé, Paulo me dévisage. Je le pousse alors que nous sommes pris par le flot d'un groupe de Japonais qui se dirige dans la direction de la cabine.

— Non et non, dit-il, je ne rentre pas là-dedans.

— Comme tu veux. Tant pis pour toi. Salut !

— Mais enfin, qu'est-ce que tu me veux ?

Je fais mine de m'en aller.

— Attends ! OK, OK, on y va.

Je l'embarque à l'intérieur de l'urinoir postmoderne sous le regard outré de deux mamies qui sortent du Fouquet's. J'appuie sur le bouton de fermeture. La cabine empeste la fraise chimique. Nous sommes collés l'un à l'autre.

— Je ne te reconnais pas. Tu deviens fou ou quoi ? dit Paulo.

— C'est très simple. Soit tu m'écoutes et tu fais ce que je te dis. Soit tu sors de là et je te donne quatre jours pour te faire démolir par les Russes ou finir en raviolis chinois.

— OK, OK, *man*, je t'écoute.

— Voilà...

Je lui tends la clé USB de Mme Krudson.

— Tout ça pour une clé USB ! Mais ça va pas non ? s'énerve Paulo. Je t'explique que j'ai une fatwa sur le coin de la figure et tout ce que tu me refiles c'est une clé Hello Kitty ?

— La ferme ! dis-je agacé.

— Et tu fais la sortie des écoles maintenant ?

— Mets-la tout de suite dans ta poche, c'est hyper-puissant. Ne cherche pas à comprendre et fais-moi confiance.

Paulo me jette un œil dédaigneux en soupirant. Sur son visage, la colère a temporairement effacé sa peur.

— Arrose partout.

— Mais t'es malade, dit Paulo dégoûté en regardant les w.-c.

— Non, tu ne percutes pas ! Pas ici. Je veux que tu lances ce programme et aussi que tu le revendes...

— Le revendre mais tu me prends pour un débutant... Si c'est une tuerie ton truc, pourquoi je le refilerais à d'autres ?

— Écoute, je suis sûr de mon coup. D'abord, parce que ça va augmenter ton effet de levier en boostant la tendance. Tu sais bien que ce qui compte dans un retournement de marché, c'est d'être le premier, de le déclencher et de tenir la distance. Ton *upside* sera énorme. Ensuite, tu vas revendre le programme et là tu gagnes sur les deux tableaux : la vente et le pourcentage. Ne le vends pas trop cher pour négocier une part des gains. Exige de l'acheteur qu'il te rétrocède une partie du *cash*. Combien te donnent tes Russes déjà ?

— 10 % des gains du fonds, concède Paulo qui commence à faire le calcul.

— Bof. Je te jure, tu vas pouvoir te mettre au vert rapido. À nous deux, on va relancer le marché et exploser la courbe du Dow Jones.

— Attends, attends... Pourquoi tu ne la revends pas toi-même ta formule magique ?

— Moi, je ne peux pas. Avec mon poste au Crédit Général, je suis trop exposé. On est surveillé tout le temps. Les gars du risque sont sur les dents. Ils ont mis des caméras partout depuis Tarviel. Toi, dans ton *hedge fund*, avec ton cacao, ton fer, des bordels et tes Russes, tu as bien plus l'habitude de ce genre de trucs et tu connais vraiment tout le monde dans le milieu.

— 50 % des gains tu dis...

— 50 %, mon pote !

— Bon, qu'est-ce que j'ai à perdre. Et ce soir ? tente Paulo.

— Quoi ce soir ? Quoi encore ?

— Est-ce que t'as une planque ? quémande-t-il.

— Pardon ?

— J'ai la trouille, mec. Je ne prends plus que les transports en commun, j'ai peur qu'ils plastiquent ma Ferrari. J'achète la bouffe chez Lina's Sandwich... t'as vu ce qu'ils ont fait à Roberts ?

— Le mec qui s'était occupé du LBO sur Gazprom ?

— Oui. Cyanure dans le Chicken Tandoori. En plein Carnary Wharf. Ils sont dingues.

— OK. Je préviens André. Tu dormiras dans la chambre de Kate.

— Parterre, dans la baignoire, ta machine à laver... où tu veux mec, merci ! Je savais que...

— Demain, tu lances ce programme à l'ouverture de Londres. Faudra t'exposer à mort et après tu laisses filer. On doit envoyer un signal super-fort au marché. Après le premier jour de *trading*, tu fais des copies de la clé et tu les vends autour de toi. En trois semaines si tout va bien, tu auras récupéré ta paume.

— C'est quoi ce truc ?

— Pas ton affaire.

— Merde, Pierre. J'ai pas envie de me griller avec toute la place de…

— Aucun risque !

Paulo me regarde, éberlué. Il enfonce la clé USB dans sa poche et appuie sur le bouton ouverture de la pissotière.

— Je te promets, après j'arrête, je décroche.

— C'est ça, c'est ça. Cause toujours, on verra bien.

Et je le vois s'engouffrer dans la bouche de métro George-V.

20

Au petit matin, Paulo est avachi devant la machine à café de la cuisine, le visage barré par le pli du drap. Il me raconte sa soirée : en rentrant, il s'est enfermé dans la chambre de Kate et a téléchargé le programme de la clé USB sur son ordinateur. Il a cogité toute la nuit et s'est endormi vers 4 heures. Sommeil agité : deux gros Russes en slip de bain étaient attablés à la Voile Rouge sur la plage de Pampelonne. Ils buvaient du rosé comme si c'était de la grenadine et retenaient Paulo à table qui trépignait. Dans le port de Saint-Tropez, entre les yachts de milliardaires, son hors-bord coulait. Il devait partir travailler pour lancer son nouveau programme et sauver sa peau. À cause des Russes, il ratait l'ouverture des marchés. Paulo s'est réveillé dans les draps de Kate à 6 h 18, presque soulagé.

— Il faut que j'appelle Genève et que je briefe mon équipe.

— OK. À l'ouverture de Londres, tu dois prendre des positions dantesques.

— Je vais essayer de les convaincre. Ma cote a sérieusement dérapé depuis cette affaire de train.

— Paulo, il faut attaquer hyper-fort, prendre tout le monde de court.

— Je sais, je sais, c'est bon ! Je connais mon métier.

— On ne peut pas se planter sur ce coup, hein ?

— C'est bon, je te dis, répond-il enfin réveillé. Sur un autre sujet, est-ce que tu pourrais me prêter un survêtement ? Ça va être sportif aujourd'hui et mes fringues puent le métro.

— Demande à André.

— Et aussi...

— Quoi ! dis-je sur les dents.

— Tu ne m'as jamais parlé de ta fille. Tu disais qu'elle était à l'hosto ? Qu'est-ce qu'elle a ?

— Écoute, c'est pas le moment. On en parlera plus tard. Concentre-toi sur tes positions OK ?

Arrivé à 7 h 15, je suis le seul trader dans la salle des marchés. Des hommes de ménage vident les poubelles de canettes de Red Bull écrasées. D'un coup de chiffon sec, ils nettoient les écrans maculés de traces de doigts rageurs et de postillons de colère. Épinglés dans les journaux, inquiets pour leurs bonus, laminés par des marchés qui dégringolent, les traders dépriment depuis des mois.

J'allume mon ordinateur, connecte la clé USB et clique sur l'icône Hello Kitty. Une énorme tête de chat blanc avec un nœud rose sur l'oreille s'affiche à l'écran et me fixe droit dans les yeux. Au bout de cinq secondes, il me fait un clin d'œil et disparaît brutalement. L'écran redevient noir. J'entends l'unité centrale de l'ordinateur qui s'active. Les puces moulinent des informations et rament, comme si elles n'y comprenaient rien. Un message s'affiche :

CLICK NOW ON HK 2010 2.0.

Pourquoi « HK » et « 2.0 » ? HK 2010 est-il une version plus aboutie du virus qui a fait plonger la Bourse de Hongkong, HK donc, en 1997 ? Un tsunami de panique a déferlé sur l'ensemble des Bourses asiatiques en une demi-journée, suite à une panne informatique inexpliquée. Les monnaies ont décroché, entraînant des pays comme la Thaïlande, la Corée du Sud, l'Indonésie dans une débâcle économique. Le capitalisme a fait un aller-retour. Depuis, le black-out électronique est le scénario catastrophe de l'entité antiterroriste du FBI. Deux points de vulnérabilité extrêmes : les virus mais aussi l'infrastructure, à savoir les câbles par lesquels transitent les données. Si l'un saute, toutes les transmissions s'arrêtent. Ils sont enterrés, sous les océans, les déserts et les villes. Leur emplacement est classé secret-défense. Pour les atteindre, il faut forer à l'aveugle ou provoquer un séisme. Les virus sont plus commodes. J'appuie sur la touche entrée. La barre de chargement apparaît. Il semble durer une éternité. J'essaie d'entamer une conversation avec l'homme de ménage qui n'en revient pas : c'est la première fois que je lui adresse la parole. L'opération terminée, un ultime message apparaît :

BYE BYE KITTY.

Je n'ai plus qu'à attendre l'ouverture de la séance. Je descends prendre un jus d'oranges pressées, sur le parvis de la Défense. Les cadres s'engouffrent dans des gratte-ciel dorés par le soleil de juin. Ils ne se doutent de rien. C'est un beau matin.

De retour au Crédit Général, le *floor* se remplit progressivement. C'est comme si j'attendais, bourré d'explosifs, au centre d'un marché et qu'il y avait de plus en plus de passants. À l'ouverture de Londres, je mise 40 % de mon portefeuille sur HK 2010. Trente minutes plus tard, le nouveau patron du risque déboule à mon poste, poings et mâchoires serrés. Après l'affaire Tarviel, pour donner l'exemple et rassurer les foules, Mouton a viré tout le département. Le directeur informatique de l'époque est parti en rasant les murs. Depuis, il tente de changer de nom de famille. Michel M., son remplaçant aime les règles et les procédures. Il regrette son placard dans un cabinet ministériel, lorsqu'il dressait, à longueur de journée et avec les Renseignements généraux, des cartes politiques communales. Comme un enfant de 8 ans avec ses soldats de plomb. Le monde politique est le terrain de jeu de filous cyniques finalement assez prévisibles, le Crédit Général une jungle dans laquelle il déambule avec ses manières de roitelet. Il ne comprend rien au métier. Énarque, Michel M. est baladé par des stagiaires de l'X.

— C'est quoi ce truc encore ? fulmine-t-il.

— Un nouveau logiciel de calcul systémique.

— Nous ne l'avons pas approuvé. Tu fermes tes positions tout de suite, m'ordonne-t-il.

— Comme tu veux. Mais il y a déjà 200 millions d'euros au compteur. Tu expliqueras à Coudéa que tu as décidé d'arrêter parce que tu ne comprenais pas. Il va adorer.

— Personne n'a jamais vu un truc pareil. Ça ne ressemble à rien. L'AMF a déjà appelé deux fois. Ils veulent comprendre ce que l'on trafique.

— Tu leur as dit que c'était moi ?

— Ça suffit pas. Ton aura décline. Redescends sur terre.

— Tu réponds : c'est un nouveau logiciel de calcul systémique, sain. Il n'y a rien à comprendre.

— Le fonds Jacinthe à Genève achète en masse à Londres. C'est quoi ce fonds ? Ça sent mauvais ton truc.

— Paf ! 300 Mil ! Ça me rapporte de discuter avec toi.

Comme prévu, Paulo fait grimper les cours. Je l'imagine dans la chambre de Kate, pendu au téléphone avec ses équipes. André doit le ravitailler en espresso.

— Ça suffit, j'ai dit, s'écrie-t-il. Qu'est ce que tu fabriques encore ? Tu m'expliques ou alors tu t'arrêtes tout de suite.

— Arrêter ? Mais tu te crois où ? C'est lancé et ça grimpe !

— Je veux comprendre, hurle-t-il désespéré.

— Tu veux comprendre ? Maîtriser ? Arrête de jouer les vierges effarouchées et laisse-moi faire. Un bon trader c'est quelqu'un que tu ne comprendras jamais. Chacun son métier. Retourne en préfecture si tu ne peux pas encaisser. Ici, ce n'est pas pour les petites filles.

Furieux, prêt à en découdre, il enlève sa veste Smalto à épaulettes. Sous ses aisselles, une sueur froide se répand comme une marée noire sur sa chemise rose pâle. Il hurle en agitant les bras, fait tournoyer ses boutons de manchettes dorés assortis à sa chevalière.

— J'appelle Coudéa !

— C'est ça, ne te gêne surtout pas ! Le temps qu'il percute, j'aurai engrangé 1 milliard de gains potentiels et Coudéa aura déjà augmenté mon bonus. T'auras vraiment l'air d'un con. Note bien, ça ne changera pas de d'habitude.

Toute la rangée du *floor* nous observe maintenant. Les traders parient à voix haute pour savoir si Michel M. va me faire plier.

— J'en ai ras le bol des types dans ton genre. Tu dois respecter les règles !

— Tu veux que je respecte les règles ? 1 milliard de gains ça te fait combien en bonus Miss Monde ? Tu me rappelles combien on a perdu l'année dernière à cause de connards dans ton genre qui ne faisaient pas leur boulot. Occupe-toi des vrais problèmes et dégage d'ici ! T'es un poids mort, tu sers à rien. Aujourd'hui, c'est moi le marché.

Hors de lui, il tourne les talons et les traders de la rangée m'applaudissent.

À la clôture de la séance, je boucle cette journée avec une position de 970 millions. J'ai quatre e-mails de remerciement de Coudéa, un message de Paulo : « *Bizarre quand même le coup de la pissotière et ce logo de chat partout. Tu m'expliqueras ? Merci encore. Tu m'as sauvé la vie. T'es vraiment le King ! Je file à Genève, Ciao.* »

Frédéric, chez qui j'ai dîné le week-end à Londres, a tenté de me joindre six fois. J'ai toujours pensé qu'il ferait un parfait infiltré. Je l'appelle de la voiture.

— Il paraît que HK 2010 a été lancé par quelqu'un de chez vous ? m'incendie-t-il derechef.

— Oui, dis-je. C'est vrai !

— Merde, les amis ça sert à quoi ! Tu aurais pu me rencarder.

— Tu es chez toi ?

— Oui, pourquoi ?

— J'ai laissé un cadeau pour toi et ton fils l'autre jour.

— Quoi ? Qu'est-ce que tu racontes ? Fais pas diversion.

— Tu le trouveras dans la boîte à gants de sa Ferrari.

— Sa Ferrari ? Dans sa chambre ? Mais qu'est-ce que c'est que ce délire, Pierre ?

— Discute pas et va voir, je te dis, tout de suite.

Je l'entends traverser l'appartement en maugréant : « Il est dingue. »

— Qu'est-ce que c'est encore que ces conneries ? marmonne-t-il en découvrant une clé USB grise sur laquelle j'ai copié le programme de Mme Krudson.

— Un cadeau, je te répète !

— Quoi ?

— Entre potes, on s'est toujours aidé non ?
— Mais…
Je reprends en insistant :
— Tu me parlais donc de la *performance* de HK 2010 ?
— Attends, tu vas pas me dire…
— Utilise ton cadeau et partage-le autour de toi. Et qu'il te rende heureux ! dis-je comme à la messe.
— J'aurais jamais imaginé cela de toi, s'étonne-t-il.
— Quoi donc ? Que j'étais si généreux ? N'oublie pas de penser que j'ai besoin de refaire ma salle de bains.
Frédéric comprend tout de suite que je parle de commission.
— Pourquoi tu ne m'as pas offert ton cadeau directement le week-end, quand tu étais chez moi ? dit-il se prenant au jeu.
— Je voulais vérifier qu'il n'avait pas de défaut. Allez, perds pas de temps, tu me remercieras plus tard. Sers-t'en dès demain.
Frédéric se calme d'un coup, rassuré :
— Je savais que je pouvais compter sur toi !
— Charge la barque, surtout. Le cadeau fonctionne à merveille.
— Compte dessus, eh, eh, dit-il en courant vers son ordinateur.

*
* *

En rentrant chez moi le soir même, André est ligoté, nu, sur une chaise transparente Starck. Le requin de Hirst gît dans sa flaque de formol sur la terrasse, l'aquarium géant est en mille morceaux. Huit millions de dollars répandus sur le teck indonésien, une odeur de poissonnerie sous les chaleurs du début de l'été. Je libère André qui crie, fou de rage :

— Cette fois c'en est trop. J'en ai connu des malades mais jamais des comme vous. Je vous attaque pour mauvais traitements.

Il enfile ses vêtements éparpillés à même le sol et s'enfuit, effrayé.

J'arpente l'appartement à la recherche de Tay, tremblant à l'idée de ce que les Russes auraient pu lui faire. La scène d'un film des années 1980 me revient : Belmondo est traqué par la police, les services secrets, la mafia, je ne sais plus. On veut sa mort. Il retrouve sa petite amie assassinée – Anne Parillaud jeune – nue sur son lit, une flûte à bec enfoncée dans les fesses. Je fonce dans la chambre, sens dessus dessous. Aucune trace de Tay. L'appartement est dévasté mais vide. Je l'appelle sur son portable. Elle répond en pleurs.

— Tay, ma chérie, que se passe-t-il ?

— C'est affreux, viens vite me chercher ! dit-elle entre deux hoquets.

— J'arrive. Où es-tu ?

— Dans un café, à l'Étoile !

— Les Russes t'ont fait du mal ? Oh Tay, je suis tellement déso...

— Quoi ? Quels Russes ? Quand ?

— Mais... aujourd'hui, tu n'as pas...

— Je n'ai vu que des bedaines flasques et des sexes flétris aujourd'hui !

— Ouf. Tant mieux, dis-je malgré moi.

Tay s'énerve :

— Non mais ça va pas ? Je te dis de venir immédiatement ! me commande-t-elle.

— Que se passe-t-il ?

— Cette fois, je vais me faire coffrer !

— Pourquoi ?

— J'étais avec un client au Raphaël. Il a pris une pilule de Viagra. Comme il était pressé, il a voulu la gober d'un coup, sans eau ni rien.

— Et ?

— Il a commencé à s'étouffer. J'ai paniqué mais ce type me dégoûtait. Je crois que je n'aime plus mon boulot depuis ce qui est arrivé à mon frère.

— Tant mieux, Tay.

— Arrête avec tes « tant mieux » ! crie-t-elle, agacée. J'ai appelé Ronan, le concierge de l'hôtel. C'est lui qui me couvre. Il a prévenu les pompiers et m'a dit de filer. J'ai flippé, *querido mio* : mon client ne respirait plus, je me suis enfuie par les escaliers. Il va y avoir une enquête et je vais finir en prison, je te dis ! Comme Sana !

21

De Paris, Londres, Genève et Hongkong, HK 2010 lance de façon systématique et massive des ordres d'achats qui dopent les valorisations boursières. En chute libre depuis septembre 2008, le Dow Jones bondit d'un coup. L'ensemble du marché se met à acheter, sans trop savoir pourquoi. Paulo, Rob et Frédéric n'en finissent pas de me remercier. HK 2010 ayant prouvé son efficacité, ils n'ont aucun problème à en vendre des copies. À nous quatre, en un petit mois, nous créons la tendance à la hausse dans laquelle les banques s'embarquent sans réfléchir. Elles avaient fait leur mea culpa, renoncé aux parachutes dorés, fermé leurs antennes aux îles Caïmans. Quelques patrons ont été retrouvés ligotés chez eux, étranglés par leur cravate Hermès. Les bonnes résolutions de transparence, de maîtrise des risques fondent sous le soleil du début de l'été.

À Genève, Paulo a proposé le programme à ces meilleurs « partenaires » : UBS, les banques des Émirats, le Fonds souverain du Qatar et la russe Sberbank. Il a séduit aussi les plus gros fonds d'investissement américains : Blackstone, KKR, Citadel, Renaissance. À Londres, outre Crédit Suisse, Frédéric a essaimé dans les grandes banques anglo-saxonnes de la City : HSBC, Bank of America, Citigroup, JP Morgan Chase, Royal

Bank of Scotland, Barclays et même Goldman Sachs. À Hongkong, Rob a convaincu la Bank of China, la China Construction Bank et le Fonds souverain de Singapour. Mes trois comparses pensent enchaîner les jackpots. À leur insu, ils infiltrent les principaux acteurs du marché. Je me suis chargé de BNP Paribas, Crédit Agricole, Natexis, UniCredit, ING, Deutsche Bank et Santander. Fébriles, pensant se refaire, les banques du monde entier parient sur la hausse déclenchée de toutes pièces par un programme algorithmique. Donnés pour morts au début de l'hiver, les fonds souverains se remettent à investir dans tous les sens. Les Bourses réalisent un rebond historique. *The Economist*, magazine ultralibéral à la solde du Bilderberg – ses rédacteurs en chef animent le sommet annuel de l'organisation –, titre : « Pourquoi les marchés gagneront toujours ». Paulo rembourse les Russes. Ils baissent leur flingue, remplacent la Ferrari et livrent des fleurs à sa mère. J'enchaîne les interviews sur Reuters et Bloomberg. Coudéa, le patron du Crédit Général depuis la démission de Mouton, me félicite. Il triple mon bonus malgré les diatribes antitraders dont la presse se délecte depuis que cela fait vendre du papier. Il est de toutes les attentions : il sait qu'avec le succès de HK 2010, je pourrais faire grimper les enchères dans des proportions délirantes et me vendre au plus offrant. D'ailleurs, les propositions affluent. Grâce à HK 2010, la finance internationale reprend ses gros trafics et me baise les pieds. Je suis le trader de l'été.

Le dernier samedi de juillet, je quitte la clinique de Kate au volant de ma Cuntash et remonte vers Paris. La ville est saisie par une lumière blafarde avec des particules en suspension, comme après une explosion. Pollution de niveau 4. Ma fille vient de me parler de ses nouveaux projets : fini la mode, les couturiers et les magazines, elle veut faire de l'humanitaire. « J'aimerais tellement vivre avec les pauvres, tu comprends, avec ceux qui sont plus malheureux que moi. » Je médite sur sa phrase, sur le lien entre détresse psychique et richesse matérielle. *Thriller* de Michael Jackson passe en boucle à la radio. Il vient de mourir de solitude et d'épuisement. Le très puissant fonds d'investissement Carlyle Group avait racheté les dettes colossales de la star. Pour rembourser, Michael devait remonter sur scène et retrouver son déhanché légendaire. Je me demande où s'arrête la prostitution quand mon portable vibre. L'avocat de Sana m'informe de la date du procès. Je l'ai recruté pour préparer sa défense. Il est spécialisé dans le démolissage en règle des *people* persuadés d'être au-dessus des lois. Le procès est prévu pour janvier 2010. Tay ne veut pas partir en vacances. Elle passe les après-midi au parloir de Fleury-Mérogis. Mon portable vibre à nouveau. C'est un appel masqué, je décroche.

— Euh oui, c'est Simon, tu sais, de Clermont-Ferrand. Je suis désolé de te déranger. Ça va ?

Depuis notre apéritif à l'hôtel Mercure, il y a huit ans, nous ne nous sommes pas vus. Je pense tout de suite à ma mère, comme si Simon avait été dépêché pour m'annoncer une mauvaise nouvelle. Je réponds inquiet :

— Oui, oui. Que se passe-t-il ?

— Oh, rien. Je me disais juste… je suis sur Paris, j'ai loupé mon train… mais… je t'ennuie forcément.

— Non, enfin pas vraiment. Est-ce que tout va bien ?

— Oui, ça peut aller. Je suis à la gare de Lyon, je me disais que l'on pourrait prendre un café si tu as un peu de temps. J'aimerais bien te parler de quelque chose.

— Ah ! dis-je soulagé. Cela fait un bail ! Mais me parler... à moi.

— Je sais que tu es très occupé...

Kate avale un vrai repas par jour. On lui a même supprimé l'intraveineuse. HK 2010 s'arrache aux quatre coins de la planète, je retrouve Tay pour une soirée en tête à tête à la Closerie des Lilas dans deux heures, je suis presque heureux finalement.

— OK. Et pourquoi pas après tout ? Attends-moi au Train Bleu.

Lorsque j'arrive trente minutes plus tard, Simon est en train de dévorer *Auto-Moto Magazine* et avale une bière fraîche. Je m'approche et remarque sa tonsure sur le haut du crâne. Le Minoxidil qu'il doit s'administrer tous les matins depuis l'âge de 25 ans n'aura servi qu'à enrichir les labos.

— C'est vraiment gentil à toi, dit-il en se levant. Tu sais, j'ai juste tenté ma chance...

— Tu as bien fait. Que fais-tu à Paris ?

— Oh... je ne suis que de passage. J'arrive du Mans.

— Du circuit de course ?

Je remarque sa chemise blanche à l'effigie de Cunlop, son employeur, ainsi qu'un badge d'accès à la piste. Il pend à son cou comme une cloche à celui d'une vache.

— Oui, Michelin nous a invités sur le circuit pour une journée « Power Plus », tu sais, leur pneu révolutionnaire. C'est Cunlop qui réalise une partie du fuselage interne. Ils avaient organisé un séminaire de démonstration sur le circuit.

— Et tu as pu essayer des voitures ?

— Tu parles ! J'ai même fait un tour dans la Peugeot 908 HDI. Celle qui a gagné les 24 Heures du Mans.

— Ça a du bon l'industrie finalement. Tout roule alors ?

— Bof. Tu sais, cela n'arrive qu'une fois par an, juste avant la négociation annuelle avec les achats. C'est du « marketing fournisseur », comme on dit. En attendant, ma boîte vire à tour de bras.

Je commande un citron pressé. Simon se redresse sur son siège en cuir et me dit :

— Je ne sais pas comment le dire à Fabienne, tu sais ma femme, mais à mon avis, je vais bientôt être sur la touche. C'est de cela que je voudrais te parler.

Cunlop, la multinationale américaine qui fait la fierté de Clermont-Ferrand, est comme la plupart des entreprises aujourd'hui. Elle profite de la crise financière pour grappiller quelques points de productivité et faire le ménage : se débarrasser des profils les plus âgés. Gérée par des fonds de pension qui ne carburent qu'au ratio, elle est en pleine folie de jeunisme. La quarantaine passée, Simon est presque un senior dans ce genre d'organisation et donc, l'un des plus gros salaires.

Il me raconte. Quelques semaines auparavant, un consultant s'est installé dans le bureau mitoyen du sien sans qu'on le prévienne. Il est pourtant membre du comité de direction. Simon s'est renseigné : le consultant travaille pour Cadeum, un cabinet d'audit connu pour sa maîtrise du *cost killing* : couper toutes les dépenses superflues d'une société, « pour mieux maquiller la mariée » lors de la revente. À 27 ans, il est « expert en excellence opérationnelle », le *cost killing* appliqué à la main-d'œuvre. Concrètement, il est envoyé dans des entreprises qu'il ne connaît pas. Sa première mission est de se fondre dans la masse. Il porte une tenue de camouflage : un costume Celio et un abonnement Bouygues Néo Pro deux heures avec SMS illimités. Il s'installe comme un employé lambda, fait semblant de rentrer des données sur Excel. En fait, il est en observation. On lui a assigné un collaborateur, dont l'entreprise veut optimiser la sacro-sainte « excellence », souvent à son insu. Planqué derrière son écran, le consultant note, toutes les dix minutes, les tâches de sa « cible » dans un cahier à spirale : durée de traitement d'un dossier, de réponse aux e-mails, s'il prend la parole en réunion, qui il appelle, combien de fois il va aux toilettes. Le consultant réalise aussi un « 360 degrés », une méthode de flicage en bonne et due forme qui figure en tête des ventes, catégorie « Entreprise et Bourse », sur Amazon.fr : il interroge chacun des collègues du malheureux, tenus au secret, de l'employé de ménage au PDG. Il analyse ce qu'ils pensent de lui. Au bout de deux mois, il rend son rapport listant points noirs et axes d'optimisation de performance. Sa prestation est facturée 2 200 euros par jour. C'est ce qu'il gagne, net, par mois. Le collaborateur suivi, lui, est le plus souvent viré. Le rapport sert de dossier de défense pour un éventuel recours aux prud'hommes. Le consultant est convaincu d'appartenir à une boîte pleine d'avenir. Il a un job d'indic. Il vire avant un jour d'être lui-même viré au nom de l'ultraproductivité.

— Je sens le coup venir… Dans le contexte actuel, ce serait terrible, tu comprends. Me retrouver sans boulot alors que j'ai toujours tout fait comme il faut, se lamente Simon en arrachant son badge Michelin. J'ai quatre enfants, les dettes de la maison, Fabienne qui n'en fout pas une… Le cauchemar du quadra… sûr que tu ne connaîtras pas.

— Écoute, je ne peux pas trop t'en dire mais, à ta place, je ne m'en ferais pas.

— Pourquoi ?

— Ça va s'arranger…

— Tu crois ? Tu connais des gens qui recrutent en ce moment ?

— On n'aura bientôt plus besoin d'eux.

Simon recule dans son siège, désarçonné.

— Mais qu'est-ce que tu racontes ? Tu crois qu'on a tous des lingots d'or en Suisse ou quoi ?

— Non, Simon, je pense que tout cela va bientôt s'arrêter.

— Quoi ? Il faut sortir de ta bulle. Et moi qui pensais que tu me donnerais des tuyaux !

— Je t'en donne, dis-je fermement. Attends encore un peu. Tiens bon d'ici là.

— T'es vraiment rien qu'un banquier. Tu sais, que les cours montent ou baissent, Cunlop veut cracher ses 15 % de renta.

— Attends encore quelques semaines, je te dis.

— Laisse tomber, dit-il déçu en se levant.

— Mais, Simon, je te répète de ne pas t'en faire. Tout ça va bientôt s'arrêter. Le capitalisme sera mort avant Noël.

— Ouais c'est ça, c'est ça. Et moi, je suis le fils caché de Johnny Hallyday. Il faut que j'y aille. Salut. Je savais bien que tu étais barge. T'aurais jamais dû sortir de ta cave en fait. Tu veux savoir ? J'étais stupide de croire que je pouvais compter sur toi. Finalement, tu nous as toujours méprisés. Mais je vais te dire, te leurre pas : tu n'es qu'un bouseux de province comme moi.

22

HK 2010 lancé, j'anticipe une déflagration rapide, un krack sanglant. En France, le ministre de l'Emploi annonce les pires chiffres du chômage depuis quinze ans. Les ventes de billets d'avion s'effondrent de 20 %. Ruinés, les vacanciers font du camping. Les États-Unis seraient en cessation de paiement. Imperturbable, le Dow Jones passe la barre des 9 000 points. Les algorithmes de Mme Krudson ne donnent aucun signe de fléchissement. HK 2010 se diffuse partout, comme un spam monstrueux promettant à tous son poids en Viagra. Dans les salles des marchés, personne n'en parle et tout le monde se sert.

À la fin de l'été, je reçois un appel du bureau personnel de Mme Krudson. Elle me convoque d'urgence à New York. Depuis que j'ai mis son plan à exécution, je n'ai eu aucun contact avec elle. Pourtant, j'ai l'impression qu'elle ne me quitte pas des yeux. Comme un chef terroriste qui observe son djihadiste à distance : aux jumelles en sirotant un Fanta. Coudéa me laisse partir en pleine semaine à New York. Avec ce que HK 2010 rapporte à la banque, nous savons l'un comme l'autre que le *big boss* du Crédit Général n'a plus aucune prise sur moi.

J'arrive le surlendemain dans le penthouse glacial et obscur de Mme Krudson. Ratatinée dans son fauteuil, elle ironise d'entrée :

— Vous voilà enfin, monsieur le « Spin Doctor des marchés ».

Elle fait référence au titre d'un portrait tout en louanges que le *Financial Times* m'a consacré pendant l'été.

— Comment allez-vous, madame ? dis-je en approchant.

Sa jambe gauche a disparu. Un savant dispositif de miroirs et d'écrans l'entoure, un peu comme un Palais des Glaces à l'heure du tout-digital.

— S'il suffisait de se couper de ce qui fait souffrir pour ne plus y penser. Ma jambe manquante me tue.

— Pourquoi tous ces miroirs ?

— J'ai tout essayé : la morphine, le Demerol, la magnésie, les aiguilles dans le crâne et même les testicules de tigre. Rien n'y fait, que des charlatans ! J'en suis à leurrer mon propre cerveau, à jouer contre moi.

— Je ne comprends pas.

— Pas étonnant, me raille-t-elle déjà agacée, vous ne comprenez rien !

Elle actionne un bouton. Sur les écrans autour d'elle, sa jambe, celle dont elle vient de se faire amputer, balance sous sa hanche. Elle regarde intensément les images qui l'apaisent.

— Seule la vue de ma jambe disparue chasse mes douleurs fantômes.

Concentrée, Mme Krudson respire lentement. Ses paupières se ferment à moitié comme si elle s'assoupissait. Elle pousse un râle de soulagement. Je m'assieds en face d'elle, sur l'un des fauteuils visiteurs. La peau de son visage est collée sur les os, ses boucles d'oreilles déforment les lobes. Elle ressemble aux vestiges d'une momie marinés dans le parfum Poison de Dior. Elle se redresse d'un coup, comme si elle refusait de se laisser aller.

— La phase finale va bientôt démarrer, m'annonce-t-elle, d'une voix d'outre-tombe.

— Vraiment ? Quand ? En tous les cas, pour l'instant, le programme ramène des profits monstres. Je dois vous remercier. Je n'ai jamais été aussi riche !

— *And so what* ? Cela n'empêche pas votre fille de passer ses vacances dans un mouroir.

J'avais tenté une plaisanterie. Mme Krudson me percute en plein cœur. Je me ressaisis :

— Êtes-vous sûre de votre plan ?

Les Bourses de Londres, Paris et New York surfent avec les sommets. Les plans sociaux se multiplient mais le CAC refranchit la barre des 4 000 points, échappant aux lois de la gravité. L'économie réelle décroche sans aucun signe de catastrophe boursière à l'horizon, comme s'il y avait un bug dans le bug.

— Mais qui êtes-vous pour me questionner ? Reprenez vos habitudes de jeune loup. À bien y réfléchir, vous étiez peut-être trop vieux et bien trop sage pour le job !

— Pardon ?

— On doit vous voir partout, carte Platinum à la main. Le marché aujourd'hui, c'est vous ! D'ailleurs, vous allez organiser une fête monumentale.

— Pardon ? dis-je sans en croire mes oreilles.

— Oui, je veux que vous surpreniez tout le monde. Continuer à montrer la tendance, la finance est de retour ! Organisez la fête du siècle. Ne me décevez pas !

— Mais je...

— Détendez-vous enfin, vous allez attirer les soupçons ! me tacle-t-elle. Que vous êtes soupe au lait ! J'avais hésité en vous regardant sortir de chez moi la première fois. Rien qu'à votre démarche, je pouvais le dire : vous êtes un homme profondément terne ! Pierre, cela veut dire *stone* hein... *Stone* donc : vous portez bien votre prénom. Aucun rayonnement, aucune intériorité... C'est probablement lié à votre enfance.

Excédé, je réponds :

— À chacun ses douleurs fantômes, madame.

Pour la première fois depuis notre rencontre, je distingue une ébauche de sourire.

— La vie est un vaste jeu de cache-cache n'est-ce pas ? susurre-t-elle, presque mélancolique en regardant ses miroirs.

Elle se ressaisit et poursuit d'un autre ton :

— Cette fête donc ! Reprenons. C'est dans un mois, le 18 octobre, ici à Manhattan. Tout est prévu. Mon assistant a réservé la New York Public Library et l'agence événementielle s'occupera de tout. Je les ai déjà informés : je veux le Cirque du Soleil, du caviar, des scones à la myrtille et surtout, beaucoup de *Blue Chips*.

— Des prostituées ?

— Par camions entiers ! Quel est le secret d'une soirée réussie d'après vous ? Je veux des seins, des fesses, des cigares ! Que ces bons à rien se prennent à nouveau pour les maîtres de l'univers. Une dernière fois. C'est mon cadeau d'adieu. Ils se croient sauvés parce que le Dow Jones s'envole. Ils sont en train de creuser leur tombe. L'équipe du Bilderberg est sur le coup, sans savoir lequel d'ailleurs. Quelle bande de nuls ! Il faut inviter tout le gratin. Michelle Obama doit appeler en personne pour figurer sur la *guest list*.

Depuis mon mariage il y a vingt ans, je déteste les fêtes et encore plus les organiser.

— Euh... très bien.

— Officiellement, c'est vous l'hôte, vous le génial architecte de l'algorithme du siècle, le bienfaiteur du Dow Jones ! Et venez avec votre copine !

J'ai peur de comprendre :

— Qui ? Tay ?

— Elle est tellement belle, s'extasie Mme Krudson.

— Mais comment avez-vous pu..., dis-je offusqué.

— Amenez-la, reprend-elle sèchement. Les invités ne regarderont qu'elle et vous oublieront. Votre amie et les *Blue Chips* vous cacheront.

— Est-ce tout ?

— Non. Rendez-vous aussi à cette *party* pour enfants gâtés demain.

— Mais, je dois rentrer...

— Une bonne fois pour toutes, cessez vos bonnes manières ! Comportez-vous en mercenaire. Un peu de flamboyance, *please* ! Pour le monde entier sauf moi, vous décidez de tout aujourd'hui.

— Et après ?

— Après, vous verrez bien. *A new beginning*... dit-elle songeuse.

Elle fait glisser un bristol bleu nuit sur lequel est accolé le logo de la Clinton Global Initiative. Mme Krudson enchaîne :

— Vous êtes leur invité surprise. Bill et Hillary me doivent bien cela. Soyez à la hauteur.

— Une dernière chose, madame.

— Dites toujours ?

— J'aimerais savoir ce qui est arrivé à Matthew Fahde.

— Matthew Fahde, tiens, tiens. Je vous croyais plus perspicace...

— Alors ?

— Eh bien, je l'ai supprimé.

— Je sais, mais pourquoi ?

— Erreur de casting. Le cannabis c'est sympathique, une bonne couverture même. Mais quand j'ai vu Fahde, j'ai compris qu'il n'était pas crédible. Travailler avec lui était trop risqué.

Empochant des gains records sur les faillites en chaîne liées aux *subprimes*, Matthew a décroché, de manière fracassante, du milieu. Fumeur de chanvre, moquant l'establishment, à l'exact opposé de la rigueur quasi hygiéniste qu'elle s'imposait, Matthew Fahde n'a pas dû être digne de sa confiance.

— Il est venu ici ?

Mme Krudson détourne la tête et fixe les images de sa jambe vaillante qui s'agite sur les écrans. Convoqué dans le penthouse, Matthew avait dû se renseigner sur le Bilderberg. La perspective de se rapprocher du pouvoir avait dû l'amuser. Il s'imaginait sans doute une reconversion à la James Bond. Dans le loft bleuté, entouré des treize chats, il l'a probablement écoutée faire son numéro puis lui a promis de réfléchir. Avec son bronzage des Caraïbes, les cheveux décolorés par le soleil, Matthew Fahde contrôlait mal son rire. Peut-être même était-il venu défoncé au rendez-vous ?

— Et vous l'avez fait exploser avec son hélico ?

— À votre avis ? soupire-t-elle d'ennui.

Cela a dû être une disparition facile à maquiller. Matthew est sorti en pouffant du building avant de grimper à l'arrière de la Rolls Royce rose sans ciller. Le chauffeur l'a conduit jusqu'à South Sea Port où son hélicoptère personnel était stationné. Il en a pris les commandes puis a mis le cap sur les Hamptons où son yacht et l'équipage au complet l'attendaient. Au niveau de Fire Island, les manettes se sont bloquées et l'alarme s'est déclenchée. Il avait gloussé : *What's the fuck, man*. Une étincelle a jailli d'entre ses cuisses. L'hélicoptère a explosé d'un coup. J'imagine que Matthew a juste eu le temps d'un regret : ne pas avoir arrosé ses plants de chanvre. Et le même jour, les garde-côtes ont récupéré un corps broyé, calciné à quelques miles des côtes.

23

Je me présente le lendemain au Sheraton Hotel de la 53e Rue. Il a été transformé en annexe de l'Onu pour l'occasion. Tout est bleu, blanc et or. C'est le grand raout annuel du président le plus coureur de l'Histoire. Une fois par an, l'ancien président des États-Unis s'offre ses trois jours de gloire. Patrons de conglomérats, véroles du capitalisme, chefs de gouvernement se disputent sur la photo. L'économie est ruinée, ils annoncent leurs engagements pour l'humanité à coups de milliards sortis d'un chapeau. Ils serrent la paluche de Bill sur scène, encadrent la photo-souvenir. Elle finira sur un piano à queue, parmi d'autres trophées inutiles, dans une maison peuplée de domestiques et entourée de biches. Tant qu'il s'affiche dans les journaux, le sauvetage de l'humanité est un business porteur.

Soixante-dix chefs d'État et membres de gouvernement traversent cérémonieusement l'immense *ballroom* jusqu'à l'estrade centrale. Leurs pas sont rythmés par une musique qui ressemble à celle de *La Guerre des Étoiles*. Durant la séance d'ouverture, seul en scène face aux dirigeants occidentaux, Wen Jiabao, le Premier ministre chinois, expose sa version du capitalisme : harmonie, éducation, contrôle des libertés. Cela fait des années que plus personne ne lui donne de leçons. Il y a quelques mois encore, la Chine tenait les États-Unis à la gueule. L'empire du Milieu avait fini par récupérer tous les bons du Trésor. Elle détenait l'Amérique ! Au sommet du G20 de Londres, cette formidable opération de communication politique, elle avait plaidé pour la mort du dollar. Entre-temps comme par magie, HK 2010 a permis à l'ensemble des banques centrales occidentales de se refaire. J'ai retardé le putsch des Chinois sur le monde.

À l'issue de son intervention, les journalistes l'assaillent de questions. Une femme joue des coudes pour lui coller un micro sous le nez. Il a l'air très mécontent de la voir. Je bondis : c'est Géraldine, la fille de Clermont-Ferrand, celle du baiser volé, à 8 ans. Le service de sécurité fond vers l'attroupement et encadre Géraldine en la dirigeant vers la sortie.

— Elle est avec moi, dis-je pour m'interposer.

Géraldine lève des yeux de colère, puis interloquée, laisse échapper un « mais... ».

— Monsieur..., dit l'un des vigiles.

Son acolyte lit mon nom sur le badge de participant à la conférence et communique avec son oreillette. Il ne peut retenir une mine d'agacement.

— *Let her go*, dit-il.

— J'aurais dû me douter que tu aimais ce genre de *trip*, me raille-t-elle.

— Géraldine, comment vas-tu ? Que fais-tu là ?

— Je bosse, qu'est-ce que tu crois ! Que je suis venue faire une partie de tennis ?

— Mais tu bosses pour qui ? dis-je en regardant son badge.

— *Le Temps*, section éco. Tu sais, le quotidien suisse.

— Pourquoi la sécurité a-t-elle voulu te sortir ? *Le Temps* ne fait pas franchement dans la polémique d'habitude.

— C'est personnel, pas tes affaires.

— OK, OK. Écoute, je hais aussi ce truc d'hypocrites. Et si on dînait ensemble plutôt que d'aller à la soirée de gala.

— Mouais, hésite-t-elle en me toisant. Et pourquoi pas ? Merck à 21 heures, dans le Meat Market District. Ça te va ?

Lors d'un *coffee break*, je m'invite à une table, presque au hasard. Je m'assieds, lève les yeux vers les convives : tous des fondateurs des géants mondiaux de la technologie. La capitalisation boursière cumulée autour de la table dépasse le PIB de l'Angleterre. Il n'y a jamais eu autant de milliardaires, dit l'un. C'est à nous de financer les grands projets de demain, répond un autre. Le désir, la compassion sont les leviers d'un monde nouveau, s'enthousiasment-ils. Ils rivalisent de bonnes intentions. Le photographe de Getty Images mitraille. L'addition arrive, un pauvre ticket de caisse qui doit avoisiner les 24 dollars. Elle s'attarde au milieu des convives. À force, un silence s'installe : personne ne veut payer.

Le Sheraton donne sur la 7e Avenue, en plein *downtown*. Je remonte à pied vers le nord. Les tours de bureau, trustées par les sièges mondiaux des plus grandes banques, s'alignent sur quelques blocs. Je passe devant l'ex-building de Lehman Brothers, épicentre de la débâcle de 2008.

Barclays Capital a racheté l'immeuble au moment du dépeçage des actifs de la firme. Peinture, moquette et sigle furent changés aux couleurs de l'institution bancaire britannique en un week-end. Comme pour conjurer le mauvais sort, le bureau de Richard Fulz, l'ex-PDG, au vingt-huitième étage, fut transformé en bibliothèque. Avec ses revenus annuels de plusieurs centaines de millions de dollars et son parachute doré triple épaisseur, il s'était cru intouchable. Il a pris la claque du siècle.

Il n'était pas le seul. Bertrand que j'avais rencontré à la Défense, dans la salle des marchés du Crédit Général, avait carrément disparu du circuit. Lorsqu'il faisait équipe avec Paulo, nous dînions ensemble, échangions constamment des informations. Comme tout trader, nous vivions en vase clos et cela augmentait nos performances. Quand Paulo partit rejoindre son fonds sino-russe à Genève, Bertrand, dépité, accepta une offre de Lehman, à New York. De passage à Paris, il vint dîner un soir à l'appartement de l'île de la Jatte. C'était en 2005. Il dévora Tay des yeux. Hyper-réglo, elle se lova contre moi toute la soirée, comme un chat. Bertrand essaya de l'épater avec son fric. Par rapport aux capitaines d'industrie qu'elle fréquentait, c'était un bouffon. Il lui expliqua notamment :

— Tu comprends, ce qu'il faut aujourd'hui c'est être *assets rich and cash poor*[1].

— *Cash* quoi ? le relança-t-elle.

Professionnelle, Tay fit semblant d'être épatée. Encouragé par sa feinte ignorance, persuadé qu'il disposait d'un bon public, il me regarda complice, pour ajouter :

— Je décode pour toi : avec des taux d'intérêt aussi bas, l'argent ne vaut rien. Ce qu'il faut, c'est accumuler des biens en t'endettant autant que possible. Tout le monde prête à tout le monde. *That's the only game !* On ne le dira jamais assez, le Père Noël, c'est ce vieux renard de Greenspan !

— Qui ?

— Laisse tomber, répondit-il.

Je trouvais Bertrand misérable. Il me tendait un miroir. Presque agacé d'être coupé dans sa démonstration, il reprit :

1. Riche en actifs, pauvre en compte courant.

— Grâce à lui, j'ai pu me payer un appart à 5 millions de dollars en plein Tribeca. J'ai un *mortgage*[1] basé sur 200 % de mon salaire fixe, une broutille puisque mon bonus, garanti, me rapporte quatre fois ça. Et en plus, je déduis les intérêts de l'emprunt de mes impôts ! Le système est vraiment taillé pour nous, les super-riches ! Il faut vraiment être débile pour ne pas voir le filon.

L'action Lehman commença à dévisser en 2007. Grâce à Bertrand, je suivis la débâcle de la firme de l'intérieur. Pour préserver les marges, la firme renonça aux bonus garantis et mit la pression sur les traders. Bertrand comme les autres eurent alors des obligations de résultats, une révolution dans le milieu. Il se battit comme un chien pour sauver son bonus annuel. Début 2008, son salaire, une part fixe assez minime qui devait lui servir d'argent de poche, devint l'intégralité de son revenu. Bertrand continua à flamber, incapable de redescendre sur terre. Mi-2008, il avait une position positive de 45 millions de dollars pour son employeur. Lehman souffrait. Des rumeurs de rachat volaient de Doha à la City. Mais personne n'y croyait vraiment.

Pourtant, le dimanche 15 septembre 2008, Paulson lâcha Lehman, acculé à la faillite. Bertrand fut prévenu par une dépêche de Reuters alors qu'il brunchait dans Soho avec une fille un peu mannequin, rarement actrice et beaucoup serveuse rencontrée la veille. En quelques heures de cette fin de week-end ensoleillé, une vague d'effroi saisit Manhattan. Dans les sports bar, sur la route du retour des Hamptons, dans les restaurants branchés de Chelsea et sur la promenade de Battery Park, les New-Yorkais ne parlaient que de ça : Lehman tombait, c'était le début de l'apocalypse,

1. Emprunt hypothécaire.

le 11 septembre de la finance. Le soir, Bertrand reçut un e-mail de la banque confirmant la rumeur et demandant à chacun de ses employés de se présenter à son poste, le lendemain, aux heures habituelles. Le lundi je tentai de le joindre toute la journée, une journée de folie, effrayante sur les marchés. Il m'appela vers 20 heures. Je venais d'arriver à l'appartement, Tay trempait dans son bain.

— Ça va, *man* ? Tu tiens le choc ? lui dis-je, soulagé de l'entendre enfin.

— Écoute, je suis en plein Central Park. C'est une de ces douces nuits d'été indien. J'ai perdu 45 millions de dollars, mon bonus, mon job. Et tu sais quoi ?

— Non ?

Je m'attendais au pire. J'avais vu quelques types se jeter par la fenêtre le 13 février 2000, lorsque le Nasdaq avait dévissé d'un seul coup, marquant l'explosion de la bulle Internet. Bertrand, sans enfant, famille ni argent, avait le profil idéal.

— Je suis tout seul dans ce foutu parc entouré de grenouilles en chaleur !

Il me raconta sa journée. Au matin, Bertrand et ses collègues avaient été accueillis par des *cops* du NYPD qui attendaient, à chaque étage du building. Formés pour vider les squats de crack, ils s'apprêtaient à virer des *yuppies* en Brooks Brothers : les flics arrachèrent câbles d'ordinateurs et téléphones. Ils distribuèrent sacs poubelle et cartons à des traders sidérés, sans voix. Bertrand eut trente minutes pour vider son bureau. Deux *cops* l'escortèrent jusqu'au *lobby*. Une meute de photographes saisit le visage laminé des rois déchus. Certains se cachèrent sous une casquette du Yankee Stadium où Lehman avait sa loge présidentielle à l'année.

Son carton collé sous le bras, il prit la ligne 1/9 et resta debout durant le trajet. Les voyageurs le regardèrent, surtout le SDF qui venait d'engloutir un reste de hamburger et un Pepsi abandonnés par une petite fille obèse. Quand Bertrand arriva chez lui, dans son triplex de Tribeca avec vue sur City Hall, il était 3 heures d'un après-midi magnifique. La bonne était partie faire des courses. Le livreur du pressing chinois sonna pour déposer les quinze chemises Barneys toutes identiques, impeccablement repassées. Bertrand paya *cash*. Il ressortit et marcha jusqu'à la boutique Sprint[1] pour acheter un téléphone portable. La firme avait confisqué le sien. Il remplit un formulaire que le vendeur envoya par fax à la centrale d'abonnement. Chargée de vérifier les profils des clients, elle refusa Bertrand. Sans emploi, sans ressources, endetté jusqu'aux oreilles, il finit avec un téléphone à carte.

Sonné, il erra toute la journée dans Manhattan : jusqu'alors, il s'était cru au centre du monde. Cette fin d'après-midi-là, il vit d'autres que lui quitter les tours de la *downtown* vers 18 heures pour courir au club de sport avant un apéritif chez Flute et un dîner dans Nolita. La vie continuait sans Lehman et sans lui dans le film. La nuit tombée, il déambula dans Central Park. Il traversa Sheep Meadow, s'arrêta au milieu de cette pelouse à l'extrême sud du parc. Le week-end précédent encore, il avait joué là au frisbee avec les types de BNP Paribas, pendant que leurs petites copines enchaînaient consciencieusement, face au soleil, les poses de yoga.

— Cool, cool, tentai-je de le rassurer ce jour-là. Écoute, j'appelle le bureau de New York demain. Envoie-moi ton CV, on va te recaser.

— Personne ne nous arrêtera, tu sais. C'est anticonstitutionnel de ne pas faire de fric ici.

— Je sais, je sais. Ne panique pas surtout.

1. Opérateur de téléphonie mobile.

— Bordel, ce salopard de Paulson peut pas nous piffer. Tout ça, c'est un complot de Goldman Sachs, s'emporta-t-il.

La ligne sauta. En tentant de le rappeler, je tombai sur un message préenregistré de Sprint.

Je sus ensuite que, confiant, Bertrand décida de garder son appartement. Il continua de sortir au Eight, cette boîte de Chelsea ultra-sélect dont les membres entrent avec une clé personnelle. Il envoya son CV partout. En bon polytechnicien, il avait l'habitude d'être régulièrement chassé. Cette fois, personne ne l'appela. Mon employeur n'en voulut pas. Le milieu avait gelé embauche, voyage et fête. New York et Londres étaient les capitales de la flambe. Pour les rois déchus de la finance, temporairement transformés en criminels, elles devinrent celle du système D. Les traders se mirent à organiser, chez eux, des *pasta party*, arrosées de Corona Light. Ils apprirent à faire leur lit, à se servir de la machine à laver. Les pères parmi eux découvrirent le chemin de l'école de leurs enfants. La journée, ils sirotaient des *caffe latte* hors de prix en lisant la nécrologie bancaire quotidienne.

La valeur de l'appartement de Bertrand s'effondra en quelques semaines. Avec la vente de celui-ci, au rabais, il remboursa 30 % du prêt. Accablé de dettes, sans revenus, pestiféré parmi les pestiférés, il disparut de la circulation et, honteux, ne me rappela plus.

Parvenu sur Columbus Circle, le carrefour au coin sud-ouest de Central Park, je compose le vieux numéro Sprint de Bertrand. Une femme me répond en coréen. Au pied des deux tours ultramodernes du Time Warner Center, les escalators crachent des clients de Whole Food, Mecque du bobo. Ils ont les bras chargés de pommes bio à 12 dollars et de poissons garantis sans mercure. À 21 heures fin septembre, le thermomètre reste bloqué sur 30 degrés. Avec Bloomberg aux commandes, Manhattan se mue en Disneyland.

*

* *

J'attrape un taxi pour le Meat Market District, dans le sud de la ville. Géraldine m'attend sur une banquette couleur de vin de Merck, une vieille brasserie belge reconstituée de toutes pièces. Elle s'est installée au bord de la baie vitrée. Quand j'arrive à sa hauteur, elle se lève pour me serrer la main. Comme s'il s'agissait d'un repas d'affaires.

Immédiatement, elle monopolise la conversation, pour occuper le terrain. Elle me raconte sa vie entre deux pintes de bière qu'elle descend comme un joueur de rugby à la troisième mi-temps : ses enfants, son boulot à la rédaction du *Temps* à Genève, ses voyages qui ne servent à rien. Au début du repas, elle laisse tomber son couteau et se penche pour le ramasser. Une culotte rose à pois verts dépasse de sa jupe. Le silence s'installe. Géraldine me désigne un panneau publicitaire énorme, accroché à l'immeuble en triangle de l'Appartement, cette boîte cachée au troisième étage.

— Regarde cette pub.

— Quoi ?

— *Your Ipod is your life !*

— Mouais... Et alors ?

— Je cherche un sens à ma vie et tout ce que je trouve c'est Apple, gémit-elle.

Je repense à ces logos que je découpais dans ma cave à Clermont-Ferrand. L'illusion marchande sert à passer l'adolescence. Dehors, à quelques mètres de la fausse brasserie belge, une femme très jolie avance seule sur la chaussée défoncée. Ici, les anciens abattoirs s'arrachent à prix d'or. Ils sont transformés en boutiques et restaurants de luxe. Elle pourrait sortir d'un défilé. Elle porte un sac Coach d'un côté, son Mac Notebook de l'autre. Elle s'approche d'une poubelle et enfile des gants de chirurgien sur ses ongles manucurés, retrousse ses manches. Ses mains plongent dans les ordures, saisissent des paquets éventrés : une bouteille de lait entamée, une barquette de salade de carottes au cumin, un sachet de pain de mie. Satisfaite, elle place le tout dans un cabas en macramé sorti de son sac en cuir fin. Elle repart vers une autre poubelle, vingt mètres plus loin.

— Putain qu'est-ce qu'elle fait cette nana ? dis-je écœuré.

— Tu vois bien : les poubelles !

— Mais...

— Il faut sortir de ta bulle, dis donc. Tu ne connais pas les *free gans* ?

— Les quoi ?

Géraldine articule :

— FREE GANS.

— Euh... Non, dis-je d'un air méprisant.

Le *Financial Times* n'en a jamais parlé, elle m'explique :

— Des gens comme toi et moi qui décident du jour au lendemain de ne plus acheter que le strict nécessaire.

— Mais là, elle fait les poubelles !

— Oui, c'est bien ce que je te dis : parce qu'elle y trouve tout ce dont elle a besoin.

— Pauvre fille !

Folles à lier, désespérées, mondiales, les New-Yorkaises ont toujours eu un temps d'avance. Je me tourne vers la rue, mes yeux retombent sur cette publicité Apple. Géraldine soupire à nouveau :

— Nous avons des libertés de supermarché, des vies discount. Des « Ilife »... Un peu à cause de toi d'ailleurs.

— Je fais mon boulot.

— On t'a coupé une partie de ton cerveau ? s'énerve-t-elle.

— Je connais tous les Mandarin Hotels de la planète !

— Et cela te rend heureux ? me raille-t-elle.

— Ça occupe !

Ses yeux verts tournent au gris.

— Et qu'est-ce que tu fais, toi, à part du fric à la con ? Mais regarde-toi, ça te rassure de porter de l'eau de Cologne italienne. Tu pues comme une cocotte ! Dans ton costume Prada, tu es un mort-vivant. Quand vas-tu prendre tes responsabilités ?

— Quoi ! Mes responsabilités de quoi ?

— Laisse tomber, se renfrogne-t-elle. Tu n'as jamais su t'excuser ni te remettre en cause de toute façon.

Dehors, la *free gan* a disparu. Un Hummer Stretch blanc s'arrête au feu rouge, à notre niveau. Immatriculé dans le New Jersey, le véhicule aux vitres teintées doit bien mesurer vingt mètres de long. Deux types et une fille dépassent du toit, agitant les bras. La musique à plein tube, ils chantent debout, bouteille de vodka individuelle à la main. De loin, la fille m'allume, faisant glisser sa langue sur les lèvres, sûre d'avoir accroché mon attention. Le feu passe au vert, le Hummer Stretch démarre. Auriculaire en exergue, la fille crie en me fixant droit dans les yeux : *Fucker !* Géraldine sourit en observant la scène.

— Solidarité féminine, se moque-t-elle.

Elle soupire une dernière fois. Elle s'enfonce dans la banquette, commande un autre verre de Merlot. En silence, elle descend ses moules frites. Je remarque ses ongles rongés. Géraldine ne s'est donc jamais débarrassée de ses angoisses d'enfant. Elle gobe une pilule de Calorylight puis se lève.

— Il faut que je rentre. Je dois finir mon article sur la Clinton, dit-elle en ramassant ses affaires. La rédaction veut des bons sentiments…

— Géraldine, attends !

— Une prochaine fois, Pierre, une prochaine fois.

Je sais pourtant que sur le chemin du retour, elle va allumer son iPhone pour pianoter sur Twitter un message comme : « @geraldine : sors d'un rencard débile avec un loser. Considère que la fin du monde est proche. » À l'hôtel, elle regardera le dernier épisode de la saison de *Desesperate Housewives*. Et elle oubliera le bruit de l'humanité.

24

Sur les marchés, la bombe va bientôt exploser et, paradoxalement, je suis de plus en plus serein. Avec Tay, nous vivons désormais comme un couple quasi normal, sans requin, majordome ni adolescente à la maison. L'avocat de Sana est confiant : il a retrouvé l'un des partenaires de la soirée du drame. Il s'était enfui de l'appartement quand il avait réalisé que l'un des « convives » ne respirait plus. Selon lui, à ce moment-là, Sana dormait, abruti depuis longtemps par le mélange toxique de méthadone et de drogue du violeur. Il avait lui-même tendu le verre à Sana. Le fuyard, rongé par le remords et le dégoût, veut bien parler, moyennant une transaction. Dans sa clinique, Kate progresse repas après repas. Elle a postulé pour un stage non rémunéré chez Enfants du monde pour le printemps prochain. Elle fera la quête pour l'ONG, dans la rue de Passy. Elle veut guérir pour effectuer sa première mission.

Lové contre Tay dans le canapé de la pièce TV, je caresse ses cheveux en zappant de l'autre main.

— Est-ce que tu aimerais venir avec moi à New York la prochaine fois ?

— Moi ? Mais… *querido*. Tu es bien sûr que tu veux que je vienne avec toi ?

— Oui, j'aimerais que tu m'accompagnes à une soirée. Avec des Américains.

— En voyage... à une soirée... d'habitude on me laisse dans les chambres d'hôtel ! s'exclame-t-elle en embrassant ma main posée sur son épaule. Merci, merci, *querido* chéri. Mais... quand ?

— Dans dix jours.

— Dix jours ! À New York en plus ! Oh... *querido* !

Sur l'écran, le flash d'information de CNN vient de démarrer : c'est le récapitulatif de la semaine. À Pittsburg, le G20 est consacré comme gouvernement mondial de fait, le FMI récupère une enveloppe monstre et des pouvoirs élargis. Pour cacher leur impuissance face aux marchés, les grands gagnants des plans de relance, Sarkozy et Merkel s'excitent contre les bonus. Dans son bureau ovale quand d'autres croupissent en prison au nom de la liberté, Barack Obama est prix Nobel de la paix. Derrière ces percées du mondialisme – cette volonté de puissance qui exploite les outils de la mondialisation, institutions, médias, marques mondiales, pour soumettre la planète à un contrôle total – je reconnais les derniers agissements de Mme Krudson pour enrayer la chute de l'Empire. La Libye vient de présider l'Assemblée générale annuelle de l'Onu. L'Iran va procéder à des essais nucléaires. L'axe transatlantique condamne, la Chine et la Russie baissent les yeux. Dans les couloirs des Nations unies, subrepticement, ils font front derrière Ahmadinejad. À la tribune, le Premier ministre chinois réaffirme vouloir un développement pacifique et harmonieux. La même semaine, à Pékin, il fête le 1er octobre le soixantième anniversaire de la fondation de la République populaire de Chine. C'est le premier défilé militaire depuis dix ans, le plus impressionnant de toute l'histoire chinoise. 180 000 figurants, 8 000 soldats, des drones, des tanks, des avions de chasse, 52 ogives nucléaires et pour la première fois des Donfeng 31 – des missiles balistiques intercontinentaux, capables d'atteindre les États-Unis et de transporter des ogives – paradent sur Chang'an, l'avenue de la Paix-Éternelle. Entreprises, bureaux et écoles ont été priés de cesser toute activité. Les autorités ont demandé aux Pékinois de regarder la cérémonie à la télévision. Dans les rues, il n'y a que militaires, policiers et blindés légers. À l'écran, le ciel est parfaitement bleu, comme si le nuage de pollution qui accable la ville à l'année avait été aspiré. Figurants, soldats et armes s'alignent au millimètre près sur la place Tiananmen, aux pieds de Hu Jintao. Pour l'occasion, le président de la République populaire de Chine a revêtu un costume Mao. Le reportage conclut sur Liang Guanglie, le ministre de la Défense, qui déclare à l'agence de presse gouvernementale : « Les capacités militaires, navales et aériennes de la Chine ont connu un saut qualitatif certain. »

*
* *

Dix jours plus tard, nous patientons dans le *lounge* Air France, parc à vaches bien peignées. Tay me tend une canette de Coca-Cola chaude dans un sourire câlin. Avec ses yeux en amande, sa crinière afro, ses paillettes sur les pommettes, elle ressemble à un ange. Elle s'assied contre moi, croise ses jambes fuselées moulées dans un survêtement en cachemire. Elle ouvre *Elle* que je lis par-dessus son bras. Tay tourne les pages en ne regardant que les images. Elle ne sait pas lire malgré les dizaines de méthodes d'apprentissage que j'ai pu dégoter. Son boulot est trop prenant, dit-elle. Elle préfère sûrement rester à la lisière du monde.

Un homme grassouillet s'assied en face de nous. C'est Bernard Rastaud le patron du leader français du BTP. Il a fait la fortune des managers du département fusions et acquisitions du Crédit Général. Ils ont saucissonné l'énorme conglomérat, vendu, liquidé des filiales, empochant des millions à chaque étape. Ils l'ont persuadé, moyennant des honoraires monstres, de se lancer dans la lingerie fine, l'élevage de saumon et le matériel agricole. « Logique industrielle agressive », « vision visionnaire », arguait, sentencieux, le *managing director* du département « fusac[1] », à la conférence de presse. Le Medef voulait ce PDG à tous ses événements. Éblouie par l'alignement de milliards, la rédaction de *La Tribune* l'avait porté aux cieux, faisant plusieurs unes sur « cette incroyable saga du BTP ». Toutes ces opérations avaient mis cet homme sur le devant de la scène. Je l'avais croisé à la *Christmas party* de la banque, dans le salon réservé aux clients stratégiques et aux meilleurs traders. C'est à cette occasion qu'il avait revu la présidente de son agence de communication. Elle lui avait délicatement conseillé de soigner look et gestuelle. « Ton succès, c'est une question de *body language* », l'avait-elle convaincu. Elle lui avait parlé de la star du coaching personnel, une Croate d'une petite cinquantaine d'années, sèche comme une trique. Elle s'occupe de tous les patrons du CAC 40 et de quelques ministres. Dans les dîners en ville et les vernissages des galeries du faubourg Saint-Honoré, ils s'échangent ses coordonnées à voix basse, tel un secret. Ses méthodes sont connues pour être extrêmes. Le Crédit Général l'avait recommandée à ses meilleurs traders. « Ce sera utile pour ton *self-control* », m'avait affirmé le DRH en m'offrant une séance d'essai. Il ne jurait

1. Fusions-acquisitions.

plus que par elle. J'avais donc reçu cette femme chez moi, un matin. D'un classeur blanc en plastique, elle avait sorti différents croquis d'anatomie. Elle s'était attardée sur une coupe horizontale du périnée. C'était, d'après cette coach, le centre névralgique du pouvoir. Les hommes exceptionnels savaient tous prendre soin et muscler cette partie-là de leur corps. Puis elle m'avait demandé de baisser mon pantalon pour démarrer les exercices. Comme je rechignais, elle m'avait crié dessus. J'avais cédé. Son doigt enfoncé dans mes fesses, elle m'avait encouragé avec son accent croate :

— *Goot, goot*, concentre-toi. C'est ça, oui, fais remonter mon doigt jusque vers ton sexe. Remonte le pont, maintenant !

Elle m'enseignait ainsi la technique dite du pont-levis, l'exercice de base de la gym périnéale. Il y avait aussi « la montgolfière » ou « la rose qui s'ouvre ». Quand elle était repartie, André m'avait regardé bizarrement. Je n'avais jamais rappelé.

Bernard Rastaud, l'homme du BTP assis en face de nous dans le *lounge* Air France, était devenu un des clients les plus fidèles de la coach croate. Je l'avais appris par le DRH du Crédit Général, à court d'arguments pour me convaincre. Elle lui avait prescrit le programme habituel : laser pour effacer la couperose, UV contre le teint jaune pomme de terre, chaussette de contention pour les varices, la marque Zigli pour les costumes. Et surtout, vingt-cinq minutes de gym périnéale au réveil. Cet homme est redouté par ses pairs comme par ses employés. La moindre de ses décisions est décortiquée, analysée, mise en équations. Depuis qu'il a rencontré sa coach, chaque matin, après deux grands verres d'eau Hépar, réputée diurétique, bedaine à l'air, il doit s'allonger sur un tapis de yoga et serrer les fesses en s'imaginant décoller dans les airs.

Dans le *lounge* Air France, Rastaud est accompagné d'une femme d'une cinquantaine d'années. Ils sont raides, attentifs à s'éviter. Elle ne peut être que son épouse. Elle pose son sac Kelly en croco mauve sur les genoux en soupirant. Tay retient son souffle, se tourne vers moi :

— Oh non !

L'homme regarde en sa direction. À sa vue, il pique un fard. Il regarde Tay, furieux. Il semble hésiter, se lève presque pour finalement se renfoncer dans son siège en fulminant. Je me rapproche de l'oreille de ma belle.

— Qu'y a-t-il ?

Des yeux, elle me désigne une bouteille d'Évian posée sur la table basse devant nous. Pour la première fois de ma vie, je me trouve nez à nez avec un client de Tay. C'est l'homme du Raphaël, celui du Viagra. La dernière fois qu'elle l'avait vu, il était nu, gisant sur le sol. La graisse de son ventre avait basculé sur la moquette épaisse anglaise. Il s'en est sorti avec une grosse frayeur, sauvé *in extremis* par le concierge. Alerté par Tay, celui-ci l'avait soulevé par-derrière et redressé d'un coup. Il avait appliqué son dernier cours de secourisme et utilisé la méthode de Heimlich : un coup-de-poing sec sur le sternum. Il lui avait cassé une côte mais la pilule de Viagra était ressortie. Sonné, il avait maudit Tay et le concierge qui venait de lui sauver la vie. En sortant de l'hôtel une heure plus tard, il avait fait signe au concierge qui avait repris son service. Il l'avait fait monter à l'arrière de sa voiture, puis avait refermé la porte. Il lui avait tendu deux enveloppes contenant des liasses de billets : 1 000 euros pour sa discrétion, 2 000 pour interdire à Tay l'entrée du Raphaël. Elle avait rapatrié sa clientèle au Bristol.

Devant nous, il a l'air d'un vieux bulldog, prêt à mordre. Je me serre contre Tay, prends sa main douce, fixe l'homme droit dans les yeux. Au bout de quinze secondes, je glisse mon regard lentement vers sa femme, avec un sourire amusé. J'appuie le tout d'un haussement de sourcils. Il manque de démonter l'épaule de sa femme en la soulevant pour changer de place.

Dans l'avion, je supplie Tay :

— Arrête ça, s'il te plaît, arrête ton boulot, ces conneries, ces hommes affreux.

— Je ne peux pas, *querido*, c'est mon gagne-pain ! Comment je vis après ?

— Tu restes avec moi. Tu gagnes plein d'argent, rien qu'avec moi ! Je t'augmente si tu veux ! Donne-moi ton prix, ce sera le mien, tout ce que tu veux.

— Tu ne comprends pas : faire la pute est mon seul moyen d'être libre.

Tay ne sait pas lire mais elle a tout compris.

*

* *

Le soir de notre arrivée à Manhattan, nous partons dîner à l'Union Square Café. Au bar, un comptoir en acajou, en attendant notre table, nous sirotons nos margarita on the rocks. Des branches rouges et brunes sont rassemblées dans un vase géant. C'est la fin de l'automne dans l'Hudson Valley, toute proche. Arrivé par-derrière, un homme pose sa main sur mon épaule avec un grand sourire. C'est Bertrand, le trader évaporé après la faillite de Lehman. Il porte un tablier de service sur un pantalon et une chemise noirs.

— Mais… mais que fais-tu ici ? lui dis-je incrédule.

— Serveur, pardi ! Je me suis reconverti, mon pote !

— Reconverti ? En serveur ?

La finance mène à tout.

— Mais… comment vas-tu ? lui dis-je éberlué. Oh, et bien sûr, tu te souviens de Tay !

— Comment oublier ? soupire-t-il en lui prenant et baisant sa main.

— Ben alors raconte ! Un trader de Lehman reconverti en maître d'… on ne voit cela qu'à New York.

— Ici, c'était ma cantine, explique-t-il. Je laissais des notes monstres chaque mois. Le patron m'aime bien. Il m'a proposé un job. Et franchement, c'était bien le seul.

— Je ne te crois pas !

— Après cette sale histoire de Lehman, j'ai lu dix-huit bouquins en quinze jours, fait tout le programme de Power Plate, vu douze chasseurs de têtes. Assez vite, je me suis retrouvé avec plus rien à faire et plus de *dol* du tout. J'ai pris un appartement avec d'autres types comme moi, des sans-job et sans-famille. On a décidé de se serrer les coudes. On a mis nos meubles en commun, choisi ce qu'il y avait de mieux. On a vendu tout le reste sur eBay et partagé l'argent : ça paie les bouteilles. Au début, on rigolait. On avait l'impression de redevenir étudiants, à la cool. Mais franchement, la vie en communauté comme ça, à regarder des séries TV l'après-midi, c'est la déprime. J'avais besoin de m'occuper la tête, les mains. J'aurais fait n'importe quoi.

— Mais là quand même…

— Attends, attends ! Je t'arrête tout de suite. Faut pas croire, je prends vite du galon, dit-il en surjouant un peu. Et puis, ça me plaît bien finalement. J'apprends un nouveau métier, peut-être même que j'ouvrirai mon propre restau un de ces jours. Et je postulerai pour un microcrédit !

— Tu peux toujours courir !

— Sans blague, Pierre, il faut être prêt à se reconvertir. La finance est morte. Lehman Brothers était la victime sacrificielle. Elle devait atténuer la colère des dieux. Que dalle ! Geithner est une blague, un homme de paille. Tout le monde fait semblant d'y croire mais il prépare une bombe à retardement.

Bertrand n'avait pas idée.

— Tu veux te faire un peu de cash, te reconnecter avec le milieu ?

— Attends ! commence-t-il presque vexé, je gagne tout ce que je veux ici mais bon, se ravise-t-il, je ne suis pas contre...

— On donne une grande fête demain.

— Qui ?

— Ça se passe à la Public Library, dis-je pour esquiver la réponse.

— Je n'y crois pas, c'est donc toi derrière cette fête ! J'ai entendu des clients en parler mais aucun n'a pu me dire qui invitait vraiment.

— Tu veux venir ? Tout Wall Street sera sur son 31 et j'ai cru comprendre que pas mal de types de la City et de Shanghai faisaient le déplacement. Tu pourras sûrement trouver du boulot.

— Quoi ! Bosser pour ces cinglés ! Plus jamais ! Par contre, réfléchit-il, je veux bien m'occuper de leurs cocktails, si tu vois ce que je veux dire.

— Non, pas vraiment.

— Genre, les assaisonner à ma sauce. J'ai vraiment envie de me faire les mecs de Goldman. Genre, le top management indisponible pour quelques jours, ça ferait les gros titres, non ?

En janvier dernier, pour les préserver de la faillite, le gouvernement américain a accordé un prêt de 10 milliards de dollars à la firme. Ainsi renflouée par le contribuable, elle a pu poursuivre son business de courtier en bons du Trésor, ceux-là mêmes qui ont servi à la refinancer. L'activité d'émission explose au moment même où la concurrence, laminée par les *subprimes*, a disparu. En

2009, Goldman Sachs réalise sa plus belle performance en un siècle et demi d'existence et distribue 11 milliards de dollars en bonus. Depuis, Llyod Blankflein, son PDG, s'est entouré d'un service de sécurité privé. À ma connaissance, il n'y a pas de goûteur.

— OK, dis-je, je te mets sur la liste des prestataires. Mais attention, je ne veux pas d'effets secondaires sur place.

— T'inquiète pas, dit-il en nous accompagnant à notre table.

25

Je suis le maître de cérémonie de la fête organisée par Mme Krudson. J'arrive avec Tay à mon bras, vers 20 heures, pour accueillir les convives. Avant d'entrer dans la New York Public Library, privatisée pour l'occasion, je lui fais découvrir le parc qui jouxte la plus grande bibliothèque de la côte est, le long de la 42e Rue. Les premiers froids de l'hiver s'annoncent par le vent du nord, le long de l'Hudson River. La nuit est claire, des guirlandes fines de Noël s'enroulent autour des branches. Sur la 6e Avenue qui longe le parc, les gratte-ciel sombres de *downtown* s'enfilent, bloc après bloc. Les rescapés de la finance mondiale vivent perchés sur ces miradors. Sur l'avenue of the Americas, ils guettent la prochaine proie : la banque d'en face, l'entreprise d'à côté, les services publics vendus à la casse par des États au bord de la faillite.

Nous arrivons au pied des marches du monument. Un tapis rouge tombe à la perfection, de l'entrée magistrale jusqu'au caniveau de la 5e Avenue. Il va cueillir les convives à la sortie de leur limousine. Leurs semelles de cuir italien n'auront pas à s'abîmer sur le bitume de Manhattan. Oreillette en place, les colosses du service sécurité attendent le long du trottoir. Ils vont ouvrir les portières, vérifier les invitations, protéger les VIP. Le maire Michael Bloomberg a ordonné la fermeture de la rue sur trois blocs. Des snipers sont postés sur les toits. Hommes d'État, patrons et banquiers vont bientôt défiler. En riant, Tay grimpe les marches éclairées délicatement par le bas. Ses petits pieds mats serrés dans une paire de Jimmy Choo dansent sur le velours rouge. Deux lions de marbre sculptés grandeur nature veillent sur l'entrée. L'intérieur est couvert de fleurs tropicales. Chaque bouquet doit valoir 2 000 dollars. Tay est émerveillée :

— On peut ramener un bouquet à Paris, *querido* ?

— Bien sûr, ma chérie. J'en ferai livrer un dans notre chambre.

Des serveurs attendent derrière les buffets du chef new-yorkais Daniel Boulud. Dans l'annexe réservée pour les cuisines, j'aperçois une mer d'assiettes blanches. Les commis y disposent un homard entier dépiauté. Vu leur grosseur, ils ont bien 70 ans chacun. Dans une autre salle, des petites Mexicaines à la peau grasse emballent le cadeau offert à chaque convive, une figurine de chez Tiffany. Je m'approche de plus près : c'est un chat en or blanc, avec des diamants à la place des yeux. Dans l'espace principal, l'orchestre, les musiciens du Boston Philharmonic Orchestra s'installent en silence. Les deux contorsionnistes du Cirque du Soleil, des Lilliputiennes en justaucorps, se reposent en grand écart facial. Sœurs jumelles, le maquillage de chat gomme les dernières différences. Tay n'en revient pas :

— Mais… c'est cela ton travail, *querido mio* ?

— Non, juste un artifice. Profites-en bien, quelque chose me dit que tout cela sera bientôt fini.

Les convives arrivent en masse, par paquets de vingt ou trente. Vers 21 heures, la salle est prise d'assaut par des hommes hilares en Tuxedo et leurs femmes liftées en robe de soirée. Les *Blue Chips*, reconnaissables à leurs tenues plus échancrées et à leurs jambes sans cellulite, se mêlent à la foule. Des émirs partagent un bourbon avec des Chinois. Rob, auquel j'ai donné HK 2010 pour qu'il le vende aux acteurs de la Bourse de Hongkong, chuchote à l'oreille du patron de la Bank of China. Il scrute l'audience d'un œil vif, dossier sous le bras, opinant çà et là du chef. Quand il m'aperçoit, Rob s'illumine. Il ramait dans son business raté de production cinématographique. Grâce à HK 2010, il est devenu le roi de Hongkong. L'oligarque russe Abramovitch se rue sur le foie gras suivi de sa horde de mannequins siliconés. Entrent à leur tour François Henri Pinault et Salma Hayek, Mital et ses fils, Bill Gates et sa femme... La finance mondiale enterre la crise comme un mauvais souvenir. Le Dow Jones vient de repasser la barre des 10 000 points, JP Morgan d'annoncer des bonus monstres. Hank Paulson, Tim Geithner et Larry Summers pénètrent ensemble dans la salle de bal. Le brouhaha et l'orchestre s'arrêtent d'un coup. En un an, ces trois lascars ont organisé le plus grand casse de toute l'Histoire. Ils sont trois produits parfaits de l'excellence WASP : Harvard ou Yale, puis banque d'affaires et poste au gouvernement. Aller et retour. Le gratin de la finance leur doit tout. Ils reçoivent une *standing ovation* de deux minutes.

Éva et Frédéric arrivent, bronzés et amoureux. En découvrant la salle, Frédéric répète « sacré Pierre, sacré Pierre ». Ces dernières semaines, Éva, la madone des « fusacs », n'a jamais autant travaillé. Au printemps, la trésorerie des grands groupes a été siphonnée par la crise. Leurs cours étaient au plus bas pendant l'été. Ils ont été des proies faciles, se vendant au plus offrant. Les fonds rescapés des subprimes ont racheté pour une poignée de pain tout ce qui traînait, avec des gains potentiels astronomiques. Elle m'embrasse sur les deux joues.

— Quand je t'ai vu à Londres, tu m'avais fait l'effet d'un vrai tocard. Mais tu es une star ! Je me suis trompée, pour une fois.

— Allons boire à la santé du marché, dis-je.

— Buvons à toi, Pierre, dit Frédéric en me faisant un clin d'œil. À tes cadeaux merveilleux. N'hésite pas la prochaine fois, j'adore les surprises...

Je change de sujet de peur qu'il n'en dise trop et les félicite pour leur mine.

— On s'est mis au kite surf, m'explique Frédéric. On va au Brésil tous les mois. C'est génial et en plus hyper-pratique. Quand tu reviens d'un weekend là-bas, tu peux dormir dans l'avion !

Bertrand s'agite derrière le comptoir principal en préparant ses cocktails.

— Incroyable cette fête, s'exclame-t-il en jouant avec ses bouteilles. Je vous sers quelque chose ?

— Pas de blague hein, Frédéric et Éva sont avec nous !

— *No worries, man*. Je réserve ma potion magique pour qui tu sais.

Je scrute la salle à la recherche de Géraldine. Je lui ai envoyé une invitation à la soirée ainsi qu'un billet d'avion. N'ayant pas son adresse, j'ai tout expédié à son attention à la rédaction du *Temps*, à Genève. Elle n'a pas pris la peine de me répondre.

Sur un balcon intermédiaire, j'aperçois Mme Krudson, clouée à son fauteuil roulant. Des hommes attendent en file indienne pour la saluer et baiser sa main de squelette. Dès qu'elle me voit, elle expédie le patron de Boeing et me fait signe de la rejoindre. Je m'excuse auprès de Tay, peu rassuré à l'idée de la laisser seule à ce bal des vautours. Elle est bien plus belle que toutes les *Blue Chips* réunies. Je compte sur Éva et Frédéric pour lui tenir compagnie. À peine me suis-je éloigné qu'Éva tire son compagnon vers le numéro du Cirque du Soleil qui vient de démarrer. Elle ne peut supporter la présence de Tay, concurrence impossible à affronter. Quand j'arrive auprès de Mme Krudson, elle observe ma belle d'un œil lubrique et me glisse :

— Cela vous rassure de la payer ?

— C'est comme cela.

— Elle resterait de toute façon. Cette femme vous aime. Vous n'êtes qu'un petit garçon qui n'a jamais dépassé le stade de l'analité. Vous faites fausse route, comme d'habitude : les plus belles choses de la vie ne se laissent pas posséder.

Je n'ai pas eu le temps de lui dire bonjour. Nous regardons ce parterre de jeunes loups survoltés, de banquiers cyniques et de politiciens célébrant la fin du ramadan économique. Le pif dans le caviar, ils sont tous des Madoff en puissance. La finance se croit invincible, protégée par son ultrasophistication et ses machines. 70 % des volumes d'échanges sont passés au millionième de seconde près par des ordinateurs surpuissants. Pour l'instant, ils lancent de façon massive et systématique des ordres d'achat. Par suivisme et opportunisme, le reste des acteurs embrasse la tendance, poussant les places financières à la hausse. Les convives sont plus que jamais persuadés de leur invincibilité et de leur génie. En revendant HK 2010 à leurs contacts, Rob, Paulo et Frédéric les ont infiltrés. Leur retour de fortune tient à des lignes de code programmées pour les tromper. Un virus à la tête de chat va les démolir. Mme Krudson reprend, sur un autre sujet :

— Vous connaissez Galbraith ?

— L'économiste ? Pas ma tasse de thé.

— Je me suis longtemps méfiée de ce vieux gauchiste. Nous nous sommes beaucoup battus. J'ai même fait campagne pour le faire passer pour fou. Mais il avait tout vu !

— Marx aussi, madame !

— Ah ! Ne prononcez pas ce nom, me dit-elle en me foudroyant du regard. Toute ma vie je me suis battue contre les Rouges.

— Madame, j'ai peut-être des problèmes d'analité mais ma tête fonctionne bien. Vous vous êtes battue pour vous-même. Le communisme n'a été qu'un épouvantail pour convaincre les foules d'adhérer à votre système. Sans les Soviétiques, il n'y aurait jamais eu d'Amérique. Arrêtons de nous raconter des histoires, voulez-vous ?

Elle déglutit poussivement, j'enchaîne :

— Quel rapport avec Galbraith ?

— Sa vision de la finance, « une industrie à la mémoire pathologiquement faible, organisant la grande fuite loin de la réalité » ! Mais regardez-les ! C'est affligeant ce manque de cervelle !

— Entre les banqueroutes et les dépressions, la crise a éliminé les mauvais, vous ne pensez pas ? Bonne vieille règle darwinienne.

Elle regarde autour d'elle, prend une inspiration puis tape sur l'accoudoir de son fauteuil roulant :

— Quand on est un homme, un vrai, on meurt à son bureau ou on se supprime. Le doute, la déprime, le chômage, c'est pour les faibles et les femmes !

Invitée incognito, planquée sous une perruque frisée et une robe difforme, Naomi Klein – la bête noire des néolibéraux – prend des notes pour son prochain livre. Les invités ne se méfient pas. Elle ressemble à Susan Boyle, la chanteuse anglaise au physique de fermière des sixties. La journaliste Arianna Huffington se lâche sur Twitter. La rédaction de son journal en ligne transforme chacun de ses envois en brèves relayées sur CNN. Les reporters du *Wall Street Journal* trépignent au coin de la rue. Ils n'ont pas réussi à rentrer. « *Has been* », a décrété Mme Krudson en les rayant de la liste des invités au titre de la presse.

— Regardez-moi ce défilé de décérébrés pour me saluer. Vous et moi sommes l'ouragan Katrina. Nous arrivons à pleine vitesse et ces abrutis se croient en train de jouer au golf, à moitié ivres !

Plus bas, un quinqua tout émoustillé parle à Tay en bavant presque. Je laisse Mme Krudson à son délire. Dans mon dos, je l'entends dire, agacée : « Tenez-vous prêt. » Ce sera sa dernière instruction.

Quand j'approche, Tay m'embrasse à pleine bouche. L'homme replie bagage.

— Il en était à me glisser son numéro, me dit-elle. Juste le temps que sa femme aille lui chercher une coupe. Tu te rends compte !

— Bah, si tu veux mon avis, il y a longtemps qu'elle ne se fait plus d'illusions. Elle s'est même probablement éloignée pour lui laisser le temps de faire son petit trafic avec toi. C'est le prix à payer pour garder l'hôtel particulier à Saint-Cloud, la villa à Saint-Tropez et les domestiques partout. Et puis, les types ont faim, ma chérie. Ce soir, c'est comme s'ils récupéraient leur vie d'avant. Pour eux, c'est le bout du tunnel. Rien ni personne n'a réussi à changer les règles.

Les serveurs sillonnent la foule avec des plateaux en argent chargés de champagne servi dans des flûtes Baccarat. Sur l'escalier central des trentenaires imberbes jettent leur verre vide contre les marches de marbre. Les types de Goldman Sachs sont hilares. Ils sont entrés dans la firme comme en religion, pour une expérience totale et après vingt entretiens d'embauche. Ils travaillent sept jours sur sept, vingt-quatre heures sur vingt-quatre, oublient de partir en vacances. Pour ne jamais perdre de temps, ils dorment dans l'hôtel réservé à l'année par la firme, en face du siège à Wall Street. L'adage est connu : « Si on a besoin de toi, tu dois être là. Si on t'appelle et que tu ne décroches pas, on n'aura plus besoin de toi très longtemps. Et si on ne t'appelle plus, c'est que l'on ne t'appellera plus du tout. » Ils sont notés sur tout, comparés chaque jour, coachés en permanence par des parrains et marraines. Les salaires sont astronomiques, le rythme infernal, les carrières courtes. « Goldman Sachs est un poulpe géant dont les tentacules enserrent la face de l'humanité, pompant tout ce qui a l'odeur de l'argent », a écrit *Rolling Stone Magazine* dans son édition d'octobre. Pour la fête, certains traders de la firme se sont fait tatouer un calamar sur la main. Lloyd Blankfein, le patron de Goldman Sachs, exulte. Avec ses 68 millions de dollars de revenus annuels (et 500 millions d'actions de la firme), il est le plus heureux des banquiers. Dans une interview donnée au *Sunday Times*, il vient de déclarer : « Je suis juste un banquier, issu de classe moyennes, qui fait le travail de Dieu. »

Paulo grimpe les escaliers en évitant jets et débris de verres. Grâce à HK 2010, il a amassé des revenus records pour ses employeurs chinois et russes. Ils ne pèsent rien par rapport à ce que Paulo encaisse pour nous deux de la revente de HK 2010 à ses intermédiaires. Fin juillet, il n'avait pas assez de mots pour me remercier. Il s'est offert ensuite les premières vacances de sa vie : deux mois sans mail ni téléphone. Une véritable tentative de sevrage, une épreuve. Aminci, le torse relevé, il avance vers nous, au bras d'une fille non maquillée en tenue de lin froissé. Depuis deux mois, Paulo ne jure que par elle. Il se dit subjugué, amoureux. Ils approchent, je remarque les pieds nus de Paulo qui dépassent de son ensemble clair, coupe « visite au Taj Mahal », en soie légère. Je les accueille en riant :

— Paulo ! Que je suis content de vous voir ! Mais qu'est-ce que c'est que ces tenues ? Air France a perdu vos bagages ou quoi ?

— Hé, mon sauveur, dit-il en me prenant dans ses bras. Nous voici enfin tous ensemble ! Je te présente Rebecca.

Petite, musclée, Rebecca a un visage carré, des cheveux châtains qui glissent jusque sous les épaules. Elle donne des cours de yoga au Beau Rivage Palace de Lausanne, où Paulo a établi sa résidence à l'année. Je me penche pour l'embrasser sur les deux joues. Elle empeste les huiles essentielles. En saluant Tay, elle aperçoit derrière elle un cochon de lait qui circule sur une broche. L'animal a une pomme enfoncée dans la bouche et du persil dans les oreilles. Végétarienne, croyant en la réincarnation, Rebecca tressaille. Paulo poursuit les présentations :

— Rebecca, voici mon ami Pierre. Je t'ai beaucoup parlé de lui. Tu sais, je lui dois tout. Et voici Tay, son amie.

Immobile, comme hypnotisée, Rebecca ressemble à une brebis réalisant d'un coup qu'elle est cernée par les loups. Paulo retire en vitesse de sa poche un petit sachet en plastique transparent. Il en extrait quelques grains et lui tend, bienveillant :

— Tiens, prends cela, ma chérie.

Inquiet, j'attrape le sac. Personne n'a encore sorti de drogue. Paulo éclate de rire.

— Mais c'est du sésame !

Nous nous écartons pendant qu'elles font connaissance.

— Sans blague, Paulo, c'est quoi ces tenues ? Ils vous ont laissé entrer ?

— Apparemment sur la liste du videur, j'étais marqué VIP Premium.

— Ah oui, ça veut dire « à laisser passer même à poil ». J'ai fait le classement en fonction de la contribution de chacun au lancement du programme. Tu as été le premier, au Plazza... Tu te souviens !

— Tu parles. C'était dingue. Tu avais été très, très bizarre, se rappelle Paulo. D'ailleurs, tu ne m'as jamais expliqué pourquoi il y avait ce logo de chat japonais. Depuis, je le vois partout !

— Ce n'est plus vraiment la peine que je t'explique hein ?

— Non, tu as raison et d'ailleurs, tu te souviens, *man*, je t'avais dit que j'arrêtais après ce dernier coup. J'avais promis même.

— Et je ne te crois toujours pas.

— Tu as bien tort ! me dit-il le visage illuminé. Regarde-moi bien. Tu ne trouves pas que j'ai changé.

— Écoute, tu as visiblement arrêté le tiramisu, ce qui est toujours bon signe chez toi. Tu te trimballes pieds nus, avec un yogi qui empeste le patchouli et vous bouffez des graines. Oui, il y a du changement !

— Tu n'as pas idée : on revient de Dharamsala !

— En Inde ? Mais tu es allé faire quoi, dans un trou pareil ?

— Un trou, *man* ? C'est la résidence du dalaï-lama ! Respect !

— Toi avec le dalaï-lama ! Mais qu'est-ce que tu racontes, Paulo !

— Bon, OK, ça a démarré comme un pari. Plus exactement, je voulais impressionner Rebecca, lui montrer que j'étais capable de lâcher tous mes joujoux.

— Quelle blague !

L'œil lubrique, Rob passe à proximité au bras d'une *Blue Chip*.

— Rebecca m'a emmené dans son ashram en Inde. Elle voulait me désintoxiquer. On est arrivé, dans ce centre bourré d'Américains. Le premier truc qui m'a surpris c'était leur regard doux, la lenteur de leurs gestes. Des vraies limaces sous LSD.

— Un ashram toi ? Mais tu...

— Attends, attends que je te raconte toute l'histoire, m'interrompt-il. Le prétexte de ce voyage, c'était de rencontrer le grand maître yogi de Rebecca. Donc on arrive dans son ashram et, je ne tiens pas en place. Immédiatement, Rebecca fonce vers ce type plus jeune qu'elle et se prosterne devant lui comme si c'était George Soros. Je m'approche du type, je veux voir la bête et...

— Quoi ?

— Le type, le gourou et bien...

— Quoi ?

— C'est un ancien de Salomon's Barney, du bureau de Londres ! dit Paulo content de son effet. Mike, un type qui avait surfé sur toutes les crises. Il faisait du *distressed*. Tu parles d'une raclure.

Dans les années 1990, le FMI a multiplié les bourdes, déclenchant coup sur coup plusieurs crises monétaires. Elles ont décimé les nouvelles recrues du capitalisme : dragons asiatiques, Russie, certains pays d'Amérique du Sud. Dans ces pays, les gouvernements et entrepreneurs affolés ont lâché industries et entreprises pour une bouchée de pain, trop contents d'éviter ainsi la banqueroute. Les « grandes institutions financières », américaines surtout, ont tout raflé. Dans le milieu, on les appelle les « fonds vautours ». Elles ont renégocié les emprunts et retaillé les organisations à leur main en se débarrassant de tous les obstacles à la productivité immédiate : les moins qualifiés, les moins jeunes, le confort de travail. Quelques années plus tard, elles ont revendu avec des profits dantesques ces entreprises rétablies mais asséchées jusqu'à la moelle. Ce tour de passe-passe se dénomme le *distressed*. Paulo continue :

— Mike, donc, avait fait un carton à Hongkong en 98. Tu sais, c'est ce type qui nous avait annoncé sa retraite le jour de ses 30 ans. Juste après la crise d'Argentine. Tu te souviens ?

— Non.

— Bon, aucune importance. Donc je suis dans cet ashram, à cinq heures de New Delhi. On vient de voyager dans un bus sans frein parfumé au gasoil. Et je vois ce type, Mike, cheveux au milieu des épaules, corps sculpté et tête de play-boy. Il a beau être en pantalon de yoga, je le reconnais tout de suite et lui aussi. Il s'avance comme s'il flottait au-dessus du sol, avec une démarche hyper-souple, et me dit calmement : « Bienvenue, mon ami. Je savais que tu viendrais ici, c'était écrit. » Là franchement, j'ai carrément halluciné : c'est le roi là-bas.

— Et alors ?

— Je crois bien qu'il m'a transformé !

— Quoi ! ?

— Mike m'a pris en main, *man*.

— N'importe quoi, Paulo !

— D'abord, il m'a allongé pour écouter mes pouls profonds.

— Tes pouls profonds ?

— Ben oui, le yin et le yang. D'après lui, mon énergie était hyper-déséquilibrée. Pas étonnant, il y avait trop de Russes et de Chinois dans ma vie. Il m'a enfoncé des aiguilles partout pour refaire partir mon pouls yin. C'est vrai que le lendemain, j'avais déjà une de ces patates !

— Ce qu'il faut entendre !

— Attends ! Rebecca et Mike m'ont convaincu de tenter une médiation silencieuse longue, un *vipassana*. Dix jours sans parler ! D'après eux, c'était le seul moyen de me purifier.

— Toi ? Te taire pour te purifier ! Mais quelle blague !

Sous prétexte d'« innovations financières », Paulo vient de passer les quinze dernières années à armer des rebelles, blanchir de l'argent, faire dérailler le cours du blé. Il poursuit :

— Là j'ai franchement cru crever : réveil au son du gong à 4 heures, méditation jusqu'au lever du soleil, bol de thé et galette dégueulasse pour le petit déj', méditation digestive – note bien, avec rien dans le ventre, c'est long ! –, douche, reméditation, pomme de 10 heures, méditation, bol de riz pour le lunch, limite rance, méditation, re-pomme de 16 heures, méditation, bouillon du soir, méditation. Tout ça, sans pouvoir échanger ne serait-ce qu'un regard avec les autres. Tu avances tête baissée, tu ne vis plus qu'à l'intérieur.

— Et tu fais quoi, pendant tout ce temps ?

— Rien, tu restes assis, sans bouger.

— Mais, Paulo, tu as toujours été incapable de lire dix pages d'un même livre ou de tenir une conversation plus de vingt minutes.

— Je te jure : là, tu te coupes de toute stimulation extérieure et tu écoutes. Même moi j'y suis arrivé.

— Qui ? Tu écoutes qui ?

— Toi-même pardi ! Tu entends plein de voix.

Il raconte, content de son effet :

— Donc ça commence comme un pari. Rebecca me dit : « Je te donne deux heures. » Je m'accroche. Au début, je pense à ma Ferrari tout le temps, à nos descentes au Flash Dancers, à toi mon pote. À ton délire dans la pissotière des Champs-Élysées. Surtout, je rêve comme un dingue, de n'importe quoi, de panacotta, de Chinois en noir, d'accidents de voitures, de charniers. Éveillé, mon cerveau s'emballe et là, je passe par tous les stades : le défi, l'ennui, l'exaspération, la colère. Au bout de deux jours je pleure comme un môme. Je me déteste par tous les pores de ma peau. Ils ont une pièce spéciale pour les gens qui craquent. Tu sais, craquer, dans une vie, c'est souvent le début du chemin.

— Arrête, ça me rappelle les conseils psychodébiles des magazines de ma mère.

— Tu me crois si tu veux mais le quatrième jour, je me vide de partout. Je vomis tout mon moi. Je perds du sang par les oreilles. Je panique car je suis sûr d'avoir chopé Ebola ou un truc comme cela.

— Et Rebecca ?

— Elle était à côté mais ne bougeait pas.

— La garce !

— Non, c'est la règle. Ça me rendait dingue mais je voulais gagner mon pari, tu me connais. Bref, je suis là dans cette pièce qui pue des pieds... Je dors sur une planche en bois entouré de quinze gus qui sanglotent dans leur sommeil en appelant leur papa. Je me réveille par un son à devenir sourd, le drap trempé de larmes.

— Des larmes ?

— Je me vide, je te dis. Et puis, au septième jour, quelque chose se passe. J'avais déjà perdu vachement de poids et toujours pas prononcé un mot. Je commence à vraiment écouter les deux, trois mantras que le maître, Mike donc, nous distille au compte-gouttes, à l'aube. Il les choisit bien ; parfois, je reste une journée sur une phrase, voire même un mot. Et je décolle de moi. Je me sens bien, comme apaisé. Comme uni avec l'existence...

— Uni avec l'existence... ce qu'il faut entendre, Paulo, s'il te plaît... je crois que je te préférais avec ton Porsche Cayenne...

— Au clou, mon pote ! Avec toutes mes bagnoles. Rebecca et moi maintenant, on fait super-attention à notre empreinte carbone.

— Mais, Paulo... Tu ne peux pas vivre sans prendre l'avion. C'est ta maison !

— J'ai changé, je te dis. Bref, je reviens à mon ashram. Au bout de sept-huit jours donc, je me sens très bien. Je forme une espèce de tout avec mon environnement. Je pense être resté comme ça bien plus que dix jours, dans un état à la fin de limace heureuse. Et puis, un matin, Rebecca me réveille en chantant quelques mantras. Elle rompt le silence et je la trouve sublime, lumineuse. Je vois presque son aura.

— Paulo, oh...

Je m'écarte pour l'observer. Même ses poils du torse ont l'air apaisés : ils ont défrisé.

— Pas de problème, *man*, tu comprendras un jour. Bref, le maître débarque à côté de ma couche, me prend dans ses bras. Et je suis ému comme une gonzesse. Il me dit juste une phrase.

— Quoi ?

— « Le monde est un zoo aux mains d'enfants égoïstes déguisés en adultes. Change-le. »

Paulo ouvre ses bras, désigne l'audience dans un sourire, ajoute :

— Si ce n'était pas pour toi, nous serions encore dans cet ashram ! Mais je t'aime, tu es mon frère.

En disant cela, il me serre contre lui. J'entends Tay et Rebecca rire derrière nous.

— Et donc maintenant, pour toi c'est Rebecca, dis-je en changeant de sujet. Tu as donc lâché toutes tes *girlfriends* ?

— Oui. J'en ai beaucoup parlé avec Mike. En fait, ce que tu découvres, un peu sur le tard, c'est que même en couple, même bien en couple, tu es toujours seul. La plupart des gens en déduisent que la relation ne marche pas. Alors qu'en fait, tu peux changer mille fois de copine, vivre la fusion la plus folle de l'espèce animale, tu te retrouves toujours seul. Les gens ne le supportent pas. À force de ne pas vouloir être seuls, ils se quittent tout le temps !

Je pense à Tay, la phrase de Mme Krudson en écho : ma belle m'aimerait-elle, elle aussi ? J'envie Paulo, ses graines de sésame et sa relation non transactionnelle. Vexé, je tente de le railler :

— Arrête, *man*, ça fait juste quoi… trois, allez… maximum quatre mois que vous êtes ensemble. Dont un dans un refuge pour limaces si je te suis bien, et dont tu reviens en te prenant pour Mère Teresa !

— OK, tu as le droit de ne pas me croire. La vérité c'est qu'avec Rebecca, on va ouvrir notre propre ashram pour accueillir les paumés dans notre genre à tous les deux. Je suis venu à ta petite sauterie pour prospecter si tu veux savoir. Il y a que des bons clients ici. Le business de demain, il est là, mon pote. Devant nous.

À nouveau, il désigne l'audience de financiers hilares.

— Toi, le camé des *hedge funds*, dis-je sans le croire une seconde, toi le raider du cacao, tu vas devenir grand maître en nirvana ?

— Pas moi, *man*, Mike est parfait pour ça. On a déjà acheté une colline à Dharamsala. Starck m'a vendu cinquante de ses cabanes écolo. Elles se montent en kit. On va faire un truc hyper-luxe mais minimaliste, genre bambou et fleurs de nénuphar. Toi et Tay aurez votre suite à l'année. Je te dois tant, mon pote.

Je revois Paulo au Portugal, une vachette enfoncée dans le torse ; à New York à la veille du 11 septembre, dans le Steak House ; à Prague avec un masque de Saddam Hussein sur le visage ; avec sa pétasse tchèque à Combloux ; tremblotant de trouille au téléphone le jour où il se croit doublé par Al-Qaida ; puis au Plazza il y a cinq mois, bouffi par les pâtes à la crème. Dix ans déjà. Comme s'il lisait dans mes pensées, Paulo ajoute :

— Tout ça, quand tu y penses, grâce à une clé USB à la tête de chat stupide !

Tay et Rebecca reviennent vers nous avec des jus de carotte.

— Tout ça, comme tu dis, mon pote, grâce à elle.

Je désigne Mme Krudson du menton.

Une longue file s'étend par-devant son fauteuil. Les hommes attendent pour attraper un peu de son feu sacré, comme lors d'une procession.

— C'est qui ? demande Paulo.

— On dirait Amma, commente Rebecca, presque attendrie.

— Qui, ma chérie ? dit Paulo.

— Cette Indienne, considérée comme une divinité.

— Qui est-ce ? demande Tay.

— Elle voyage pour diffuser la paix, explique Rebecca. Partout dans le monde, les fidèles font des milliers de kilomètres pour la voir. Puis ils attendent d'être pris dans ses bras. Juste une étreinte, pour recevoir un peu de son fluide. Je l'ai fait plusieurs fois. Tu t'approches, elle te regarde droit dans les yeux quelques secondes puis elle te serre contre elle. C'est juste une étreinte, mais tu repars métamorphosé. À force de serrer les gens contre elle, sa poitrine s'est transformée en corne géante.

— Oh, oh, Paulo, Rebecca, je m'esclaffe, il faut arrêter le sésame !

— Entre elle et ta vieille en fauteuil roulant quelle différence hein ? me raille-t-elle. Amma est de passage en banlieue parisienne. On passe la voir sur le chemin du retour. Même Sarko y va.

— *Querido*, dit Tay tout excitée, je veux la voir. Moi aussi je veux me « purifier ». Elle m'aidera pour Sana, ajoute-t-elle convaincue. Elle me donnera « son feu sacré ».

À ce moment-là, Justin Timberlake saisit le micro et entame son dernier tube : une reprise de

Thriller, de Michael Jackson. La New York Public Library s'enflamme. Les banquiers tournoient du bassin autour des *Blue Chips*. Miracle vestimentaire, en un clin d'œil, leur robe a raccourci de vingt centimètres. Tay hurle de joie. Cela valait bien le cachet de 1,5 million de dollars pour la présence de la pop star et quelques chansonnettes.

26

Décembre arrive. Kate stagne, le froid humide envahit Paris, le Dow Jones flirte avec les 10 500 points. L'économie de marché devait être morte à Noël. Seule la déprime vient. Mme Krudson, cette vieille bique, aurait-elle pu me manipuler ? En voulant torpiller les marchés, aurais-je en fait servi à les sauver ? Je me fantasmais en Don Quichotte. Elle avait raison : je ne suis qu'un rouage d'un système qui me dépasse. Une capacité de transaction, scrutée par l'Insee. Anonyme et remplaçable à l'infini.

Dans le salon, Kate et Tay s'épuisent autour d'un sapin de Noël de Roumanie acheté au Franprix de Neuilly. Le médecin de Kate l'a autorisée à quitter la clinique pour le week-end. Pour tromper sa faim, elle descend des litres de tisane aux queues de cerises et gobe des pilules coupe-faim. Je croise son regard empli de dégoût alors que je mange une banane pour le petit déjeuner. Sa silhouette est cachée sous un *sweat-shirt* difforme gris sur lequel est imprimé un gros hamburger en couleur. En inscription : EAT ME. Elle a posé du khôl noir et du fard blanc sur ses paupières. Ses yeux sont encore plus globuleux. Une barrette Hello Kitty retient ce qui lui reste de cheveux. Avec l'anorexie, ils sont tombés par poignées. Elle sent le vernis à ongles amer, celui qu'elle met pour arrêter de se les ronger.

FedEx sonne pour me livrer un paquet en provenance de New York. Je redoute le pire, m'isole dans la chambre. La boîte contient une notice nécrologique découpée dans le *New York Post* et datée du 12 décembre : FAREWELL TO A GOLDEN LADY.

L'article salue la disparition d'une « grande dame » de l'Upper East Side ainsi que son dernier geste : le don de son penthouse à la SPA locale. J'apprends ainsi la mort de Mme Krudson et qu'à sa demande, elle a été incinérée. Pour ne pas brûler en enfer ? Pour son dernier soupir, elle a dû exiger la présence de ses chats autour d'elle. En s'injectant une dose monstre de morphine, elle leur a probablement soufflé : « Au revoir, mes enfants. » Ses cendres ont été mélangées au caviar de ses bêtes. Elles sont mortes en six heures.

Obama vient de se faire ridiculiser par les Chinois : sa visite officielle à Pékin est un camouflet, le sommet de Copenhague une débandade. Mme Krudson n'aura rien arrêté. Elle n'aura même pas assisté à l'explosion du capitalisme. Aura-t-elle seulement lieu ? Je commence à douter. Il ne me reste plus qu'à me mettre au mandarin et tout oublier. Je ne ferai jamais l'Histoire. Tay passe une tête dans l'embrasure de la porte.

— *Querido !* Tu as l'air tout abattu. Viens, on va faire des courses avec Kate, ça te changera les idées. C'est Noël, la fête !

En les suivant hors de l'appartement, je jette un coup d'œil au sapin. Croulant sous les boules accrochées par ma belle, il a l'air aussi abattu que moi.

Sur le boulevard Haussmann et ses illuminations indécentes, touristes et Parisiens lèchent les vitrines inutiles avant d'accomplir leurs devoirs de bons pratiquants capitalistes. Nous avançons vers les Galeries Lafayette quand des cris montent de la foule qui joue des coudes pour avancer. Des personnes déguisées en cadavres sont assises devant les portes d'accès au grand magasin, forçant les badauds à les enjamber pour entrer. Elles sont vêtues d'une combinaison noire sur laquelle est peint un squelette. Une cagoule recouvre leur chevelure et un masque de mort leur visage. Piétinées, conspuées, applaudies, elles demeurent immobiles. Elles sortent probablement d'un stage d'« action directe non violente ». Kate nous entraîne vers l'épicerie fine. D'autres cadavres y poussent des *caddie*s remplis de karaoké *Star Academy* dans les allées dégueulant de foie gras et de cerises du Chili. J'entends l'un d'entre eux expliquer à une équipe de télévision pirate comment ils ont déjoué les services de sécurité : entrés dans le grand magasin en tenue de ville, ils se sont changés dans les cabines de l'espace lingerie. Nous suivons Kate chez H & M, juste en face. L'étage « enfants » est envahi de vêtements à l'effigie de Hello Kitty. Au rayon « femmes », des cadavres enfilent des robes dessinées par Lindsay Lohan et paradent dans les allées. La sécurité tente d'intervenir. Elle se heurte à des clients ravis du happening. Ils protègent les squelettes/militants. Ayant repéré la présence des caméras de TV, ils sont persuadés d'assister à une *flash mob* et de tourner dans un clip qui fera un million de connexions sur Dailymotion. Au carrefour de la rue Tronchet, l'un des cadavres a piqué la cloche du type de l'Armée du Salut. Il l'agite comme un fou, telle la fée Clochette élimée par l'idéal consumériste. Puis des sirènes retentissent. Les CRS débarquent en trombe, casqués, protections renforcées aux coudes et cuisses.

— Papa ! Regarde ! exulte Kate.

L'un des squelettes a sorti un panneau sur lequel est inscrit « câlins gratuits ». Les CRS chargent, hués par les passants. Ils arrachent les cagoules des manifestants du collectif *Not made in China* et les embarquent. Partis de San Francisco, le mouvement déferle vers l'est. Rasés de près et bien propres sur eux, ses membres sont des bobos en pleine transgression. Le convoi de CRS repart. Agglutinés devant les vitrines des grands magasins, les enfants sanglotent. Certains crachent sur le Père Noël.

27

Pour les traders du Crédit Général, depuis fin mai 2009, le Dow Jones vit une ascension constante et sans raison. L'économie réelle stagne en plein marasme quand eux enchaînent les performances. Aujourd'hui, ils ronronnent à leur poste en attendant la clôture de la séance. Ils croient à leur bonne étoile. Leur fortune dépend d'un automate. Devenue purement mathématique, la finance méprise la réalité. Cherchant l'efficace, elle laisse des machines agir à sa place, court-circuite le regard des hommes. HK 2010 noyaute l'ensemble du système financier mondial : les grandes institutions financières interviennent sur les marchés par son intermédiaire. Le reste des acteurs suit. Le capitalisme carbure au désir. Les bulles sont des poupées gonflables. J'ai cru tout faire exploser. Près d'un an plus tard, Mme Krudson est morte, le Bilderberg m'a oublié. C'est le premier jour du printemps, je suis un kamikaze de pacotille.

Sur Bloomberg TV, le journaliste exulte en donnant la tendance du jour. Il ressemble à Jean-Luc Delarue jeune, lorsqu'il faisait les meilleurs scores de France 2 en incarnant le gendre idéal. Tout à coup, des cris retentissent derrière lui, comme si la Bourse de Paris flambait. Les traders bondissent de leur siège. Les téléphones se mettent à sonner en même temps, tirant la salle des marchés de sa torpeur. Sur mes écrans d'ordinateur, les courbes plongent à la verticale.

— Bordel, mais qu'est-ce qui se passe ? s'écrie Sébastien, mon voisin dans la rangée du *floor*.

Mon portable s'excite.

— T'as vu ? s'énerve Frédéric du siège de Crédit Suisse, à Londres. T'es au courant ?

— Oui, dis-je. Surtout vends tout. Magne-toi.

Autour de moi, les traders parlent à leurs écrans. Certains, agenouillés, mains jointes, les supplient. Ils ressemblent à des supporteurs de l'équipe de France au moment des penalties. HK 2010 est au travail. Le volume de transactions traitées a dû atteindre une valeur pivot qui modifie la formule mère. L'algorithme de Mme Krudson entre dans une phase létale.

Quand j'ai lancé HK 2010 sur les marchés, les banques étaient traumatisées par la faillite de Lehman Brothers et de Fannie Mae. Seules les interventions étatiques à peu près coordonnées avaient écarté le danger d'une réelle crise systémique. Les acteurs de second rang, les *not too big to fail* tombaient les uns après les autres. Les États ruinés par les plans de sauvetage, les politiques savaient qu'ils n'avaient plus les moyens d'un autre big-bang. Il fallait que les transactions reprennent et que la confiance se réinstalle. Les banques étaient à l'affût du moindre signe positif. En envoyant de manière subite des ordres d'achat systématiques, HK 2010 sidéra les marchés. Quelqu'un y croyait à nouveau et le signifiait avec des positions agressives. C'était le signal que tout le monde attendait. Les acteurs financiers ne réfléchirent guère davantage. Ils se mirent à acheter pour profiter de la reprise, nourrissant la hausse et l'appétit de l'algorithme glouton. Avec Paulo à

Genève, Rob à Hongkong et Frédéric à Londres, le programme agissait de façon coordonnée en plusieurs endroits de la planète, confortant l'ensemble des opérateurs du bien-fondé de la tendance. Le programme fut ainsi placé au cœur du réacteur : les salles de marchés des plus grandes institutions financières. Il gagna en force de frappe : les ordres d'achat devinrent massifs, emportant l'ensemble des places boursières vers l'euphorie. Voyant le train partir sans eux, les derniers sceptiques se résolurent à acheter, confirmant la règle : la finance est l'une des rares industries où il est gagnant d'avoir tort avec tout le monde.

Sébastien vole un paquet de Philip Morris dans le sac de sa voisine, une brunette avec laquelle il couche de temps en temps. Il allume cigarette sur cigarette, lui qui n'a jamais fumé. Le haut-parleur lui demande de respecter les consignes anti-incendie. Il se lève, auriculaire dressé. Il marque un temps de pose devant chacune des douze caméras de surveillance qui scrutent à longueur d'année chacun de nos gestes.

— Va te faire foutre ! Arrête de te cacher si tu veux me parler.

Il se rassied en regardant sa montre. Le « roi du cool », son surnom sur le *floor*, transpire. Il ouvre une canette de Coca-Cola, ses téléphones fixes et son portable sonnant furieusement. Il préfère tenter de liquider ses positions.

— Bordel, mais qu'est-ce qui se passe, répète-t-il en s'agitant.

— La fin du monde, dis-je calmement.

— Mais t'es malade ou quoi ? m'engueule-t-il, menaçant de se lever pour me frapper.

— Vends. Tout de suite !

Il se ravise et prend sa tête dans une main en fermant les yeux.

— Pardon, *man*, je ne sais pas ce qui m'arrive. C'est juste un cauchemar hein ?

Coudéa débarque au même moment sur le *floor* et convoque les chefs de département en s'époumonant. Nous courons jusqu'à son bureau capitonné. Le patron du Crédit Général tourne comme une toupie sur la moquette triple épaisseur. Une sculpture de Brancusi nous observe tristement.

— Vendez tout, dépêchez-vous, l'action plonge, hurle-t-il les yeux rivés sur son moniteur Euronext. Merde, s'excite-t-il, BlackBerry dans une main, plaquette de Nicorette dans l'autre. Mais que font les banques centrales !

Il me fait penser à un capitaine de navire torpillé qui jette les meubles par-dessus bord pour retarder le naufrage. HK 2010 avait relancé les marchés pour en prendre le contrôle. Depuis le cheval de Troie, personne n'a jamais rien inventé de mieux pour exploiter la suffisance des hommes. Confortablement installé au cœur même du système, il le terrasse de l'intérieur. Le programme « attaque » en envoyant des ordres à la vente de façon tout aussi systématique et irraisonnée. C'est la panique sur les marchés, tous les acteurs veulent vendre d'un coup. Londres, Francfort, Paris et New York sont foudroyés. Les Bourses entament leur plongée abyssale : la dernière. Cela aura donc pris neuf mois.

— Ah ben c'est pas trop tôt, soupire-t-il.

Jean-Claude Trichet et Ben Bernake viennent de suspendre les cotations, stoppant l'affolement et la chute libre des cours. À travers la baie vitrée, Paris semble tout à fait calme.

Nous retournons à nos postes de travail. Accrochés à leurs sièges, les traders tentent de retrouver leurs esprits. Prêts à agir dès la reprise de la séance, ils attendent les consignes. Sur Bloomberg TV, le journaliste bégaie de stupeur, répétant le contenu de la même dépêche AFP : « À notre connaissance, les cours sont suspendus temporairement. »

Rob m'appelle de Hongkong qui sommeille en toute insouciance.

— *Shit, man, what is happening ?*

Depuis qu'il a repris ses activités de trader, il est obnubilé par ses deals et ne s'endort qu'après la clôture de New York, vers 5 h 30 du matin. En voyant les cours décrocher sur son ordinateur jamais éteint, il a dû bondir sur son téléphone.

— Appelle tes clients. Dis-leur de vendre immédiatement !

— Mais tout est fermé..., balbutie Rob.

— Vends, je te dis ! Dès que tu le peux.

Dans la salle des marchés, Sébastien a la tête coincée entre ses mains. Il doit être en train de se remémorer les cours de gestion du stress, à base de programmation neurolinguistique, que la banque paie à tous ses traders seniors : quand l'émotion déborde, penser à une image évoquant un moment heureux, serein ; respirer profondément ; au besoin, faire trois sons graves, du genre « chant de la baleine en rut ». Sébastien imagine sans doute les rouleaux qui fondent parfaitement sur Koala Beach, à Hawaii. Le Pacifique, les tortues géantes et lui sur sa planche de surf. Et puis, les tortues plongent à pic, les goélands s'enfuient de la plage : la vague tueuse arrive et Sébastien ouvre les yeux. Un attroupement s'est créé autour de son bureau. Il se ravise, respire bruyamment. Dans un faux sourire de *beach boy*, il dit « *cool, man,* tout va bien, oui tout va très bien ». Quand les autres s'éloignent, il se tourne vers moi.

— Putain, j'avais un gain potentiel de 8 millions sur le yuan. Huit millions en une demi-journée. Mon record !

— Calme-toi. Cool, cool.

— Tu comprends pas, Pierre, j'ai hésité à tout solder avant d'aller me chercher un sandwich. Mais bordel, pourquoi je ne l'ai pas fait ? Je suis un loser, un loser, LOSER, hurle-t-il.

Soudain, le type de Bloomberg arrache son oreillette d'où semble s'échapper un son strident. Son visage est déformé par la douleur. Puis la scène disparaît brutalement des moniteurs TV, avalée à tout jamais. Les sonneries de téléphone qui assaillaient les traders s'arrêtent à la même seconde. Comme si quelqu'un avait brutalement coupé le son. La figurine Hello Kitty apparaît alors sur les moniteurs, nous narguant de quelques clins d'œil. La salle des marchés se met à bruisser de mille injures et les écrans deviennent noirs. Sébastien frappe les touches son clavier avec le doigt puis avec le poing, de plus en plus fort. Son ordinateur ne répond plus. Les réseaux ont lâché. Nos machines sont bloquées, nos téléphones fixes hors service. Impossible de confirmer, suivre des ordres ni même fermer des positions : le Crédit Général, dans un souci d'économie, a opté pour la voix sur IP. Un message, diffusé par le haut-parleur, résonne dans tout l'étage : « La banque subit une panne informatique de niveau 5 », c'est-à-dire totale et inexpliquée. Nous devons garder notre calme, prévenir nos contreparties à l'aide de nos téléphones portables. Les réseaux de téléphonie mobile sautent sous l'afflux d'appels.

Toujours assis à son poste, Sébastien cale ses mains sous ses cuisses et agite son buste d'avant en arrière comme un enfant contrarié. Puis il se cache dans ses bras, étouffant un sanglot et quelques râles. J'ai toujours su qu'il était faible. Tout à coup, il se lève, empoigne son clavier et lui arrache les fils pour frapper ses écrans. Il saisit l'un de ses téléphones et le fracasse contre le mur. Criant maintenant de rage, il attrape son fauteuil et le balance à travers l'*open space*. Deux rangées plus loin, une fille à cheveux raides et lunettes carrées pleurniche sur ses *deals* perdus. Elle se prend l'accoudoir en pleine face.

Le directeur du risque – qui est aussi en charge de l'informatique –, l'énarque en Smalto qui avait tenté de m'empêcher de lancer HK 2010, traverse le *floor*. Les traders ont tout perdu : boulot, argent, raison d'être. Leurs deals ont disparu, leur univers a décroché. Leur vie s'annule. Ils veulent lui faire la peau. L'étage, notre bétaillère postmoderne, se transforme en ring de catch. Les stagiaires du *back-office* filment la scène sur leur téléphone portable, pour l'envoyer autour de la Terre. Nous attendons la sécurité, débordée par des cas identiques à chaque étage. Je quitte mon poste. Le bureau de Coudéa est fermé à double tour. Il doit être en train de relire, pour la centième fois, la même phrase d'un livre de philosophie grecque en gobant Nicorette sur Nicorette. C'est vol au-dessus d'un nid de coucou. Je fuis un hôpital psychiatrique à l'abandon.

Un torrent humain, presque joyeux, dévale les escaliers. Je descends récupérer ma Cuntash en m'interrogeant : la panne informatique peut-elle être directement provoquée par HK 2010 ?

Gérés par un programme qui ne répond plus, les accès aux parkings sont verrouillés. Les techniciens ne peuvent rien faire. Sur le parvis, les buildings de la Défense dégueulent de cadres ravis de l'aubaine d'une demi-journée de congé gratuit. Ils doivent vouloir rentrer chez eux, voir leur maîtresse, lire *Paris Match* en douce.

— C'est toujours cela de pris au grand capital, se félicite une employée de la cantine d'entreprise.

Ses racines blanches apparaissent sous sa teinture. Elle porte la parka de la banque offerte à Noël par le comité d'entreprise. Le slogan de la dernière campagne de publicité du Crédit Général – « Permettez-nous de vous aider » – lui barre le dos. Elle se rend au distributeur automatique de l'agence bancaire qui occupe une partie du rez-de-chaussée sur l'aile droite de la tour. Elle s'attarde, peinant à retirer de l'argent. Une file se forme derrière elle.

— Vous croyez que l'on n'a que cela à faire, s'énerve un client.

— Mais ce n'est pas de ma faute ! gémit-elle.

— C'est ça, allez, dépêchez-vous, dit un autre.

— Mais regardez par vous-même ! répond-elle en se décalant légèrement.

Les écrans sont barrés de l'inscription :

REFUS DE TRANSACTION.

Un message identique s'affiche sur les autres distributeurs. Un client sort de l'agence en furie.

— Ne cherchez pas, ils n'ont plus d'argent.

— Quoi ? répond l'employée de la cantine.

— Le guichetier n'a plus que des pièces ! s'exclame-t-il.

L'attroupement formé autour des distributeurs automatiques se déplace latéralement, jusqu'à l'entrée de l'agence. Au même moment, la grille descend, condamnant l'accès.

— J'ai tout donné. La banque ferme pour aujourd'hui, se justifie le guichetier, dont ce doit être le premier job.

— Quoi ? En plein après-midi, vocifère l'un des clients qui attend à l'extérieur.

— Instruction nationale. Allez voir chez Citi Bank, s'écrie-t-il paniqué. Il leur reste peut-être des billets.

Il applique à la lettre les consignes de sécurité antiémeute. Une trentaine de personnes se regardent, soupçonneuses.

Devant le CNIT, la rumeur d'une panne de métro et de RER se répand. Le système informatique de la RATP a dû être touché à son tour. En contrebas, les bus de la gare routière sont pris d'assaut, la file d'attente pour les taxis s'allonge à perte de vue. Certains s'organisent pour partager leur course et négocient les dernières places dans les véhicules restants. Les chauffeurs font monter les enchères. Un banquier de la BNP débourse 1 000 euros en cash pour un aller simple à Chatou.

Je remonte sur le parvis et me dirige vers Paris. La police intervient par haut-parleur : « Notre ville subit une panne électronique générale. Le service sera rétabli dans les prochaines heures. Nous vous demandons de garder votre calme. »

Une horde de types cagoulés déboule sur le centre commercial des Quatre-Temps. Ils défoncent les vitres de l'entrée, effrayant les clients qui sortent de la galerie en courant.

— Que se passe-t-il ?

— J'ai pas le temps, me répond un type avec un attaché-case

— Des pillards ! Ils fracassent les vitrines. Ils poussent des cris barbares dans les allées. Ils tapent sur tout ce qui bouge, dit un autre en filant.

— J'en ai vu qui arrachaient les caddies. Les vendeuses se font braquer mais elles ne peuvent rien faire.

— Pourquoi ?

— Je ne sais pas, elles n'arrivent pas à ouvrir leur caisse. On dirait qu'elles sont bloquées.

Les vigiles sortent en trombe du bâtiment. Ils retirent en toute hâte leurs blousons et brassards siglés « SÉCURITÉ ». Sept policiers en rollers fendent la foule du parvis. Ils s'approchent de l'entrée du centre commercial et dégainent leur teaser. Les pillards leur fondent dessus. Ils finissent pendus par les pieds à l'entrée d'Auchan, meurtris par les coups de barre de fer. Des affiches à l'entrée du complexe indiquent que c'est la semaine du bio. À travers les vitres défoncées, j'entends la musique de Rondo Veneziano qui rebondit sur les plantes en plastique.

Cet après-midi, juste après l'ouverture de Wall Street, en appliquant un ordre de vente à toutes ses positions, HK 2010 a terrorisé les marchés. Les banques ont tenté d'enrayer l'hécatombe en stoppant toute transaction. Elles n'ont pas réussi à reprendre la main sur leurs opérations, HK 2010 ne répondant qu'à lui-même. Quand elles ont réalisé qu'elles n'avaient plus la maîtrise de leurs machines, qu'elles subissaient une attaque, il était déjà trop tard. Elles se sont regardées s'effondrer. Très vite, il n'y eut plus suffisamment d'acheteurs pour répondre à la demande. Les prêts interbancaires cessèrent brutalement et le défaut de paiement s'est répandu quasi instantanément par effet domino. Plus de transactions entre banques sur les marchés, plus de paiement monétique, prélèvement automatique ni retrait d'argent possible. Tous les services facturés électroniquement se sont arrêtés, les abonnements téléphoniques et internet notamment. En torpillant la finance, le programme vient de rendre les applications bancaires et les programmes les reliant fous. Bombardant les banques d'ordres de virement non exécutés, HK 2010 a fait sauter les réseaux de transmission de données entre institutions. En quelques heures, l'attaque est passée du système financier aux réseaux électroniques, *via* les échanges interbancaires. À cette heure, les serveurs des banques centrales ont probablement implosé, effaçant l'historique, les coordonnées et soldes bancaires de l'humanité. Plus aucun appareil électronique ne fonctionne. Les gens se demandent comment ils vont pouvoir vivre sans leur téléphone portable ou regarder le dernier épisode des *Experts* s'il n'y a plus de TV. « Une grande page blanche », avait dit Mme Krudson... La désintermédiation financière, l'annulation de l'homme par la machine et les images sont mortes. L'activité économique telle que nous la connaissons aussi.

Les aiguilles de la grosse horloge de l'esplanade de la Défense tournent à toute allure, en sens inverse. Les sirènes de la Terre – pompiers, police, alertes incendie, effractions, cloches municipales, d'école et alarmes individuelles – violentent des cadres incapables de se protéger. Ils se mettent à courir, se renversent. Cela ressemble à l'extinction de masse des abeilles démentie par Monsanto à coups de pages de publicité et de voyages de presse aux Bahamas. Il y a deux ans, les ruches étaient devenues subitement silencieuses. Les abeilles désorientées s'étaient cognées les unes aux autres, essayant de s'échapper. Les ordres étant contradictoires, les gardes avaient dévoré la reine. Depuis, dans les contreforts de l'Himalaya, les femmes déposent du pollen sur le pistil des fleurs à l'aide de coton-tige. Einstein avait prévenu : l'homme disparaîtra trois ans après les abeilles.

Sous la Grande Arche, je croise un type en costume noir à fines rayures qui ne bouge plus. Il observe, médusé, la tour Eiffel qui scintille d'un coup, en plein jour. Les ampoules grillent et explosent une à une, dans une dernière étincelle. Il saisit de sa main droite l'ordinateur portable qu'il tenait sous le bras gauche. Il plie les genoux et, d'un geste ample, le lance au loin comme s'il s'agissait d'un frisbee. Il ne lui obéira plus.

Du pont de Neuilly, la Seine, d'habitude beigeasse, a des reflets turquoise, comme si la vie revenait. Le long de l'avenue Charles-de-Gaulle, les affiches du film consacré à Michael Jackson trustent chaque abribus : THIS IS IT[1]. Message prophétique du fonds Carlyle ? Je passe devant le Relais H de Levallois-Centre. Le dernier livre de Tom Molly trône en tête de gondole : *Qui règne sur le monde ? L'histoire de Matthew F.*

Mon penthouse sur l'île de la Jatte est devenu une tanière depuis que le requin de Damien Hirst s'est échoué sur le teck. Tay achète des fleurs, des fruits. Elle laisse traîner ses vernis à ongles et des paillettes sur l'oreiller. Je m'apprête à quitter cet appartement avec regret. Je sors de mon dressing de *yuppie* un sac à dos de montagne acheté au Vieux Campeur un jour d'ambition héroïque. J'y place deux couvertures de survie, des affaires chaudes pour Kate et moi. Ce sera notre première expédition. Je ferme la sangle centrale quand Tay débarque par l'escalier de secours. Juchée sur ses baskets à plate-forme, elle est superbe et à peine essoufflée.

— C'est dingue, *querido* ! Incroyable !

— Ma chérie, tu es déjà là ?

— J'étais en plein boulot au Bristol quand mon client a reçu un appel. C'est le genre accroc au portable, qui lit ses e-mails pendant une fellation.

— Tay, dis-je écœuré, épargne-moi de…

— Pardon, *querido*, c'est qu'un boulot ! Bref, il est devenu blême. Il a pris ses fringues et il est parti comme ça, comme un voleur, sans même me

1. C'est la fin.

payer. J'ai attendu le suivant, celui de 15 h 45, puis celui d'après, et encore d'après. Aucun de ces vieux renards n'est venu ni n'a pris la peine de me prévenir. Et ils m'ont laissée régler la note de la chambre ! J'ai profité d'une dispute dans le *lobby* pour filer en douce.

— Une dispute ?

— Plusicurs même ! Les gens râlaient parce qu'il n'y avait plus de télé. Ou parce qu'ils n'arrivaient plus à ouvrir le coffre-fort dans leur chambre.

Ce *black-out* va être une retraite silencieuse forcée, un programme de désintoxication radicale, comme celle de Paulo à Dharamsala. D'ailleurs, est-il déjà au courant ?

— J'ai dû venir à pied du 8e. Il n'y a plus rien qui fonctionne. Qu'est-ce qui se passe, *querido* ?

— Il faut quitter Paris. Les gens vont s'entre-tuer, ma chérie.

— Mais qu'est-ce que tu racontes ? Tu m'agaces avec tes mystères.

— Il faut partir, Tay. Allez, viens avec moi, lui dis-je en lui tendant la main.

— Avec toi, *querido*, n'importe où ! À New York ?

— Non. À Clermont-Ferrand.

— Quoi ! C'est où ? s'exclame-t-elle déçue.

— Chez ma mère à quatre cents kilomètres de Paris. Là où tout a commencé.

— Mais... hésite Tay soucieuse de ne pas me vexer, ta mère ? Moi ? Mais... pour quoi faire ? Et c'est quoi cette histoire de commencement ? Tu sais, moi j'aime Paris, la grande vie quoi ! Et puis ici, il y a mes clients.

— Tay, tes clients ne t'aiment pas, ils te paient.

— Tu me paies et tu m'aimes, répond-elle du tac au tac, frondeuse. Pourquoi pas eux ?

— Tes clients n'auront plus les moyens de te payer. C'est fini tout ça. Tu te souviens, à New York, à la fête, je t'avais dit déjà...

Ils vont retourner chez leur femme, patauger dans la gravité puis sauter par la fenêtre. Pour moi également, c'est le moment du *crash test*.

— Je t'aime oui, et c'est pourquoi je ne te paierai plus. Suis-moi à Clermont-Ferrand : tu auras ton salon de coiffure, Kate vivra avec nous, moi je relancerai l'entreprise de mon père. Il était dans la plomberie. Je m'associerai avec Simon, mon copain d'enfance qui est resté là-bas. On sera bien, à l'abri de tout et toujours ensemble, dis-je d'une traite.

— Toi, plombier ? Mais tu t'es vu, *querido* ?

— Viens !

— Et le procès de Sana ? esquive-t-elle.

— Sana viendra aussi ! On le mettra au boulot. Je suis sûr que Kate l'adorera.

Nous serons une famille recomposée de partout : un trader terroriste en chef de clan ; une prostituée de luxe, rangée des voitures, comme femme dévouée et mère adoptive ; une adolescente anorexique et son demi-frère, ex-gigolo-toxico-taulard ; une mamie coiffeuse, dingo d'Agatha Christie, débarrassée de ses fantômes gallinacés.

— Mais de toute façon, tente-t-elle, c'est impossible, je passe mon permis de conduire après-demain.

— Tay, ma chérie, dis-je pour la raisonner, il n'y aura plus de voiture non plus, plus d'essence bientôt… Ça va être l'anarchie.

Tay sort son iPhone avec confiance, comme pour vérifier. Hors service, il ne lui servira plus que de miroir. Elle semble comprendre.

— Qu'est-ce que tu dis ? L'anarchie ? Mais… mais il faut que je retrouve Sana tout de suite, que je le récupère ! dit-elle pleine d'espoir. Est-ce que l'on peut s'installer ici après ?

Je regarde le sac à dos recommandé pour les expéditions polaires. Il est prêt à partir pour les volcans qui roupillent.

— Bien sûr, dis-je dépité, bien sûr.

— *Querido mio ?*

— Quoi ?

— Tu n'as plus besoin de me payer, lance-t-elle en me prenant dans ses longs bras. C'est bien comme ça. On vous attendra ici Sana et moi.

— Non, essayez de quitter Paris. Rien ne poussera plus ici.

Je lui glisse l'adresse de ma mère, doutant qu'elle l'utilise un jour.

Je fonce à la clinique de Kate. J'avale les vingt-deux kilomètres qui me séparent de Sceaux au pas de course. J'avais toujours fait du sport en salle. J'étais en cage. Collées à l'arrêt, les voitures fument de rage. Les passagers, prisonniers du bitume, sanglotent sur leur Mégane. Ils consomment leur dernier litre d'essence bon marché.

Dans l'aile de la rééducation alimentaire, le personnel a déserté. Les patients, une majorité de jeunes filles et quelques garçons rachitiques planqués sous leur frange, ont séquestré les infirmières restantes dans la buanderie. Ils se sont rués dans les cuisines, ont vomi de bonheur après avoir dévalisé les frigos. Restée dans sa chambre, Kate a jeté les médicaments dans les toilettes, fait son sac et son lit. Elle m'attend sur une chaise devant sa fenêtre. Je remarque la peluche Hello Kitty sur la table de nuit.

— Qu'est-ce qui se passe, papa ?

— Le monde a grillé, Kate.

— Qu'est-ce que c'est ?

— Une nouvelle vie. Toi et moi on sort d'ici.

— Génial, s'écrie-t-elle en sautant de son lit. Est-ce que je vais revoir maman ?

— Bien sûr tu vas la revoir. Où est-elle ?

— Aux Seychelles... je crois. Sur sa dernière carte postale, elle racontait qu'elle s'éclatait.

Elle semble réfléchir puis s'exclame, tout excitée :

— Papa, papa ! Il faut que je mette à jour mon *skyblog*. J'ai mangé un gâteau aujourd'hui et je n'ai même pas eu envie de le vomir. Tu te rends compte !

— C'est très bien, je suis très fier de toi, mais... tu sais, il n'y a plus de *skyblog*, ma chérie.

Kate fait partie de cette génération d'enfants bercés de technologie à défaut d'attention.

— Quoi ? crie-t-elle furieuse, en jetant son sac contre la fenêtre.

— Allons-y, Kate, dis-je calmement.

— Alors, balbutie-t-elle, ça sert à rien tout ça ! Je ne pourrais même plus raconter mes histoires.

— Plus celle-là. Plus comme ça. Il faut partir maintenant.

— Je te déteste.

— Il va falloir marcher.

Quatre cents kilomètres jusqu'à Clermont-Ferrand. Ce sera notre Saint-Jacques-de-Compostelle.

— T'es qu'un gros naze.

Étourdissement, perte de repère, effondrement ; le veau d'or n'était qu'une vache folle. Nous étions persuadés d'être en vie. Nous ne tuions que le temps. Je n'aurais jamais le prix Nobel. Il va y avoir bien trop de morts, crises cardiaques, suicides et règlements de compte. J'ai pourtant bien l'impression d'avoir sauvé le monde.

J'ai envie d'adopter une chatte blanche. Je l'appellerai miss Krudy et veillerai à ne jamais lui couper les griffes.

9920

Composition
NORD COMPO

Achevé d'imprimer en Espagne
par BLACKPRINT CPI IBERICA
le 7 février 2012.
Dépôt légal février 2012.
EAN 9782290031469

ÉDITIONS J'AI LU
87, quai Panhard-et-Levassor, 75013 Paris

Diffusion France et étranger : Flammarion